Love Celebrate! Gold

Love Celebrate!

Love Celebrate!
{ Gold }

ムシシリーズ
10th
Anniversary

樋口美沙緒

イラスト
街子マドカ

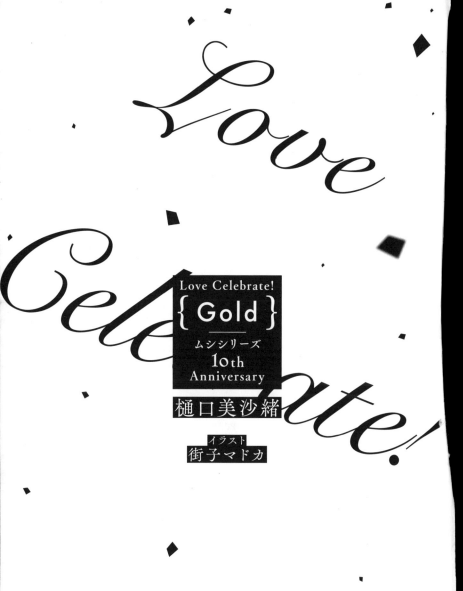

数千年前、生態系の危機に瀕した人類は、
強い生命力を持つ節足動物門と意図的に融合をはかった。
今の人類は、ムシの特性を受け継ぎ、
弱肉強食の『強』に立つハイクラスと、
『弱』に立つロウクラスとの二種類に分かれている。

これは、フェロモンで相手の階級と
起源種を見分けることができる、
新しい人類が生きる世界の物語――。

Contents

イラスト
街子マドカ

愛の巣へ落ちろ！
EXTRA

収録作品

Included works

愛の巣へ落ちたあと

青木翼《あおきつばさ》と付き合い始めたばかりの頃、七雲澄也《なぐもすみや》はふと訊《き》いたことがある。

『俺と出会う前のお前は、どんなふうに過ごしてたんだ？』

情事の後の、気だるい甘さで澄也は優しい気持ちだった。

腕の中にある小さな体を抱き寄せて、自分の知らない翼はどんな子だったのだろう、と想像した。

翼は少し考えて、

『大体、部屋にいたよ』

と、言ってきた。

『ちょっとでも具合が悪いとお母さんが心配したから……大体、部屋の中にいた』

『学校にも行かずに？』

うん、と翼は頷《うなず》いた。

彼の母親が過保護だというのは以前にも聞いたことがあったけれど、それほどだったのかと澄也は驚いた。

『昼まで寝てるとさ、三時くらいからはもうどうしても眠れねえの。そしたら、友達がみんな学校から帰ってきて、家の窓から見える公園でさ、遊びだすんだよなー』

交ざれなくて淋《さび》しかった、と翼は言い、薄闇の中でどこか遠い眼《め》をした。まるでその時の自分を、ゆっくりと思い返すように。

カーテンを閉めていない窓の向こうに、夜空が見えていた。月のない晩だったことを覚えている。

『淋しかったなあ……、俺。生きてることがさ、目的になってると、生きてるのも淋しいんだなあって今ならわかる。今は俺、やりたいことがいっぱいあって、だから生きてるじゃん。それなら、淋しくないでいられるんだなーって』

生徒会の仕事とか、央太《おうた》と約束しているケーキの試食とか、来週の科学の実験とか、とやりたいことを、翼が数えあげていく。

『それから、澄也先輩と一緒にいることとか』

少しはにかむようにつけ足されて、澄也の胸の中は、満たされた。

翼の声には、素直な愛情がにじんでいて、生きている目的の一つに、自分を選んでくれたことが嬉《うれ》しかった。

『なんでもないことなんだろうけど、すっごい、幸せなの。俺』

そう言って、翼はお腹《なか》いっぱい食べたあとの子どもみたいに、無邪気に微笑《ほほえ》んでいた。

澄也は翼を引き寄せて、キスをした。キスをしながら、聞いたばかりの翼の言葉が耳の奥にこだまするようだった。

——生きることが目的だと、生きてるのも、淋しいんだなあって……。

かつての自分はそうだったろうか、と澄也は思った。かつて、の翼を愛する前の自分は——孤独だったろうか……?

あのころの自分は、ただ生まれたから生きているような感じだった。

日々は退屈で、誰も、愛する人はいなかった。ただ翼のように、淋しさを感じることはなかったけれど。

(孤独を感じるようになったというなら、むしろ……)

頭の隅でそんなことを思いながら、澄也は翼へのキスを、だんだん、深いものにしていった。

◆

かつての人類は、ムシの能力を持たなかったと聞く。

文明崩壊以前の、何千年、あるいは何万年も前のことであり、資料も失われていて、その当時のことはいまだよく分かっていない。

ただ今の人類は無意識の奥底に眠る古い記憶に動かされて、国や街の形、制度など、当時の模倣をしている、という説もある。

歴史は繰り返すというが、一説によると、今の人類が歩んできた歴史も、かつての人類の歴史と、あまり変わらないのだと言う者もいる。

ただし、ある側面において、今の人類と以前の人類はまったく異なっている。

先の文明が崩壊したのは、隕石《いんせき》の墜落とか、核戦争のためとか、様々なことが言われているが、本当のことは誰も知らない。

当時絶滅に瀕《ひん》した人類が、強靭《きようじん》な生命力を持つムシと融合したことから今の人類は形成されたという。

それが現在の科学では解明できない、超突然変異だったのか、それともそうした研究がなされた結果だったのかは不明だ。

とはいえ人類は、ムシの能力を受け継いでいる。染色体、あるいは細胞の中に、ムシと同じ情報が書き込まれているのだという。

そしてより強靭な力を持ち、強い能力を受け継いでいるグループをハイクラス、より弱く、ほとんどが捕食されるムシの力を受け継いだグループをロウクラス、と呼び習わしている。

能力差があるために、どうしても格差ができる。

現在の社会では、ハイクラス種が権力も富も持ち、ロウクラスの多くは下流社会に属している。

ハイクラスの多くが、ロウクラスを軽蔑している。弱く、力を持たない、軟弱な種だと。

かつての澄也もそうだった。

翼を、愛するまでは。

けれどこのごろ、澄也は思うようになった。

――ハイクラスが優れていて、ロウクラスは劣っているというのは、本当にそうだろうか？

長い間、自分の中にあった価値観は、今では崩れてしまった。

澄也は翼のいない自分など、想像できなくなったからだ。

本当はロウクラスはハイクラスのために存在していて、ハイクラスはロウクラスのために存在しているんじゃないのか？

（俺は、翼を守りたいと思う。それはハイクラス種の、本来の姿じゃないのか……）

考えたところで答えは出ない。

命の意味など、本当は誰も知らない。

けれど最近の澄也は、翼を守ること、翼を生かすことが、自分の生きる目的、命の意味のような――そんな気がしている。

◆

翼と付き合ってからというもの、澄也は一週間で土日が一番好きな曜日になった。

今までは、一番好きな曜日、という考えさえなかった自分が、変わったものだと我ながら思う。

十月。季節はようやく秋めいてきた。澄也が土曜日に、翼と一緒にデートするのはもっぱら学校近くの恩《おん》賜公園《しこうえん》だった。

坂を下りたところにある広い公園で、休日にはギターを片手に演奏する若者や、自分の描いた絵や不要品を売ってる人などがいる。

公園の中には大きな池があって、ボートにも乗れる。水鳥が泳ぎ、鯉《こい》や鳩《はと》に餌《えさ》がやれる。

ありていに言って、このデートは金がかからない。

ボートにさえ乗らなければ、安いホットドッグと飲み物、それから鯉の餌代くらいで、翼と二人合わせても二千円もしないですむ。

金なら余るほど持っている澄也は、付き合い始めのころ、高級レストランを予約し、高価な洋服を翼に贈ろうとした。ところがこれが、翼には気に入らなかったらしい。

いわく、高校生らしくない、というのだ。

『俺、全部先輩に出してもらいたくないよ。先輩がどうしてもっていうなら考えるけど……正直、あんまり楽しくねえもん』

と、言われて最初はショックを受けたが、そもそも昼食代を浮かすために寮の厨房《ちゅうぼう》で弁当を作っているような翼だ。自分たちの生活の感覚がまったく違う、ということを澄也は考えねばならなかった。

（それに翼も男だしな）

なにもかも澄也に甘えたいとは、やはり思えないのだろう。

『対等じゃないと淋しいって思うのは、俺の我《わ》が儘《まま》？先輩さ、俺が甘えないと、辛《つら》い？』

そんなふうに訊かれると、切なかった。

澄也が辛いというと、翼は合わせる努力をしようとするだろう、と思った。

そうやって自分勝手に、翼を自分の色に染めることも、今ならできる、とも思った。

けれど澄也はそうしたくなかった。澄也が好きになった翼を、できるだけそのまま受け入れたかった。

（俺が変わればいいことだ）

そういうわけで、デートは金のかからない恩賜公園が定番なのである。

心の中ではもっともっと翼に金をかけ、甘やかしてやりたい気はするのだ。それが長い間の、澄也の愛の価値観だった。けれどそのうちに、翼さえ横にいるならどこにいても楽しいから、まあいいかと思えるようになった。

翼を抱くと、寮の自室のベッドの中でも、高級ホテルのベッドの中と変わらないほど満足できる。

（とはいっても、俺はもともと、デートなんてほとんどしたことないけどな）

誰かを愛するということを、楽しんだことは一度もなかったからだ。

そんなことを思いながら、土曜の午後、澄也は翼と並んで公園の池の畔《ほとり》にいた。

いい天気で、秋晴れの空は高かった。翼のために鯉の餌を買ってやると、翼は嬉しそうに小さな箱を開けた。

「うわっ、すげえ、怖い」

池に餌をまくと、黒や赤や赤白のだんだら模様やらの鯉が、いっせいに翼の足下へ集まってきて、ものすごい勢いで食べ始めた。

どこかからか水鳥もきて、鯉の合間を縫って餌をとる。

鯉は組んずほぐれつして、大きく口を開け、もはやひとかたまりの物体のようだ。

その様子は可愛《かわい》いというより、たしかに、翼が言うようにちょっと怖い光景である。

しかし翼は、楽しそうにケラケラと笑っている。こういう無邪気な姿は子どものようで、可愛いなと澄也は見とれた。

「なー、こいつらって本当に腹減ってんのかな？　それとも条件反射なのかな？」

「さあ、どっちだろうな」

鯉のことなどどうでもいい澄也は、曖昧な返事をした。

「あいつ、あんまり食べられてないなー、ほら、お前こっちだよ。やるからこっちにおいで」

餌の取り合いに負けているらしい、一匹の鯉に、翼が話しかけている。わざと餌をその鯉の口めがけて投げてやったようだが、横の一匹が奪ってしまう。翼は「あーあ」とため息をついた。

「盗《と》られちゃった。お前、腹減ってんだろ？　もっかいやるから、とれよー」

話しかけている翼の子どもっぽさがおかしいやら、可愛いやらで、澄也は思わず、翼の肩を引き寄せた。

翼がびっくりしたように澄也を見上げた。

「なに？　先輩も餌やりてえの？」

「いや……どちらかというと、美味《うま》そうだなと思っただけだ」

「美味そう？　鯉の餌だぜ、これ」

翼がおかしそうに、でもちょっと心配そうに訊いてくるのも、澄也には心地よかった。

（お前が美味《おい》しそうという意味だ）

とは、言わないでおく。

すると翼は澄也に、鯉の餌を渡してくれる。

「先輩も一緒にあげよ」

にっこり笑って言う翼に、澄也は胸が熱くなった。

翼は、自分を好きでいてくれているのだ。この世界で、澄也にとって翼のかわりがいないように、翼にとっても澄也のかわりはいないはずだ――そんな気持ちになると、不思議な全能感で心が満たされていく。

ああ、幸せだ、と澄也は思った。

「……日が落ちる前に帰ろうか。ゆっくりお前を味わいたい」

腰を屈《かが》めて囁《ささや》くと、翼が頬《ほお》を染めて、ちょっと緊張したのが分かった。

体が丈夫とは言えない翼をしょっちゅう抱くのはやめろ、と幼なじみの真耶《まや》に忠告をされた澄也は、それをつまらないと思いながらも一応守っている。澄也だって、翼の体が大事だからだ。

そんなわけで翌日が休みのこの土曜日だけが、翼を抱ける日だった。キスだけは毎日しているけれど、隅々まで翼を食べ尽くさねば、本当には満足できない。

赤い顔をした翼が、澄也のほうに体重をかけてきた。いいよ、という返事だろう。

澄也はそれに、胸が震えるような満足を覚えながら──翼の小さな頭に、そっと口づけた。

◆

「あ……っん、せんぱ……っ、あ……っ」

翼が、可愛い声で鳴く。

それを聞くと、澄也の性器はまた大きくなってしまう。

今、澄也は翼を寮の自室に連れ込み、大きなベッドに組み敷いて、体中を愛撫《あいぶ》しているところだった。

胸の上についた可愛らしい乳首を舌でねっとりとなぶり、もう一方を指でつまんでくりくりと弄《いじ》る。

澄也はタランチュラなので、糸が使える。細く柔らかい糸をうねうねと動かして、翼の性器を包み、時々絞ったり、先端の鈴口をくにゅくにゅと押したりしている。

すると翼のそれはぐっしょりと蜜をこぼし、澄也が糸から出す媚毒《びどく》と交わって、翼の腹の上にとろとろと垂れるのだった。

糸を束にして、翼の後孔《あな》にも入れていた。

毎週末ごとに、澄也が愛しているそこは、ほぐれるのも早い。

澄也のものと同じ大きさにした糸束で、中の気持ちの良いところをゆるゆると擦ると、翼の尻は揺れ、中はきゅうっと締まって、襞《ひだ》が澄也の糸束にうねるようにからみついてくる。

「お前……やらしいな。可愛い……中が動いて、俺のに、自分で擦りつけてるぞ」

「や……、ちが、あ、あんっ」

翼は全身まっ赤になって、いやいやと首を振ったけれど、澄也がちゅるっと乳首を吸い込むと、高い声をあげて腰をひくつかせた。

「せんぱ、先輩、もう、もう……っ」

入れて、という声が、翼の唇から小さく漏れた。

媚毒で濡《ぬ》らされ、すっかり快感に落ちている翼の潤んだ眼は色っぽく、その細い体からはシジミチョウ特有の、甘い匂いがした。

それが澄也を狂わせるのだ。

「いいよ。……入れて、突いてやる」

翼の中の糸束を、わざとぐりぐりとねじるようにして出す。

「ああっ、や、あっ、だめ……っ」

もうそれだけで、翼の尻はびくびくと揺れた。

糸束を出してすぐ、澄也は自分の、硬くそそりたったものを翼の後孔へ押し入れた。

「あっ、あー……っ」

とたん、翼は仰《の》け反《ぞ》った。

もう限界だったのだろう。澄也のそれを入れた瞬間、翼は白い飛沫《しぶき》を放って、達した。

「あ、あ、あん……」

「可愛いな、お前は……」

こめかみにキスをしながら、澄也はゆらり、と腰を動かす。

イったばかりの翼の中が、きゅうっと澄也に絡んでくる。一度萎えた翼の性器が、糸の中でまた膨らんできた。澄也は翼の乳首にも、くるりと糸を巻いて、きゅっと絞ったりした。

「や、だ、だめ……ま、また」

イっちゃうから、と翼が恥ずかしそうに言う。それが可愛くて、そして興奮させられて、澄也は微笑んだ。

何度でもイカせたかった。夜はまだ始まったばかりだ。澄也は翼を深く味わうように、己のものを、翼の中でゆっくりと深く、抜き差しした。

◆

土日は好きだが、連休は面白くない、と澄也は思う。

十一月に入り、試験休みだかなんだかで学校が数日、まとめて休みになった。

『ごめんな、先輩。お母さんが心配してるから、しばらく家に帰ってくるよ』

と、翼に言われては、澄也に反対できようはずもない。

翼は学校で唯一のロウクラスであり、性モザイクという特殊な体質のため体が極端に弱い。

性モザイクというのは、ムシに時折みられる「変種」だ。

オスとメスの要素がアンバランスに混ざり合った状態で、寿命が短い。ムシと融合したせいか、現在の人類にも時折、この性モザイクが生まれる。

翼は男の性で一応は安定させているが、それでもホルモンバランスが不安定で、毎日の薬が欠かせないし、早くに死ぬと言われていたようだ。

翼の母親が過保護になったのには、そういった経緯があるらしい。

まだ付き合い始める前の一学期、翼はある事件のせいで入院をした。夏休みいっぱいかけて回復したけれど、そのときの両親の取り乱しようは見ていて気の毒なくらいだった、と、翼を診ていた父や兄から聞いた。

澄也の一家は大きな病院を経営している一族で、澄也自身も翼のために医者を目指している。

翼の母親は、入院中の翼に何度も退学をすすめていたというから、連休中に翼が帰るのは、学校を続けるための努力の一つだろうと理解できた。

元気な姿を見せて、母親を安心させてやりたいのだろうと。

理解はできたが、一週間近く会えないのは正直辛い。とはいえ、それを前面に出すと翼が帰りづらくなる。

澄也は翼には見栄《みえ》を張って、

『元気な顔を見せて、安心させてやれるといいな』

などと――「よくできた彼氏」を演じてみせた。

まったく、自分でもずいぶん変わってしまったものだ……と思う。

他人には、なんの興味も持てなかった自分が。

これまでいたセックスフレンドにも、気を使ったことなど一切なかった自分が――今では翼に好かれていたくて必死だ。

（翼といると、どんどん自分が変わっていくな……）

過去の自分が音をたてるようにしてどんどん崩れていくのを、澄也は日々感じている。

けれど、それは不快なことではなかった。

「そうはいってもさあ。こうも人間変われるもんだね。ちょっと感心したよ」

と、澄也の横で言うのは、正装した兜《かぶと》である。

場所は澄也の実家である七雲家。その中でも本家の屋敷の庭だった。

連休中、本家主催の園遊会があるから戻ってくるように、と言われ、澄也は素直に実家に帰ったのだ。今までは結構な頻度ですっぽかしていたそれに出ようと思ったのは——やはり翼のためだった。

「将来的にシジミちゃんとの結婚を認めてもらうために、これからは品行方正になろうなんて、なかなか泣かせる話じゃない。ね、マヤマヤ」

兜の横には、和装に身を包んだ真耶が座っていた。

ヒメスズメバチの、それも女王種の生まれだからこその、すらりとした美しい体に、仕立てのよい着物がよく映えている。

正直、幼い頃から真耶を知っている澄也にはまったく理解できないが、真耶はどこにいても男女問わず人気があり、その理由は艶《なま》めかしいからだ、という。

(どこがだ？　翼も、しょっちゅう真耶先輩、真耶先輩とうるさいが)

翼もどうやら、真耶に憧れているらしい。

兜のほうも、園遊会では注目の的で、さっきから見ていると随分ご婦人方に声をかけられていた。

肩幅が広く、澄也と並ぶほどしっかりとした体つきは、日本人離れしてスーツが似合う。大体、ヘラクレスオオカブトが起源種の日本人は、そういない。

その兜に話しかけられた真耶が、小さく息をついて「べつに」と言い捨てた。

「普段から品行方正にしていれば、今さら努力の必要もなかっただろ。まあ、せいぜい自分のツケを払うといいんじゃない？」

相変わらずの毒舌に、澄也はじろりと真耶を睨《にら》んだ。

翼はよく、真耶を優しいと言うが、どこが優しいのか澄也にはまるで分からない。

こいつは単純に、自分の好きな人間にはやたらと面倒見がいいだけで、俺みたいな相手には容赦のないやつだ、と思う。

翼は兜のこともいい人だと言うけれど、兜だって真耶と似たようなものだ。

そもそも、大らかなカブトムシと、面倒見のよい女

王蜂が起源種だからこその弱者贔屓《びいき》であって、

（俺に対しては昔から、辛辣だ）

と、澄也は思う。

大体、兜は人をオモチャにするのが趣味だし、真耶は自覚のない乱暴者だ。

しかし腐れ縁というか、幼なじみなので、付き合いをやめるという選択もない。

少なくとも翼のことでは（多分）味方をしてくれるだろうと思うと、まあよしとしよう、と澄也は思うのだった。

ハイクラスの多くはロウクラスを軽蔑しているが、この二人に関してはそれがない。

むしろ、小さい体で頑張っている翼を、自分たちの弟のように可愛がってくれている。そのことは素直にありがたい。もっともそんなことを言えば、

『お前のためじゃない』

と言われそうだから、言わないが。

「マヤマヤ、ダメだよ。澄也クン、シジミちゃんに会えないってここ数日ご機嫌ななめなんだから。あんまり怒らせないでね。いくら澄也クンがこれまでいい加減で、ヒトデナシだったとしても、今はいい子にしてるんだからね」

「どこがいい子なんだい。翼くんが分からないと思って、あんなに匂いつけさせて。独占欲まるだしにして、恥ずかしい」

「お前が言うように週一回しかしてない」

「その週一回であれだけ濃厚な匂いって、一体何回中出し……」

と、言った瞬間の兜の顔を、真耶が容赦なくビンタした。

「あっ、痛い、痛いよ、マヤマヤ！」

兜は頬を押さえてヨヨヨ、と泣き真似をしたが実際には、眼鏡の奥の眼が笑っている。

カブトムシが起源種の兜は異様に打たれ強く、ナイフで刺されても平気なのではないかというほど皮膚が強いので、真耶の細腕でビンタされたところで痛いはずがない。

「そういう下品なことを言ったら、今度は刺すよ。僕はまだ、澄也と翼くんが付き合うのを認めてないからね」

「……なんでお前に認めてもらわなきゃならないんだ」

「きみが翼くんを裏切ったら刺し殺す」

真耶の眼は本気である。

澄也は舌打ちした。

「とにかく、央太に聞いたら、翼くんがあんまり澄也の匂いをさせてるから、月曜になると教師の授業がしどろもどろになるって話だよ。周りも気まずいらしいのに、当の翼くんは気づいてないって、気の毒だろう。土曜日の行為を淡白にするか、そうじゃなきゃ、匂いを抑える方法を探して」

「薬以外じゃ抑える方法がない。ホルモン剤は翼に使いたくないから、嫌だ」

澄也はぷいと顔を背けた。

ハイクラスとロウクラスの人間がセックスをすると、ロウクラスの相手には、そのハイクラスの匂いがしみつく。

もともとムシの多くにはフェロモンが備わっており、匂いで性交相手を惹《ひ》きつける種も多いから、その名残なのだろう。

実はそのフェロモンはハイクラスだけではなく、ロウクラスにも備わっている。とはいえ、どうしてなのか、ロウクラスに属している人間はその能力の低さのせいか、自分のフェロモンに気づいていない場合が多い。

そのためなのか、ロウクラスのフェロモンは、匂いに敏感なハイクラスにしか作用しないようだ。

そんなわけで、翼は澄也の匂いをうつされ、澄也のほうもセックスをした翼の匂いをまとっているが、ロウクラスの翼はいくら澄也が匂いをつけてもあまり分からないらしい。

あまりに強い匂いだと、自分ではなく他人のものなら多少感づくこともあるようだが、それも、かぎわけができるレベルではない。

なので里帰りした翼がいくら澄也の匂いをまとっていても、同じロウクラスの翼の両親にはそれと分からないので問題ない。

しかし、ハイクラスばかりが集まる星北学園《せいほくがくえん》では、ほとんどの生徒が翼の相手を澄也だと見抜いているだろう。

澄也はムシ除《よ》けのために、わざとそうしているのだが――真耶は、それが気に入らないらしい。

いわく、澄也が翼が気づかないのをいいことに、卑《ひ》猥《わい》な匂いをつけさせているのは、翼の人権無視で、ずるくて、卑《ひ》怯《きよう》だ、というのだ。

ついた匂いを抑えることは、ホルモン剤などの入った薬品を投与すれば簡単にできるが、体が弱い翼に余分な薬などもってのほか、と澄也は思っている。

――それに、自分が相手だと周りに知らしめてなにが悪い。

翼には、一匹たりとも余計なムシはつけたくなかった。

「翼が卒業したら結婚するんだ。教師にもそれとなく言ってある。結婚相手に手を出してなにが悪い」

「うわあ、すごい独占欲だね」

「気持ち悪い……」

兜が口笛を吹き、真耶がゲテモノを見たような顔をした。

「結婚まで手を出さない、って選択はないいんだね、澄也クン」

「週一回でも相当我慢してるんだぞ、くだらないことを言うな」

兜がからかってくるのに、澄也は即答した。

「まあ、澄也クンにしてはすごい我慢だから、許してあげたら。マヤマヤ」

しかし真耶はひかなかった。

「正直言って、周りに結婚宣言するのも、僕はどうかと思う。翼くんから選択の余地を奪ってるじゃない。なんか罠《わな》にはめてるみたいだよ、翼くんだって結婚相手を選ぶ権利あるんだからね」

「うるさいな、翼も俺がいいと言ってるだろう」

「今は、でしょ。三年後も同じだとは限らないよ。澄也って思い詰めて監禁するタイプだね。蜘蛛《くも》種だからなの？　糸でがんじがらめにして、知らないうちに動けなくしてるみたい。よっぽど自信がないんだろうけど」

怒濤《どとう》の真耶の攻撃に、さすがの澄也も腹が立つ。

「誰が監禁なんかするか。大事にしてるだろうが」

「大事にしすぎて監禁するんじゃないかって話だよ。翼くんが優しいのにつけこんで、自由を奪ったりしないでよ」

真耶の言いたいことも分かるが、それにしてもなんでここまで決めつけられるのか、と、澄也は苛立《いらだ》った。

大体、真耶は初めから澄也と翼の交際に反対のくせに、その一方で「裏切ったら許さない」とか「泣かせたら刺し殺す」などと言ってくる。じゃあどうしたらいいのかと問うと、

『翼くんが澄也を捨てるのが理想だね』

と言われて、澄也は真耶の悪態を聞くのがばかばかしくなってしまった。

もう言い争うのが面倒で黙りこむと、真耶がふと、真剣な顔になった。

「……澄也ね、結婚するって言っても、翼くんの卒業まで二年あるんだよ。二年だよ。十八やそこらの人間の二年って長いんだ。その間、きみ、本当にあの子を、守り通せる？　きみと一緒になるってことは、翼くんは、いろんなことで傷つく覚悟をするってことだよ。二年なんてね、守るには長いけど、誰かを変えるには短すぎる年月なんだ。結婚は、家と家の問題なんだから」

真耶の眼の中には、さっきまであった冷ややかな色ではなく、もっとべつの心配そうな表情があった。

「きみのご両親は、翼くんを好きでいてくれる。でも、きみはこの、七雲家の人間なんだ」

ちらり、と真耶は庭の中に眼を走らせた。

園遊会の行われる、広い庭園。

池端の紅葉が美しく色づき、琴の音が響いている。向こうのほうに洋館が見え、そちらは秋薔薇《ばら》が満開だった。

七雲家と縁のある名家の面々がテーブルについて談笑している。軽食とデザート、酒が振る舞われ、庭はいかにも優美な雰囲気だ。人々はみな美しく、ハイクラス種としての自信に溢《あふ》れている。

このなかに、自分と翼の味方がどれくらいいるのか、とても分からない。

けれど。

「……俺はもう、なにも失わない。そう決めたんだ」

澄也はぽつりと、そう言った。

いつだったか、翼が死ぬかもしれない——と、思っ

たことがある。

付き合う直前のことだ。

プライドが邪魔をして、翼を選べなかった自分のせいで、翼は死にかけた。

あのとき、翼を失うくらいならもうなにもいらないと思った。自分のくだらないプライドも、七雲というタランチュラの血筋も、なにもかも、捨てていいと思った。

けれど翼と付き合って、一生そばにいてほしいと思うようになってから、ふとそれは違うのかもしれないと澄也は感じた。

本当は、なにも捨ててはならないのではないか？

翼と生きるためには、なにも捨てずに、自分の人生に与えられているものすべてと向き合っていかねばならないのではないか。

一人を愛したことによって、自分の度量が小さくなるのでは、相手を守れない気がした。

守るには、愛した誰か以上に多くの人も物も包容できるほど、大きな人間にならなければならないのでは、と思った。

理由があったわけではない。ただ、澄也は自分を選んだことで、翼になにも捨てさせたくはなかった。

それは翼にしても同じだろう、と思ったのだ。翼を、自分の一族に認めてもらいたいなら、そうやって翼を守りたいなら、まず自分が認めてもらわねばならない。

そのためにはなにも捨ててはならないのだと、澄也は考えるようになった。

そのとき、澄也は庭に目当ての顔を見つけて立ち上がった。最初から見つけてはいたが、取り巻きが多くて、なかなか近づけそうになかったのだ。

「今、一人みたいだね。挨拶してくるの？」

察したように訊いてくる兜に応えず、澄也は真耶を振り返った。

そして、心配するな、と言った。

「翼は俺が、ちゃんと守る。二年の間に、できるだけの努力はする」

そう告げると、真耶はうっすら眼を細め、「頑張れば」と素っ気なく言ってきた。

しかしそれが、真耶なりの精一杯の励ましだろうと、澄也は理解していた。

目当ての人物に向かうと、澄也は「叔父さん」と、声をかけた。

ちょうど一人でいたその男は、澄也と同じくらい背が高い。年は六十がらみだが、見た目は十は若く見える。

彼が七雲本家の当主であり、澄也のいとこである、陶也《とうや》の父だった。

振り向いた叔父は、澄也を認めたとたんに眼の中へ厳しい色を走らせた。

「澄也か。嫌な匂いをさせているな」

きつい声音で言ってくる。叔父の言う匂いとは、翼の香りのことだろう。

澄也と叔父は、同じタランチュラ出身だ。

タランチュラといっても、原産地によってかなり変わるが、七雲の家はほとんどが南米・北米産のバードイーターと呼ばれる種に属している。

その、同じ蜘蛛《くも》を起源としながら――叔父から発せられる異様なほどの迫力は、澄也でさえ息を呑《の》むほどにすさまじい。

「……先日は、陶也が世話をかけたようだな」

叔父が言っているのは、澄也のいとこである陶也が、翼を傷つけて入院させたからだった。

しかし謝ってはいても、この叔父が本心ではなぜロウクラスのために謝らねばならない、と思っていることは読み取れた。

たぶん、自分の息子のしたことを、間違っているとは思っていないのだろう。

叔父は頑固なハイクラス至上主義者で、七雲家に誇りを持っている。

「……いえ。父からお聞きしたかもしれませんが、二年後、結婚したい相手がいるので、叔父さんにもお伝えしておこうと思いまして、今日、来させていただきました」

澄也がこの園遊会に来たのは、叔父に、翼のことを伝えたかったからだ。

叔父は澄也の言葉に眼を細めて、息をついた。

「樹齢千年の大木も、葉の先から枯れていくものだからな」

言われた厭味《いやみ》に、澄也は黙りこんでいた。

「葉が病にかかると、幹を守るために切り落とすのが普通だ。分家のお前は、七雲の枝葉の一つでしかないことは、知っているだろう」

澄也は応えなかった。叔父は淡々と続けた。

「私に認めてもらおうとは思うな。二年後には、この家に出入りできなくなると思うがいい。お前は一族の恥さらしだ」

「……はい。ただ俺は、お許しいただけるまで、待ちます」

「澄也、お前のそれは血の迷いに過ぎない。いずれ眼が覚めるぞ」

違います、とは澄也は言わなかった。

かつての自分がそうだったように、叔父にはなにを言っても通じないことは分かっていた。

叔父は軽蔑をこめた眼差《まなざ》しで、澄也を見つめている。

「時折、濃すぎる血ゆえにお前のように狂った者が出るのだ。血の迷いに取《と》り憑《つ》かれた先に待っているのは、理不尽な不幸だぞ」

お前には分からないだろう、と、叔父は言った。いえ、と澄也は否定した。

「叔父さんの言う意味は、分かっています。……ただ俺には、それが迷いとは思えません。ハイクラスに、ロウクラスは必要なのだと……」

「逆だ」

叔父は間髪入れず、言ってきた。

「ロウクラスどもが生きていくために、我々が必要だったのだ。だが今は、もうやつらに十分与えている。ハイクラスが、ロウクラスごときに人生まで与える必要が、どこにある」

分かっていただけないかもしれませんが、と、澄也は応えた。

「俺は、もうその人と決めています。いずれそのことを理解していただける日がくると、信じています。それだけ、お話しておきます」

「では、我々は決裂したということだな」

叔父ははねつけるように言った。

「お前は知らないだけだ、澄也。やつらに与えすぎた後で、残るのは後悔だけだ。やつらは私たちとは交われない。違いすぎる。弱すぎるのだ」

それだけ告げて、叔父は背を向けてしまう。

澄也はそれに、頭を下げて見送りながら、知っているさ、と思った。

——知っている。

翼の体は脆《もろ》く、命ははかない。

それは叔父よりも誰よりも、澄也が一番、よく知っていた。

◆

園遊会が終わり、澄也は久しぶりに実家の自室でベッドに潜り込んだ。

昼間叔父から言われた言葉が頭の隅に引っかかり、どこか神経がイライラして、すぐには寝付けなかった。ただそのイライラは、怒っているのとは違う、なにかよく分からないもやついた感情だった。

——やつらは私たちとは違いすぎる。弱すぎるのだ。

叔父の声がこだましてくる。

闇夜の中で、澄也はため息をついて眼を開けた。

青白い月光が、窓から差しこんできている。

天井に映るその光を見つめながら、澄也はふと思い出した。

付き合いはじめの頃、翼に聞いたことだ。

生きることそのものが目的だったとき、生きることは淋しかったと、翼は言った。

淋しいとはどういう感情だろうか。

あのとき、澄也はそう思った。

(この先本当に翼と結婚をして……一緒にいられるようになって)

何年、何十年と一緒に過ごしていくとする。

なんとかして、なるべく長く長く、翼の命をつないでいくとする。

それでもいつか、翼は死ぬだろう。

どんなに愛しても、どれほど努力しても、翼が澄也より生きることはないだろう。

(俺はいつか、翼に先立たれるだろう……)

そうして自分は、一人残される。

翼が死んだところを想像したとたん、澄也の胸の中には、信じられないほどの空虚感が生まれた。

――そうなったら、俺はどうやって生きていけばいいのだろう？

もし翼がいなくなったら、俺は生きていけるのだろうか？

生きる意味はあるのだろうか？

とても、想像がつかなかった。

そうなっても、生きてはいけるかもしれない。

けれどもう二度と、誰のことも、同じようには愛せないだろう……、と思った。

翼を思い出すたびに愛《いと》しさと苦しさに襲われ、孤独な日々を過ごすに違いない。

胸が詰まり、鼻の奥がツンとなった。

ただの空想にすぎない、ばかげていると分かりながら、澄也の目頭にはじわじわと涙が溢れてきた。

公園の池のほとりで身を寄せ合い、鯉に餌をやったりする……他愛《たあい》のない日常が、どれほど優しく重いものなのか、澄也は改めて思い知った。翼が生きていてくれることが、どれほどありがたいことなのかも。翼に会いたいと、澄也は思った。

（俺は……俺は、これからも泣くだろうな）

きっとこれから先何度も、自分は翼が死ぬことを想像して、泣くのだろう。

それは翼と一緒にいることで得た、澄也の孤独だ。

――愛する人ができることで、なぜこんな淋しさを知るのだろう？

一人でいることが自然だったころには、淋しさなど知らない感情だった。

ただ生まれてきたから生きていた、それだけの日々は退屈で、孤独だったに違いない。

今、澄也は孤独の痛みを知った。もう知らないころには戻れない。

けれど――翼を知らなかったころに戻りたいとは、やっぱり、澄也には思えないのだった。

◆

翌日、澄也は真耶に電話をした。翼の実家の住所を訊くためである。

翼は携帯電話を持っていない。

実家に電話をかけては翼の親がいらない心配をする

かもしれない。それはさすがに申し訳ない気がして、澄也は真耶に訊いたのだ。

真耶は副寮長なので、寮生の住所名簿を持っているが、寮長の兜も持っているが、兜に訊くとひとしきりからかいのタネにされるか、一緒に行くと言い出しそうでやめた。それくらいなら、真耶の厭味のほうがマシだと思った。

『実家に押しかけるなんて迷惑だろ。反対』

案の定、真耶も素直には教えてくれない。

電話口で、澄也は舌を打った。

「いきなり押しかけるわけじゃない、近くまで行って、偶然会えなければ諦める」

『なにそれ。ストーカー？　気持ち悪い。あと三日もすれば寮で会えるんだから、我慢したら』

「親御さんを驚かせたくないから仕方ないだろ。電話もかけられないいんだ……、いいだろ、近くに行くだけなんだから」

しばらく押し問答した後、真耶が『なんかあったの？』と、訊いてきた。

『本家のご当主に翼くんのこと話したんでしょ。そのことでなんかあった？』

「……なにも。許さないと言われただけだ。俺は待つと言った」

『許してもらえるまで結婚しないの？』

「まさか。結婚はする。翼を待たせる気はない。結婚して、待つ」

『……出入り禁止を受け入れるってこと。遺産ももらえなくなるかもよ』

「それくらい、大したことじゃない」

電話の向こうで、真耶がため息をついた。

『翼くんにはなにも言わないで、どんどん決めちゃっていいの？』

「あいつが、うちの事情で振り回される必要はないだろ」

そうでなくても翼は、重い荷物を抱えている。澄也はなるべく、七雲家のせいで翼を傷つけたくなかった。

結婚するまでの二年の間に、なんとしてでも、翼の味方を多く作って、できるだけ翼が幸せになれる環境を整えたい。

それはたとえば、自分が七雲を捨てて、駆け落ちのようにして結婚すればもっと話は簡単なのかもしれない。しかし澄也には、そんなつもりはなかった。

（翼は、恥ずかしい存在じゃない）

家格が違うとか、血筋が違うとか、ロウクラスだとか。そんなことは、翼の真価じゃない。

なのにもしも澄也が逃げ出したら、翼の価値を実家の尺度に合わせたように見えるだろう。

恥ずかしい相手だから駆け落ちした、許してもらえない相手だから諦めた。そう、自分で認めたようなものだ。

公明正大に翼を選んで、認めてもらいたい。

もっとも、どれだけ澄也が努力をしても、そう上手《うま》くはいかないだろう。

翼はきっと将来七雲の家のことで傷つけられるだろうし、叔父以外にも、闘わねばならない相手はたくさんいることも、澄也は知っていた。

「真耶……俺はな、なにが一番いいかなんて、本当はよく分かっていない。でもあいつが俺を選んでくれるなら、俺のできそうなことは全部やりたい。俺はただ、俺が選んだ翼を、誰にも傷つけられたくない。それだけだ」

電話の向こうで、真耶がどこか同情するような声になった。

『……バカだね、澄也。きみこそが、愛の巣に監禁されてるじゃないか』

愛に囚《とら》われて、がんじがらめになっている。

真耶はそう言いたいのかもしれなかった。

『……でも澄也にしては、いいんじゃない。その考え、嫌いじゃないよ』

早口で付け加えると、真耶は住所を教えてくれた。

『翼くんに、迷惑かけないようにね』

最後に一言釘《くぎ》を刺して、電話は切られた。

◆

翼の家は、澄也のこれまでの生活圏内からはかけ離れた、ほとんど異国のような場所だった。

都心の、地価の高い場所ばかりが行動の範囲内だった澄也にとって、都下の片隅の、ロウクラスばかりが住む界隈《かいわい》は物珍しかった。

電車を降りると駅はわりあい大きく、駅前には商店街があった。

アーケードの中を歩いているのはロウクラスばかりで、ひときわ背の高い澄也に、彼らは驚いたように立ち止まっていた。

地図を頼りに行くと、商店街のはずれについた。こまごました雑貨や、食品などが置いてある小さな店が見え、『青木商店』と書かれた看板がかけられている。

軒先で、小柄な女性が一人、客の相手をしていた。

おっとりとした優しそうな顔が、なんとなく翼に似ている。

(お母さんか……)

と、澄也は思った。

心配性だと聞いていたイメージとは少し違って、笑顔の温かな人だった。もっと奥に、同じように小柄な男性が座っていて、そちらは翼の父親なのだろう、穏やかな顔で、電話に応対していた。

出て行って声をかけることもできず、澄也はしばらく迷ってその店の前を通り過ぎた。

家の裏に公園がある、と翼が言っていたことを思い出す。

気まぐれに角を曲がると、たしかに小さな公園があった。夕方になる前だからか、人気《ひとけ》はない。

公園のブランコに腰を下ろすと、それは澄也にはオモチャのように小さく、窮屈だった。

顔をあげたら、翼の家の、二階の窓が見える。小さな、四角い窓だ。

あそこから、幼い頃の翼は、公園で遊ぶ友達を眺めていたのだろうか。

淋しかったなあ……、と言った翼の声が耳の奥に蘇《よみがえ》ると、澄也の胸は痛んだ。

(……俺はこんなことでも、悲しめるのか)

他人のことで、それも想像に過ぎないことで、切なくなれる。

自分の変わりようが、澄也はおかしかった。

その時、「先輩?」と、よく知った声が聞こえた気がした。

顔を上げたら、さっき見ていた窓から、翼が顔を出していた。とてもびっくりした表情で。

その顔はすぐに引っ込み、ややあって、つっかけ姿の翼が公園に駆けてきた。

「澄也先輩？　どうしたんだよ？」

翼の姿を見たとたん、なぜなのか、澄也の胸の中で切ない感情が膨れあがってきた。

この気持ちがなんなのか、よく分からない。

懐かしさ、切なさ、淋しさ。

そして、愛しさ。

翼が愛しい。

翼が大事だった。

翼を思うと、愛しさで泣きだしたくなるくらいに。

翼が生きていてくれることが、嬉しかった。その嬉しさは同時に、とてつもない淋しさと、切なさをはらんでいて、想《おも》うほどに胸に痛かった。

それはいつか、翼を失うと、分かっているからかもしれない――。

どれだけ愛の喜びを感じても、この喜びはいずれ失われる……と、澄也は知っている。けれど知っていてもなお、愛の喜びは胸に甘美だった。

そのとき、そうせずにはいられない気がして、澄也はブランコから立ち上がると、翼の小さな体を、きつく抱きしめていた。

翼の体から、自分自身の香りと一緒に、翼自身の甘い匂いがした。

たった数日離れていただけなのに、翼の香りが、ひどく懐かしい。

（真耶の言ったとおりだ……）

愛にがんじがらめにされた自分を、澄也は感じた。

なんと恐ろしい罠なのだろう。

もう自分は、翼のいない生き方なんて考えられなくなっている。

翼と出会うまで。

――ただ生まれたから、生きているだけだったはずなのに。

（今の俺は、お前と幸せになるために、生きている）

愛は恐ろしい。

いつだったかも思ったことを、澄也はまた思った。

内部から自分をすっかり変え、もしなくなったら生きていけなくさせるほどに、愛は暴力的だ。

――そうだ、けれど、愛がこれほど強い力を持っているのなら。

きっともっと、周りを変えることができる。

(俺がこれだけ変わったんだ。きっと愛の力で……俺の周りも変えていける……)

澄也はふと、そう思った。

「先輩、どうしたんだよ？　淋しかったのか？」

翼が、心配そうに訊いてくる。

翼は細い腕を澄也の背中に回し、小さな手のひらで、それでも澄也を守ろうというように、背骨の上をさすってくれる。

優しい翼に、その愛情に、澄也はなんだか泣きたい気持ちだった。

「……ああ。淋しくて、会いにきたんだ」

――お前のことを、叔父に話した。辛い思いをさせるかもしれないけど、俺は覚悟を決めてる。

そして――お前が死ぬことを考えたよ。俺は、お前を失ったら、生きていけないと思って泣いた……。

(お前が生きているか、ちゃんと確かめたくて、会いに来たんだ……)

そんな言葉が胸の内に浮かんだけれど、それは言わなかった。

顔を覗《のぞ》き込むと、翼はにっこりと笑ってくれた。

まだ生きている翼。

体の内側で、心臓がとくとくと鳴っている翼。澄也の話を聞き、澄也を愛してくれている、翼。

「俺も、会いたかったよ。会いに来てくれて、すげえ嬉しい」

翼の言葉に、澄也は簡単に幸福になった。ホッとした。

そっと唇を寄せると、翼は眼を閉じてくれた。そのまま、数日ぶりのキスをする。

いつしか夕刻が近づき、太陽は西に傾き始めている。

学校帰りの子どもたちが公園に入ってくるまでの間、澄也は翼を抱きしめ、長い長いキスをした。

そのときだけは、澄也の頭の中から、失う怖さも、愛する孤独も、きれいに消えているようだった。

翼を愛して孤独を知った。けれどその孤独は、翼への愛で、消せるのだろうか？

奥深い愛の仕掛けた、巧妙な罠のことなど、澄也にはまだ、解き明かせるはずもなかったのだけれど。

恋とはかくも、恐ろしきもの

生まれてきて十八年、七雲澄也《なぐもすみや》は一度として、まともに人を好きになったことがなかった。

恋愛とは空に浮かぶ雲のように、ふわふわとしてつかみどころなく遠いもの、けれど巷《ちまた》に氾濫したラブソングや恋愛映画によれば、甘酸っぱく楽しいものらしい。

――まあ、俺には関係ないし、関係したいとも思わないが。

というのが、澄也のそれまでの恋愛観だった。

◆

澄也はイライラしていた。というのも、つい先日恋人になったばかりの青木《あおき》翼《つばさ》が、なかなか帰ってこないからだった。


学校が休みの日曜日、普段なら朝から晩まで澄也が翼の時間を独占しているのだが、その日は前々から、

「真耶《まや》先輩と、央太《おうた》と、遊んで来ていい？」

と、訊かれていた。正直なところ、嫌だと思った。

翼は可愛い。ものすごく可愛い、ということに澄也が本当に気がついたのは、付き合いだしてからだ。惚《ほ》れた欲目だと言われればそうなのかもしれない。だが、最初物珍しさで抱き、やがてその真《ま》っ直《す》ぐな気性に惹かれ、恋人になった今は、小さな丸い頭や、子どものころから変わっていなさそうな髪型や、好奇心いっぱいの瞳や小さめの唇、細い手足や桃色の乳首、やや幼げな性器に至るまで、すべてが可愛く見えて仕方がない。柔らかく甘さのある声なのに、しゃべり方がやんちゃだったり、そのくせ無邪気で、知らないことを聞くたび、首をこてんと傾《かし》げる仕草なども、澄也にはたまらなかった。

翼を見ていると、時折澄也は自分の腹の奥から得体の知れない熱が突き上げてくるのを感じる。それは性欲とは違う、愛しさと興奮がないまぜになった衝動で、翼を抱きしめ、小さな頭に頬を擦りつけて撫《な》で回

したい、可愛い可愛いと言って、ぎゅうぎゅうと抱きつぶしたい、そんな感情だった。もっとも、行動に移したことはなく、その衝動をどう表現していいか分からないので、いつも手を伸ばして口づけるだけ。時には抑えきれずに、ベッドに押し倒す日もあるが、とにもかくにもそのくらい、澄也は翼が可愛かった。

そんな可愛い翼が、自分以外の男と遊びに行きたいと言うのだ。ものすごく嫌なのは当然のことだろうと、澄也は思う。

とはいえ、真耶と央太は翼が一番仲良くしている二人だし、なにより二人とも澄也と違って翼に性欲を感じるようなタイプではない。世の中の男を花と獣に分けるなら、翼も真耶も央太も花側の人間で、獣側にいる自分とは違う。それに、翼にだって友人と遊ぶ時間は必要だろうし、ダメだと言って度量の狭い男だと思われたくもなくて、澄也は内心は渋々、外から見る分には余裕を持って、行ってこい、と了承した。

けれどそれを許せた一番の理由は、自分がまさか、ほんの数時間も待てないほど翼にのめりこんでいるとは、まだ分かっていなかったからだった——。

それが一体、どうしたことか。

じゃあ出掛けてくるね、と翼が寮を出て三時間。初めの一時間は部屋で本を読んでいたはずの澄也は、今、とあるカフェテリアの一人用のボックス席に、大きな体を隠すようにして座っていた。

カフェは広く、若者客が中心だった。

中央のカウンターにはケーキやフルーツ、澄也が見たこともないチョコレートをだらだら流している噴水のようなもの——なんだあれは、と澄也はぞっとした——が所狭しと並び、客が入れ替わり立ち替わり、皿に好きなものをよそっていた。

キュートな内装の中でも、翼の笑顔は一際可愛く澄也には見える。

翼はカフェの中、央太と真耶と一緒に、デザートを物色しながら、楽しそうにおしゃべりをしている。どうやらここは有名なスイーツバイキングの店らしい。チョウやハチを起源種にした人間は基本、甘党だ。そろって甘いもの好きの三人は前から一緒に行こうと約束していたと聞いた。それにしても、と澄也は思う。（甘い物が食いたいなら、そう言えばいいだろう。俺

が連れて行ってやったのに）

　それもこんな、庶民的なバイキングではなく、一流パティシエやショコラティエのいるショップに。気持ちよく送り出しておきながら、真耶や央太と楽しそうにしている翼を見ると、なんだか悔しい気持ちが湧いてくる。

　店内を観察すると、男同士の客も多く、ハイクラスの姿もかなりあって、澄也はつい眉をしかめてしまう。

（思った以上に危険な場所だろうが。真耶のやつ、引率の身のくせに、なんだってこんなところに連れて来るんだ）

　俺には、「翼くんは体が弱いんだからあんまり抱くな」とか、「まだ付き合うこと認めてないからね」とかと言っておいて、お前だって翼のことを考えてないだろうが。

　と、言ってやりたい。

　周りの男の誰が翼に目をつけるか気が気でなく、澄也はすぐにでも出て行って寮に連れ帰りたくなったがそうもできず、人差し指でイライラと机を小刻みに叩《たた》いた。やはり次、翼が真耶たちと出かけたいと言っても、もうダメだと言おう。そうしよう、と心に決める。

「あのー、お客様。バイキングですが、システムをご存知《ぞんじ》ありませんか……？」

　コーヒーしか飲んでいない澄也を不審がってか、話しかけてきた店員を小声で追い払ったそのとき、翼たちが近づいてきて、少し離れた席についた。思わず植木鉢の陰に隠れたが、三人は澄也には気付かなかったようだ。

「すっごい美味しいー。真耶兄さま、連れてきてくれてありがと！」

　五感の優れている澄也は、多少の距離なら会話を聞くことができるので、耳を澄ますと、元気な央太の声が聞こえてきた。

「どういたしまして。翼くんは大丈夫だった？　澄也、一緒に過ごせなくてむくれてたんじゃない？　ああ見えて子どもだからね」

　一言多い真耶に、澄也はムッとなった。

「ううん。それに甘い物食べるのは、澄也先輩とよりは、二人とのほうが楽しいし」

無邪気に言う翼に、澄也は「ガーン」と、なった。文字通り、ガーン、だった。怒りというのではない。翼は自分といても、楽しくないのか、と思うと体中から力が抜けていくほどショックを受けてしまう。

——なにが悪かったんだ？　俺だってお前と、あのわけの分からんチョコの噴水にイチゴを入れて笑うことくらい、できるぞ⁉　翼が望むならそれくらいする。

そう考えている自分にも驚いて、ますますショックを受ける。

「澄也とじゃ、確かにねぇ。チョコレートファウンテン見て、なんだこの噴水は、とか言いそうだもんね」

真耶がフンッと鼻で嗤《わら》い、澄也は図星なので、くっと歯を食いしばった。翼は笑っていたが、「そうじゃなくて」とニコニコして、続けた。

「澄也先輩といると、なんかあんまり食べられなくなっちゃうんだよなー。そんなつもりないんだけど、すぐお腹いっぱいになっちゃうの」

「えー、それって胸がいっぱい、ってやつ？」

央太が嬉しそうに、声をあげる。翼は「なのかなあ」と言い、照れたように頬を掻《か》いている。そんな仕草も可愛い。

「先輩よく、美味いものくれるんだけど、俺、味とか分かんなくなっちゃうの。先輩が一緒にいてくれて、俺のこと……好き、でいてくれてる、って思ったらもう、なんか、嬉しくて、ドキドキして、幸せで……」

翼はだんだん赤くなり、顔を伏せた。蕩《とろ》けるような笑顔をしているのが、澄也にも見える。央太は両頬をおさえて「翼、愛しちゃってるぅ」とはしゃぎ、真耶はそんな翼を、保護者のような眼で優しく見つめている。

コーヒーしか飲んでいないはずの澄也も、甘いものを口いっぱいに頬張《ほおば》ったかのような、そんな気持ちになっていた。幸せというのは、こういう気分のことを言うのだろう。素直にそう思える満たされた気持ちで、さっきまでの苛立ちや心配が、きれいに消えている。

皿のケーキを既にたいらげた央太が、翼をせっつき、またカウンターの方へと連れて行った。小さな背中が楽しそうにチョコの噴水のほうへ歩いて行くのを見届けると、澄也は席を立った。やっぱり時々なら、俺抜きで出かけても、許してやろう。

いつの間にかそんなふうに気持ちが変わっている。自分の気分が、翼の一言でこうまで変わるのが恐ろしい。

恋とはただ甘酸っぱく、楽しいだけではないらしい。が、それでもなぜ巷にあれほどラブソングや恋愛映画が溢れかえるのか。

今なら澄也にも、少し分かる気がした。

愛の巣をはりきみを待つ

十一月上旬、星北学園《せいほくがくえん》は学園祭を迎えた。

「俺、学園祭ってはじめて。楽しみだなー、先輩のクラスは喫茶店だっけ？　行ったら給仕してくれる？」

学園祭のパンフレットを開きながら、わくわくと話しているのは青木翼《あおきつばさ》——七雲澄也《なぐもすみや》の恋人である。一学期から付き合いはじめた二つ下のロウクラス。ツバメシジミチョウのこの恋人が、いつの間にか澄也の世界のすべてになっていた。

◆

秋晴れの空にポンポン、と花火が焚《た》かれ、学園祭の開始がアナウンスされた。

星北学園はそもそもが名門校。学業第一の学校なので、学園祭も一日限り。その日は一般公開も兼ねている。

校風は自由とは言い難《がた》いので、あまり盛大とは言えない。

クラスの出し物はおとなしいが、かわりに名門校ならではの各展示や、寮対抗のスポーツ試合、楽団のオーケストラなど、普段の文化活動の発表は充実していて本格的だった。

とはいえ、どこの部活にも所属していない澄也は、毎年我関せずだ。

生徒会メンバーとして東奔西走している幼なじみの兜《かぶと》や真耶《まや》を後目《しりめ》に、適当に暇をつぶし、昼寝をし、ときには気の向いた相手とセックスする程度だったのだが——。

「人って分からないものだよねえ。まさかあの澄也クンがクラスの出し物に参加するなんて」

「これまでの行いを悔い改めるといいよ」

生徒会の見回りで、クラスにやって来た兜はクックックと楽しそうに笑い、真耶はいつもどおり、冷たい視線で辛辣な言葉を口にする。

（くそ、言いたい放題言いやがって）

腹は立ったが、そう思われても仕方がない。

なにしろ澄也がクラスの、「喫茶店」などというどうでもいい、地味な、冴《さ》えない出し物に真面目に参加する気になったのは、ひとえに翼のためだった。

おかげでクラスメイトの大半からは、

「あの七雲澄也が参加するって……」

「マジかよ。なんで？」

という顔をされた。一人が、

「きっとシジミちゃんのためだろ」

と言ったとたん、なるほど、それしかあるまい、と納得されたのも、なかなかに恥ずかしい。

恥ずかしいが、そんなことよりも翼だ――。

学園祭ってはじめて、とわくわくした顔で、嬉しそうにパンフレットを開いていた翼の瞳を思い出すと、誰になにを言われようが、どう思われようが、どうでもいいと澄也は思ってしまう。

それくらい、澄也には貴重だった。

自分の力で、自分のすることで、翼を喜ばせられるということが。

◆

「わっ、澄也先輩かっこいい！」

学園祭開始から二時間。十一時ごろ、クラスの出し物から解放された翼は白木《しらき》央太《おうた》と二人連れだって、澄也のクラスへやって来た。

教室とはいっても、金持ち学校の教室。床は光沢の美しい石がはめ込まれている。その中に、食堂から借りてきた円卓をいくつも並べ、清潔なペールグリーンのテーブルクロスをかけ、静かにクラシック音楽を流している。まるでホテルのロビーラウンジのような雰囲気がある。

給仕役の一人となった澄也は、きっちりと制服を着込んでいた。

白いシャツに、黒のスラックス。黒いリボンタイという、燕尾服《えんびふく》姿のフットマン。

均整がとれた男らしい体格が、制服によって際立っている。央太は染めた頬を両手で包み、ほうっとため息をつき、翼も、大きな眼をきらきらさせている。

「いらっしゃいませ、お客様」

決められたとおり、きちんとお辞儀をすると、その翼の可愛いほっぺたに、血の色がのぼってきた。

可愛いな、と澄也は思ったし、そんな顔をさせられて満足した。

「すっごく似合ってます。ドキドキしちゃう。ね、翼！」

央太の感想は澄也にはどうでもいいのだが、この素直な反応のおかげで翼の感想も素直になるから助かる。

一緒に窓際のテーブルについた翼は、央太に言われて「うん」とニコニコしている。

しかし澄也には、だぼっとしたカーディガンを着ているだけの翼のほうが、よっぽど可愛く魅力的に見えた。体の小さい翼は、学校指定のカーディガンがどうしてもサイズが合わず、一番小さいものを着ても袖が余っているのだ。

――ああいうの萌《も》え袖って言うらしいよ！　可愛いよね。萌え萌えキュンってしちゃう。でしょ？

とかなんとか、言っていたのは兜だ。

そのときはウザイ、と追い払ったが、萌え袖という言葉を知れたのはよかった。それに、翼を見ているとうずうずした、なんともいえない気持ちになるが、これがたぶん「萌え萌えキュン」という状態なのだろう、と澄也は思っていた。

けれどそんな萌え萌えキュン状態の気持ちは押し隠し、ただひたすら涼やかな笑顔で翼の席をひいてやり、メニューを渡す。

「どうする？　お前は甘いのが好きだったろ。このへんは、一流ホテルから取り寄せた菓子だ。味は保証する」

学園祭で喫茶店をやるからといって、わざわざ手作りをするようなクラスはまずない。そのへんは、冷めた校風なのだ。なので、澄也のクラスは近場の一流ホテルからケーキやスコーン、茶葉を取り寄せていた。おかげで味はどれもいい。

「そこのホテルなら、こないだ真耶兄さまと行ったね。あれ美味しかったから、翼、アフタヌーンティセットにしようよ」

央太が嬉々《きき》として言い、翼が「そういえばそうだったな」と頷いた。

ちょっと面白くない、と澄也は思った。

翼の「楽しい」「嬉しい」に、真耶との思い出が混ざってしまった。

純粋に俺が与えたものじゃなくなった――。

誰にも言えないが、それがなんとなく不満だ。

チョウ種やハチ種を起源にした人間は、基本的に甘い物好きだ。そうではない人間もいるが、ツバメシジミチョウの翼、スジボソヤマキチョウの央太、ヒメスズメバチの雀《すずめ》真耶はそろって甘いもの好きで、しかも仲が良く、翼は央太と真耶が大好きで、央太と真耶も翼が大好きなので、三人はしょっちゅう一緒にあちこちのスイーツを食べ歩いている。

翼が央太と真耶と、

「一緒に甘いもの、食べに行ってきていい？」

と訊いてくるたび、澄也は、

「ダメ！　ダメダメダメ、ダメったらダメだ。なんであいつらと行く？　俺と行けばいいだろうが。俺がお前の恋人なんだぞ。貴重な休みをあいつらとつぶすのか？　俺といろ！　俺だってお前といたいんだ！」

と大声を張り上げたくなるが、そうはしない。

しないで、

「ああ。行って来い」

と、死ぬほど努力して笑顔を作るようにしていた。

なぜなら翼はこの学園にやって来るまで、ほとんど一人ぼっちで過ごしてきて、仲良しの親友も、なんでも相談できる先輩もはじめてできたと言うし、食べ歩きして帰ってきたあとは、毎回必ず嬉しそうで、

「行かせてくれてありがと。先輩」

と、可愛い顔で小首を傾げるし、行った先からは、少ないお小遣いで澄也へのお土産を買ってきてくれて、

「先輩にも食べてほしくて……。な、一緒に食べよ？」

などと、こいつは天使か？　と思うようなことを言ってくれる。

それに一度だけ、三人の食べ歩きにこっそりついて行ったことがある。会話を盗み聞きしていると、真耶などはバカにして、

「澄也はチョコレートファウンテンを見たら、なんだこの噴水はとか言いそう」

と嗤っていたが――実際、なんだあの噴水は、と

思ったし、確実に誰が見てもなんだあの噴水は、と思うだろう。チョコレートの滝など、気が狂ってる、と澄也は思う。

翼は可愛く、

「澄也先輩と一緒だと、俺、すぐお腹いっぱいになっちゃうの。先輩が俺のこと好き、でいてくれてる、って思ったらもう、なんか、嬉しくて、ドキドキして、幸せで……」

と、話していた。

それを聞くと、澄也はもう「行くな」とは言えなかった。

（くそ、なんて可愛いんだ……俺の想像を軽く超えてくる）

翼の甘ったるさはチョコレートの噴水どころではない、と、澄也は思うのだ。

「アフタヌーンティーセット、二つですね。畏《かしこ》まりました」

オーダーをとっていると、翼が頬を染め、嬉しそうに澄也を見つめている。眼を合わせると、えへへ、と照れ笑いした。

「澄也先輩って、敬語もカッコイイな……」

「そりゃどうも」

と、澄也はニヤッと笑ったが、内心は、心の中で火山が噴火したように興奮していた。

可愛いすぎるぞ、翼。

敬語くらいで嬉しそうにする翼に感激する。これが兜なら「いやー、澄也クンの敬語、萌え萌えキュン」とニヤニヤするだけだろうし、真耶なら氷のような顔で無反応、仮に感想を聞いても「気持ち悪い」としか返さないだろう。

オーダーをカウンターに通すためにテーブルを離れながら、澄也はふっと一人、ほくそ笑んでしまう。

同時に、俺の姿が見えて、翼はちゃんと全部食べきれるのか？　なんて心配もする。胸いっぱいで食べきれないとかわいそうだ。

「あれがシジミちゃんかー、思ったより可愛いんだな」

「小さいな。あれで澄也に抱かれてんのか……」

と、裏でこそこそ話している声がし、澄也はムッとした。

「おい、オーダー」

こめかみに青筋をたててオーダー票を出すと、カウンターの奥から翼を覗《のぞ》き見《み》していたクラスメイト二人が、「ひっ」と声をあげた。

「あ、ああ。ごくろーさん」

「澄也、恋人来てんだろ。話しててもいいぞ」

ご機嫌をとるように気遣われたが、澄也は「いい」と断った。

翼はたぶん、澄也が同じテーブルにつくと「胸いっぱい」で食べにくいだろうし、なによりかっこよく立ち働いている姿を見たいに違いないのだ。

カウンターの奥にあるティーセットやソーサーを自ら取り出し、自ら紅茶を淹《い》れ、スタンドにサンドイッチやスコーンを並べていく。自慢ではないが、手先は器用なほうだ。外科医にもなれると言われている。

きれいに並べ、茶葉を蒸らし終えると、澄也はそれらを翼と央太のテーブルに運んだ。

「アールグレイとアッサムです。アッサムにはミルクをどうぞ」

朝なので、どちらもやや強めに出した。一杯目は注いでやると、翼がパチパチと拍手した。

「澄也先輩、紅茶淹れるのも上手」

そうだろう、と澄也は思う。こういうのは結局、力加減だ。

翼は力があまりない。澄也から見ると非力と言っていいレベルだ。紅茶を淹れさせてもこぼしたりはしないが、それは注意深く丁寧な性格からそうできるだけで、澄也のように、なんでも見よう見まねでヒョイヒョイと簡単にできるわけではなさそうだった。

そんな翼の弱さ、小ささ、すべてが澄也には愛しく映る。

脆い体と弱い力の中で、翼の精神は強靱で、真っ直ぐだった。生きることにいつも懸命で、素直で、愛というものを知っている。

澄也は頑丈で強い力を持っているが、翼がいなければけっして埋まらない心の脆さを抱えていることを、出会ってから知ってしまった。

「お前のクラスの出し物は展示だったか？　あとで見に行く」

澄也が言うと、翼は嬉しそうにした。

「西洋の、お屋敷文化についてなんだ」

ふーん、と澄也は聞いた。

特に目新しいところはない展示内容だ。お屋敷文化など、本物の屋敷に暮らしているここの生徒からすれば、片手間で理解ができるから選んだ、としか思えない。だがまあ、毎年展示はそんなものだ。それでも偏差値が高い学校なりに、展示物はいつも出来が良い。

「翼が受付するのは、午後からですっ、ね」

「先輩が来てくれたら、クラスのみんなびっくりしそうだな。俺が担当した項目もあるから、楽しんでくれるといいけど」

翼が担当したのは、海外のメイド文化についての項目だという。そんな使用人のことなんか調べてなにが面白いのだろう……と、幼い頃から使用人に囲まれて育った澄也は思ったが、口には出さなかった。

央太と翼は女子生徒か、と言いたくなるくらいゆっくりアフタヌーンティーを楽しみ、一時間ほど居座ってから出て行った。

「かわいかったなー」

「男子校に一瞬、花が咲いた感じ……」

と話していたクラスメイトを、とりあえず澄也は睨みつけておいた。


午後になり、澄也は当番から解放された。翼はクラスの受付にいるというので、向かうことにした。廊下は人で溢れ、ざわざわと賑やかだった。

学外の者もいて、澄也が歩いているとちらちらと視線を向けられる。そのうち、「澄也クン」と声をかけられて振り向くと、案の定、兜と真耶が立っていた。

二人は『生徒会見回り中』の腕章をつけている。どうやら各クラスを回っているところらしい。

「澄也クンのウェイター姿見たかったのに、もう当番終わっちゃったの？」

「真面目にやったんだろうね」

面白がっている兜と偉そうに訊いてくる真耶を睨みつけ、「ちゃんとやったよ」と言う。二人はこれから翼のクラスを見回るらしく、不本意ながら一緒に向かうことになってしまった。

「さっきシジミちゃんが、央太くんと一緒に歩いてるとこに会ったよ。澄也クンのクラスのメニュー美味しかったって」

兜に言われ、澄也はフン、と頷いた。

「ホテルの出来合いだからな」

と、横にいる真耶が、じっと澄也を見ている。その視線がうるさくて、澄也は「なんだ」と眉をしかめた。

「べつに？　意外に、我慢できてるなと思って」

相変わらず、上から目線だ。どうせ翼のことだろうと思い、澄也がムッとすると、「学園祭で、あっちには行くなとか、あれはするなとか、翼くんへもっとうるさく注文つけると思ってたのに」と真耶は言った。

「ダメダメ言うの、我慢できてるみたいだね」

そこは我慢してるみたいだね、でいいのに、なぜこいつはわざわざ、我慢できてる、という言葉を選ぶのだ。

イライラしながら「俺はそこまで狭量じゃない」と澄也は真耶を突っぱねた。

「翼のしたいようにさせてやる。そう決めてる。寛容だ」

「へー。それはそれは」

どうでもよさそうに返事をしてくる真耶にはムカついたが、澄也はこれ以上ケンカをしても無意味だと引き下がった。真耶は口がたつし、いちいち正論なのでなにを言ってもこちらが負けになるのだ。

（言ってろ。俺は変わったんだ。包容力のある彼氏にな……）

真耶が認めようが認めまいが、澄也は翼と付き合っている。翼が好きなのは俺なのだ、と思うと、根拠のない自信がふつふつと湧き上がってきた。

「あ、澄也先輩。兜先輩に真耶先輩も！」

と、翼のクラスが見え、嬉しそうに手を振る翼が見えた。

翼、お疲れ、という気持ちで笑みを見せようとしたその瞬間、澄也は固まった。翼が、妙な服を着ていたのだ。

黒いワンピースに、フリルのついたエプロン。細い足はタイツこそはいていたが、太ももまで露《あら》わになっている――どこからどう見ても、メイドの格好だ。

「……わお。かーわいい」

横で兜が呟き、

「つ、つばさくん……」

真耶が青ざめる。その瞬間、澄也は理性を失っていた。

「ダメだ！　その格好はダメだ！」

廊下に響き渡る己の怒声。翼はきょとんとしていたが、澄也はその細い腕を掴《つか》むと、展示物が並んだ教室内に向かって声を張り上げた。

「青木翼は連れてくぞ！　あとで責任者に話がある！」

くそったれが。誰が翼にこんな扇情的な格好をさせたのか。

腹を立てながら翼を引っ張っていく澄也の耳に、

「寛容じゃなかったの？」とイヤミを言う真耶の声が聞こえたが、それは無視した。

早くこの服を脱がさねば。よく考えたら着替えがない。ならもう、寮に連れて帰ろう、と澄也は思う。

引っ張られている翼が「先輩？　おい、先輩ってば！」とだんだん怒った声になっているが、知ったことか。

（俺の部屋に連れ帰って全部脱がす。脱がしたあとは

……）

お仕置きという名の、甘いセックスにしよう。澄也は頭の隅で、そう考えていた。

先輩の、ほしいもの

——そういえば、澄也《すみや》先輩ってなにがほしいんだろう？

翼《つばさ》は考えたことがなかった、というより、澄也はなんでも持っているので、なにかほしいものがあるとは、想像すらできなかった。

十二月。

冬の厳しい寒さが近づいてくるのが、教室の窓からもよく分かる。つい先日まで美しく紅葉していた銀杏《いちょう》の木はみんな葉を落とし、空は凍ったような薄水色で、雲は高いところで筋になっている。けれど寒そうな戸外の様子とは裏腹に、街中に出るとクリスマスソングが流れ、あちこちにツリーが並んで賑《にぎ》やかだ。

ちょうど冬休みに入る直前だから、翼は今年のクリスマス・イブを、澄也と過ごそうと約束していた。恋人ができたのも人生初なら、恋人と過ごすクリスマスも、人生初だ。

どんなふうに過ごそう。なにをしよう。そして、なにを贈ろう。

数日前からずっと、翼の頭の中はそんな計画でいっぱいで、すっかり浮き足立っていた。

◆

「どうした？　なにか悩みでもあるのか？」

突然澄也にそう訊かれ、翼はドキッとした。

授業も終わり、夕飯も済ませたあと、翼は澄也の部屋を訪れるのが日課になっている。夏に入院したせいで遅れた勉強を、いつも澄也がみてくれるのだ。

翼は特別奨学生として学園に入学しているので、成績を落とすわけにはいかない。いつも必死で勉強をしているが、今日はなんとなく上の空で、隣に座って数学の設問を一緒に解いてくれている澄也の横顔を、無意識のうちにじっと見つめてしまっていた。それに気づいた澄也が、ふと目線を合わせて、訊いてくれたのだ。

「あっ、ううん。なんでもないよ。ちょっとぼーっとしてただけ」

「……具合悪いのか？　熱は？」

翼が慌てて弁解すると、澄也は翼の額に自分の額をこつん、と当ててきた。甘い澄也の匂いと、厚みのある体の、温かな気配が近づき、翼は胸が高鳴るのを感じた。

もう付き合っているのにおかしいと思うのだが、付き合う前までは互いに意地の張り合いだったせいか、翼は恋人になってからのほうがよほど素直に、澄也に恋をしている。

何度も抱き合っているはずが、ほんのちょっとの肌の触れあいでもドキドキする。それに付き合って初めて知ったが、澄也は恋人に、ものすごく甘いタイプだった。

たとえば、翼にとってはごく日常的な微熱でも、寝てろ、寝ないなら抱いて病院に連れて行く、と大騒ぎする。澄也の部屋にはそれまでそんなものはなかったのに、最近ではウールのブランケットだの、湯たんぽだのが充実し、灰皿や酒が消え、かわりに生姜《しょうが》湯や葛湯などの健康グッズが常備された。そんな澄也を見て、翼が仲良くしている先輩の真耶《まや》は、

「変われば変わるもんだね……気持ち悪い」

と顔をしかめるが、翼はそれまで誰も知らなかっただけで、澄也先輩はもともとこういう人だったんじゃないかなあ、と、思ったりする。

（本当は、与えるのが好きな人――だったんじゃないのかなあって。だからよけい、なにがほしいのか分かんないんだけど）

困ったなあ、とプレゼントに悩む翼は、ため息をつきそうになったが、そうするとまた澄也が「どうしたんだ」「誰かにひどいこと、されてるのか」と心配しだすので、急いでそれを飲み込んだ。

◆

「澄也のほしいもの？　さあ？　全ッ然、興味ないからね」

生徒会の終わった直後、翼が隣に座っていた真耶に訊いてみると、そんな返事が返ってきた。案の定だっ

たが、央太《おうた》に訊けば「お菓子がいいよ」と言われ――それは央太が好きなもので、タランチュラが起源種の澄也は甘党ではないと翼は苦笑した――兜《かぶと》に訊いたときは「フェラしてあげれば？」と言われ――その後兜は、真耶に思い切り向《む》こう臑《すね》を蹴られていた――翼は他に訊く相手がいなかった。

思わず、ふーとため息をつく。

するとすぐ側にいた生徒会メンバーの数人が、「シジミちゃん、なにか悩み事？」と、そわそわした様子で訊いてきてくれた。

彼らはちょうど居残って、書類を整理しているところだった。生徒会役員の面々は、翼をロウクラスだからと差別するどころか、むしろロウクラスだからと親切にしてくれるので、翼は心から感謝している。今も一人が心配そうに、澄也さんにひどいことされてない？」

「もしかして、澄也さんにひどいことされてない？」

「そうなら、別れたほうがいいかもよ」

「えっ、シジミちゃん、澄也さんとやっと別れるの？」

いつの間にか部屋中のメンバーが翼の元へ集まり、わいわいと言い始め、翼が慌てて誤解を解く前に、真耶が「はいはい、そこまで」と騒ぎを収めてくれた。

「何度も言ってるけど、澄也と別れたからって君らにチャンスがあるわけじゃないからね。そういうこと言うから、あのバカ蜘蛛が生徒会室までこの子迎えに来ちゃうんだから。やめてやめて。面倒くさい。君らだって、うっとうしいでしょ」

真耶の言葉に、みんな残念そうに散っていく。

「澄也先輩って、やっぱり注目されてますよね」

こんなやりとりはしょっちゅうなので、翼が感心して言うと、真耶は頭痛がするようにこめかみを押さえた。

「澄也が、じゃなくて翼くんが、なんだけどね……まあいいや。それで、翼くんは澄也のクリスマスプレゼントを迷ってるの？」

「澄也先輩ってお金持ちだから、なんでも持ってそうで。俺の小遣いなんてたかが知れてるから、高いもの買えないし」

真耶に訊かれて、翼は本来の話題に戻る。

「たしかにお金はあるけど、澄也が持ってないものは、まだまだあると思うよ」

言われて眼をしばたたくと、真耶のほうもふー、と、ため息をついた。

「翼くんが澄也をこんなに好きだなんてね……しかも澄也とおんなじ質問……。でもまあ、澄也がなにがほしいかより、きみがなにをあげたいか、を優先したら？」

（俺がなにをあげたいか？）

眼が覚める思いだった。そんなふうに考えてはおらず、そういえば自分はなにを澄也にあげたいのだろう、と思う。ただ、澄也に喜んでほしいし、笑顔になってほしいだけだ。

（いつも一緒にいて、嬉しい気持ち。俺も先輩にあげられたらなって）

澄也は滅多に笑わない。けれど時折翼の眼を見つめ、ふっと、優しく微笑むことがある。するとまるで、空気まで柔らかくなったように感じる。翼はそれだけで幸せになれる。

もし、自分にほしいものがあるとするなら。

たぶんそんな、他愛のない幸せが、これからもほしい。ささやかに見えて、実はとても贅沢《ぜいたく》な願いだ。それは特別な一日だけのことではなく、毎日の中で、積み重ねていきたい幸福だからだ。

「そうか、だったら嬉しい気持ちって、毎日でも、言っていいよな」

思わず翼が呟《つぶや》くと、真耶が不思議そうに顔をあげた。翼は真耶に、ニッコリ笑った。

「ありがと！　真耶先輩。俺、先輩に直接訊いてみる！」


寮に帰り、いつものように澄也の部屋へ行く。ノックをしても、澄也が出てこなかったので、部屋にいないのかと翼は思い、そっとドアノブを回すと、扉は開いていた。こっそり中を窺《うかが》うと、澄也はノックが聞こえなかっただけのようで、部屋の中にいた。なにがあったのか、しかめ面をして部屋をうろうろと歩き回っている。

「じゃあ、ホテルのレストランで食事して、最上階の部屋をとって、プレゼントにブランド品はダメだって言うのか？」

と、しかめ面の澄也が言った。どうやら部屋に人が来ているらしいと思ったとき、「別にダメじゃないけどさあ」と、兜の声が聞こえてきた。

「そんなお金かけても、シジミちゃんは喜ばないんじゃない？　もっとシンプルにしたらあ？」

　兜が言うシジミちゃん、とは自分のことだ。澄也が兜と、自分の話をしていると知り、翼は思わずドキドキしてきた。立ち聞きしていいものか迷っていると、澄也が「真耶にも同じことを言われた」と不機嫌そうに言う。

「ただ、喜ばせてやりたいだけなんだよ。……でも、翼のほしいものが、分からない」

　翼は思わず、息を止めていた。奥のほうで、ふっと、兜の笑う気配がある。

「でもまあ、たぶん君ら、同じものがほしいんじゃない？」

　あとは二人で話し合ってよね、と言って兜が立ち上がり、こちらへ向かってくる。「おい、兜、話は終わってない……」と、言いかけた澄也が扉口を振り返り、翼を見て声をなくした。翼は申し訳ないような、照れくさいような、けれどそれよりもずっと大きな喜びで、顔を赤くしてその場に立っていた。

　ニヤニヤしながら、兜が翼の肩を叩き、部屋を出て行く。同時に、目の前の澄也の顔が、突然赤く染まった。

「き、聞いてたのか……」

　口元に手をあて、気まずそうに眼を逸《そ》らす澄也は、少し可愛かった。胸の中に甘い幸福が満ちてきて、ああ、これだと翼は思う。自分が澄也にあげたいものも、澄也からほしいものも。この深く甘い、愛の幸福だ。翼は自分も顔が赤らむのを感じながら、えへへ、と照れて、首を傾げた。

「クリスマス、俺はね、先輩が、ほしい」

　他に表現が見つからなくて、そう言う。

「先輩は？」

　訊くと澄也は、まだ口元を押さえたまま、「俺も」と言った。

「お前がいたら、それだけで……」

　自分たちは同じことを悩んでいたのかと思うと、なんだかおかしい。

今年のクリスマス、翼はカードいっぱいに、澄也へ、澄也のどんなところが好きか書こうと思った。きっと一枚のカードでは足りなくなる。だから続きは来年書こう。きっとそれまでの一年で、好きなところは増えているだろうから、はみ出した分はまた、来年。そうやってずっと、できれば、この命が尽きるまで。

クリスマスの特別な日に、特別ではない毎日への愛を、確かめて生きていきたいと、そう思う。

「クリスマスはいつもとおんなじように、過ごさねえ？　先輩……」

手をつないで、ケーキを買いに行きたい。二人一緒に、他愛ない話をしながら。

そう言って微笑むと、澄也は翼を見つめて、ふっと目許《めもと》を緩める。

優しい笑顔に幸せな気持ちになる。大きな手に手をとられ、引き寄せられながら、翼は澄也の口づけを待って、眼を閉じた。

東京のローリィ

七雲澄也《なぐもすみや》は迷っていた。これまで生きてきた十八年、何となく燻《くすぶ》るような悩み事や鬱屈はあっても、これほど切実かつ具体的な悩みはなかっただろう。

その悩みとは、

「恋人にどう求婚し、そしてご両親に認めてもらうか」

だった。

◆兜の場合

「え？　なんで今さらその悩みなの？　だって君ら付き合うときから結婚するって言ってなかった？」

大学のカフェテリアでお手製の竹とんぼを削りながら、兜《かぶと》は興味なさげに言った。

「けじめってもんがあるんだよ、プロポーズはプロポーズだ」

あっそう、と興味なさそうに呟き、兜はそれなら、と続ける。

「高級ホテル予約してさー、そこのレストランで食事した後おもむろに指環《ゆびわ》出して『結婚しよう』『うれしいっ』てなったとこを、『実は部屋もとってあるんだ……』『え……』ドキ★　で、あとは最上階スイートでずっこんばっこん。これでいいんじゃないの？」

……こいつに相談した俺が間違いだった。

澄也は内心唸《うな》りながら、眼の前の幼なじみを睨んだ。翼《つばさ》の性格を知る友人のなかで、最悪なことに澄也にとっては兜が一番話をしやすい、というのも敗因だろう。

あと他に相談できるのは二人しかいないが、その二人は兜と違って異常に相談しづらい相手なのだ。

「……翼はそういう、金に物を言わせるのを一番嫌うってお前も知ってるだろ。もっとさりげなく言ったほうがいいと思うんだが……」

とはいえ折角《せっかく》のプロポーズ。

思い出に残る形にしたい。ドラマチックで、非日常的で、けれど翼も気に入るシチュエーションで。

そう思って言ったが、なぜか兜はぷぷぷぷぷ……と笑いを噛《か》み殺《ころ》している。

「なにがおかしい」

「いや、だってさ澄也くん。あの澄也くんがさぁ……ぷぷぷ、もう今から尻にしかれちゃって……そんなんで結婚したら、シジミちゃんは鬼嫁状態じゃないの」

笑ってろ、と澄也は思った。

兜は昔から澄也をおもちゃにしている節がある。ヘラクレスオオカブトならではの図太さなのか、兜のことは半分も理解できないし、したくもない。

「なんか翼くんに恋してから、ほんと君、可愛くなっちゃったよね。萌えだよね。ひたすら萌えキャラだよね。ツンデレだよね」

「なにを言ってるんだか、単語の意味が分からん、日本語を話せ」

ドンと足を踏み鳴らすと、兜はうわお、と声をあげて面白がった。

「けど、なんで今なのさ？　君ら付き合って一年だけど、翼くんまだ高校二年生だろ。結婚するにしたって卒業してからにするって、言ってなかったっけ。プロポーズだったら、三年生にあがってからでもいいんじゃないの？」

そうだ、と頷きながら澄也はため息をついた。それも、悩んでいる理由の一つだった。

「……ホルモン剤を変えなきゃならないだろ、妊娠するつもりなら。三年に進級したあたりで変えれば、卒業後結婚して一年後には妊娠できる体になってる。だから……」

言う声が、だんだん沈んでしまい、澄也は黙り込んだ。

昼時のカフェテリアは学生で賑やかだ。星北《せいほく》の大学部もやはり金持ち学校だから、大学の食堂といってもどこもレストランのようにきれいだ。軽食のみを出すカフェは特に、カップやソーサーまできちんとした陶器で出される。

だから人は多いがさほど騒ぐような生徒はいない。テラスの向こうには緑が生い茂っており、鳥のさえずる声も聞こえる。

きれいに削った竹とんぼを、片眼《かため》をつむってじいっと確認しながら、兜が言った。

「怖いわけ？」

「……怖いさ」

なにが？

ここ数日、澄也の頭の中は整理のつかない迷いで、ぐちゃぐちゃと混乱していた。

「……ホルモン剤を変えさせるなら、俺は翼に対してもっときちんとした気持ちを示さないと、と思う。俺が直前で結婚をやめるなんてことはない。たとえバカな親戚に反対されてもだ。ただ……」

とんぼの中央に錐《きり》で空けた穴へ、兜が竹串をさしている。

ただ……。

思うことがある。翼の人生はそれでいいのか。

男として育ってきたなら当然、大学にも進みたいだろう、仕事もしたいだろう。翼は優秀だ。社会にとって、彼を埋もれさせることは罪悪のようにさえ思える。

けれどその人生と、澄也と結婚し子どもを産む人生は両立できない。

翼は性モザイクだ。働くなら働く。家庭に入るなら入る。どちらかに絞らなければ、とても体がもたないだろう。

ただでさえ、その寿命はどのくらいの長さか分からない――。

「付き合い始めたときの経緯が経緯だったから、俺はずっと……結婚して子どもを、と思っていた。でも、翼の体を苦しめてまで、ホルモン剤を変えてまで、そうする必要があるんだろうか。夫婦は子どもがいなきゃいけないって法律はないし……あいつが仕事をしたいなら、結婚して、共働きで、俺はあいつを支えてもいい」

「でもそれじゃ、君の親戚が納得しないんじゃないの？」

「親戚なんか」

「シジミちゃんは、産むって言うんじゃない？」

澄也は、唇を噛みしめた。

男と変わらない状態の翼との結婚については、親戚の中にはちくちくと厭味を言うものもいるだろう。澄也は無視しても、きっと翼は決めてしまう。

『子どもがいたら認めてもらえるなら、俺、産むぜ』

誰の為とか、誰かにやらされているとか、そういう理由なんて飛び越えて、それが一番良い形だと納得して言ってくる。

でもそれは——と、澄也は悩む。

自分と添い遂げなければ、はじめから必要のない選択だったはずだ。

怖いのは、翼が本当はどんな気持ちなのかが分からないから。

これが本当に翼にとっていいことなのか、自信がないから。

翼の命を縮ませるのが、怖いから……。

「おっ、飛んだ飛んだ！」

眼の前で歓声をあげて、兜は竹とんぼを飛ばしていた。迷惑な竹とんぼは、カフェの天井をぶうんと飛んでいき、奥の席でコーヒーを飲んでいた学生の頭にぶつかって落ちた。

「あ、すいませーん！」

まるで悪いと思っていない様子で、睨みつける男子学生に手を振りながら、兜はぱっと澄也を振り返った。

「恋愛の怖さを知れて結構結構、コケコッコー。一生抱えていくといいよ。それがある間は、君はまともに愛せるってもんだ」

竹とんぼをとりに席を立った兜の背中を眺めて、澄也は小さく舌を打った。

「俺の相談に、結局乗ってないだろうが」

◆真耶《まや》の場合

まともに悩んでいる時には、兜はほとんどアテにならないらしい。

澄也は医学部棟へ戻る道をぶらぶらと行きながら、腕時計を見た。午後二時。高等部は今日は午前授業で、昼には終わっている。澄也の授業もたまたま休講で午後が空いていた。

羽織っている薄手のジャケットのポケットへ手を忍ばせると、小さな箱が指にあたった。

実は指環は、もうずいぶん前から用意していた。いつ渡そうかと考えながら、プロポーズの言葉が思いつかず、だらだらと先延ばしになって、結局機会を逃している。

（今日、言おうか……）

この後、翼と会う約束をしていた。小さな箱を手の中で玩《もてあそ》び、いや、と澄也はため息をついた。

「大学で、というのも、ドラマチックとは言えないな……」

講堂の横手を通り、緩やかな坂を下り始めると学生の数は急に減る。勾配に沿って桜の並木が続き、やがて大きな池が見えてくる。そこでふと、澄也は速度を緩めた。

眼の前を、すっきりした細身のパンツに足を通した、真耶が歩いていた。

「なにしてるんだ」

横に並んで声をかけると、真耶はちらっと澄也を見上げてきた。切れ長の美しい眼が、迷惑そうな表情を隠しもせず告げてくる。

「君こそ」

相変わらずツンケンしている。これが翼や央太《おうた》の前だとまるで態度が違うのだ。真耶とは兜と同じように小さな頃からの幼なじみだが、一度も好かれている気がしたことがない。

「さては翼くんと待ち合わせ？」

「まあな。そういうお前は」

「央太と待ち合わせ」

「お前、あの小僧と付き合ってんのか」

言った途端、真耶は前へつんのめった。

「冗談じゃないよ、央太みたいな赤ん坊。待ち合わせするのが、みんな君らみたいに恋人同士だなんて思わないでくれ！」

きゃんっと嚙《か》み付《つ》いてから、真耶はまったく、とぶつぶつ呟いている。

歩いているうちに、一時雲間に隠れた陽射しがまた温かくあたりを照らし、坂の横に見える池面へきらきらと反射する。

「真耶」

澄也はふと、真耶の意見を聞こうかという気になった。なにしろ、真耶は澄也や兜のことは好きではないが、翼のことは大のお気に入りで弟のように可愛がっている。翼も真耶によく懐いていて、央太と三人でいまだに『お茶会』を開いているらしい。

三人はそろって甘いもの好きだから、真耶が高校に在学していたころから、央太が焼いたケーキを、真耶の自宅から届く特製ハチミツティーで味わうのを楽しみにしょっちゅう集まっている。

翼は真耶によく悩み相談をしているらしいから、真耶なら翼の気持ちをよく理解しているだろうと思ったのだ。

「……翼から、結婚についてなにか訊いてないか」

訊くと、真耶は妙な顔をした。

「結婚？　申し込んだの？」

「いや……」

「でもそろそろ申し込まないといけないと思ったってわけか。ま、君がそのくらいは考えててくれてよかったよ。それで、なんて言えばいいのか迷ってるってこと？」

「それはそうなんだが」

「普通に言えばいいんじゃないの、結婚してくれって。土下座して」

土下座は余計である。そのうえ、真耶の足取りはだんだん速く、口調もイライラしてきた。

「しかし、お前、翼からなにか気持ちを聞いてないか？　ホルモン剤の投与のこととか、卒業後の進路の希望とか」

「知らないよ、だって翼くんは君が言ったら絶対受けちゃうからね！」

いきなりぶち切れて、真耶は地団太《じだんだ》を踏んだ。

「はっきり言っていまだに理解できないよ。君と翼くんの組み合わせなんて正直不安で不安で。君はこの年おとなしいけど、子どもを妊娠している間に妻に興味を失くす非情な夫にでもなったらどうしようかと思うと、僕はもう――」

ぎりぎりぎりっと歯軋《はぎし》りしたかと思うと、真耶は怜悧《れいり》な美貌を鋭く澄也へ向けた。

「なのに、翼くんは君といると幸せそうだから、認めてあげるしかないじゃないか」

「……す、すまん」

なにがなんだかよく分からないが、そう言うしかないような勢いにおされて、澄也は謝った。ふっと肩から力を抜いた真耶が、やっと、小さく微笑む。

「ほんと、変わっちゃったね。澄也。前はもっとつっけんどんで、僕にも興味がなさそうで、そんな自信がなさそうな顔しなかったのに」

首を傾げて、真耶が続ける。

「……そうか?」

「そうだよ。僕が怒っても興味のなさそうな、うるさそうな顔して、ちっとも聞いてなかったし。第一、君が僕に話しかける時って部屋の鍵のことくらいだったでしょ」

「……」

真耶の口から聞いていると、以前の自分は相当な無愛想に聞こえるが、そんなに変わっていないつもりの澄也はなんとなく黙り込んだ。

「翼くんの力なのかな。君はやっと、人間らしい恐怖を知ったってわけだ。ざまあみろだね」

兜にもたった今、同じことを言われたような。

黙っていると、やっと平静になったらしい真耶が、緩やかに歩き出す。

「指環とか買ったの?」

「用意してある」

「なんだ。もう言う気満々じゃないか」

「でもな、本人が望んでる時期にしてやりたい。それを思ったら言い出せない。高校卒業してすぐ嫁になれ、子どもを産めなんて……。俺に言う資格があるのか?」

「資格よりも覚悟でしょ。澄也、家族を持つって大変なことだよ。それも学生の身で」

分かっている。澄也は、頷いた。

両親からいくらかの援助はあるだろうが、翼はそれをよしとしないだろう。

澄也には子どものころに父親から譲ってもらった株がある。それを元手にこの一年で貯めた資産を使って、マンションの頭金を支払う。あとは貯金と、高額のアルバイト、それから持っている不労所得でなんとか生活費と月々のローンはやっていけそうな計算だった。

ただし親からもらった金を貯めただけの貯金や、株で生活するような状態に、金銭感覚のかなり違う翼がどう思うかはまだ分からない。それに、研修医になればアルバイトも厳しく、給与も少なく、それまでにどれほど蓄えを作れるかとなると、やはり翼にも相当負担をかけるだろう。初めから苦労してくれと頼まなければならない。結婚も子どもを持つことも遊びではない。感情だけでできることでもない。

「まあそこまで考えてるんならいいけど……あとはなに？　翼くんの将来の問題？」

「子どもを持つなら、急がなきゃならないだろう。でも、そうすると来年からホルモン剤を変えることになる。調べたら、あれはやっぱり相当苦しいらしい。体調も不安定になるし、免疫力も落ちる……俺は大学部にいるから四六時中ついていてやれない。それなのに耐えろとは言えない。子どもを作ることが、結婚することが、ほんとに互いにとって……翼にとって、必要なことなのか」

真耶が驚いたように、澄也を見つめていた。

「……なんだ」

「いや、君ってほんと……翼くんのこと、好きなんだなあと思って」

感心したように呟き、真耶はくすっと笑った。

「その半分でも、これまで君にフラれて涙してきた子たちに与えられてたらね」

「無理だろ。翼じゃないんだから」

「はいはい、ごちそうさま」

肩をすくめて、真耶は手をあげた。見ると、池のほとりに央太と翼が立っている。央太が黄色い頭を日に照らしながら、ぴょんぴょんと跳ねるのが見えた。

「自信のない部分は、翼くんと解決していけば？　きっと向こうだって悩んでるんじゃないの」

真耶はつけたして、珍しくも優しい声音で言った。

「結婚は二人でするものだよ、澄也」

◆翼の場合

あっ澄也先輩だ澄也先輩、お久しぶりです、わーっやっぱりいつ見てもかっこいい！

と、ひとしきり騒ぐ央太を、気を利かせてくれたらしい真耶がずるずると引っ張っていき、二人がいなくなった後、澄也は翼を誘って小さなボートに乗り込んだ。

キャンパス内のこの広い池には二艘《そう》のボートがあり、時々学生が乗って遊んでいる。今は授業時間中だから、もう一艘は無人で、池辺にぷかぷかと浮いている。

池はひょうたん型をしており、アヒルやカイツブリが何羽も生息している。ひょうたんのちょうどくびれの部分に橋が架かっており、周囲はうっそうと茂る緑で苔《こけ》むした匂いがこもっていた。

「これ、お得だよな、タダで乗れて。恩賜公園《おんしこうえん》のボートだと金とられるじゃん」

澄也と付き合いだしてからも、相変わらず、翼の金銭感覚は庶民のままだ。二人のデートの場所は、あまり金のかからない公園やファストフード店が主で、恩賜公園には月に二度は訪れている。かかる費用と言えば公園で買ったホットドッグにソフトドリンク、しめて一人三百円なり、ということもよくある。それに鯉の餌代がつくかつかないか。

ただそれだけのことが翼は好きで、楽しいのだと言う。実際、一緒にいる間翼はよく笑った。

懐かしい星北高等部の学生服を着た翼の髪は、少し伸びたようだ。池面を渡ってくる風に揺れて、横髪が頰を叩いている。

翼と会ったのは、一週間ぶりだった。大学に入ってからも、なるべく二日に一度は高等部のほうへ顔を出していたが、このところは忙しくて時間がとれなかった。

毎日会うこともないのだろうが、澄也は翼の体が心配だった。具合を悪くしていないか、無理していないか。

ここ数日、高等部のほうでは実力テストが続いていたようで、試験疲れなのか翼の顔は心なしか青かった。

「試験はどうだったんだ？」

「まあまあかな。化学がなぁ──……、ちょっと不安かも」

「お前、クラスは理系と文系どっちに進むんだ？」

「うーん……そろそろ希望出せって言われてるんだけど……」

ぼそっと応えたあと、翼は黙ってしまった。ボートは滑らかに池の真ん中に漕《こ》ぎ出《だ》し、澄也はオールを止めた。

（そうか、結婚するなら……）

もし結婚するなら、文系に進んだほうがいいだろう。理系に比べれば、授業は比較的ラクだ。ホルモン剤を変えて体が変調しても、文系ならかなり自由がきくはず。

（やっぱり今日、話すべきか？　だが、なんのイベントでもないし、特別な演出もなくプロポーズというのもな……）

どう切り出せばいいのか悩んでしまい、結局澄也は別のことを訊いた。

「……行きたいのはどっちとか、あるのか」

「えー？　うーん……どうだろ」

困ったように笑った翼の頬に、睫毛《まつげ》の影が落ちた。

（翼は、どう思ってるんだろう）


澄也はふと、何度も繰り返した疑問をまた、反芻《はんすう》した。

付き合いだしたとき――。

病院の、ベッドの上で。

好きだと言った。一生かけて生かすと誓った。翼は泣き濡《ぬ》れた眼で言ってくれた。自分も澄也が好きだと、ずっと、会いたかったと……。

あのとき、痛いほどに感じた。

翼と出会い、翼を生かすことが自分の人生に与えられた、たった一つの命題だと。

世界中の何十億の人々の中の、たった一つの命。すくえば指の隙間からあとかたもなくこぼれ落ちるほどに、小さく、ささやかな命だ。

街中を歩けばいくらでも溢れている恋人たちの誰もが、この程度のドラマなら抱えているだろう。世界から見れば特別ではない、けれどもその命と出会えた奇跡は、自分にとってはこのうえなく特別なことだと思った。

（……あのとき翼も、同じ気持ちだったろうか？）

そして、今は。

「……翼」

「うん？」

「お前の未来に……いつも俺の場所はありそうか？」

翼は笑った。おかしそうに笑った。風にまぎれて、声がころころと響いた。

「変なの。そんなの、当たり前だろ」

俺、と翼は穏やかな微笑みを浮かべて、首を傾げた。

「誰かと出会って生きていくためにある人生みたいなものがあってもいいのかなって、最近思ってる」

風が通って、翼の髪を舞いあげた。

「なあ先輩、俺もそっち行っていい？　半分漕ぎたい」

「あ？　ああ」

翼はそろりと立ち上がり、澄也の隣に滑り込んできた。澄也は真ん中のほうへ移って、向かい合わせに、重心をとる。ボートは少し傾《かし》いだが、ややあって元通りになった。

「じゃあこっちは俺が漕ごうか」

「うん、せーの、でな。あの橋のほうへ行こうぜ」

一緒に漕ぎ出すと、最初はうまくゆかずボートはぐるりと回転した。翼はおかしがって笑い出し、澄也も笑った。

恩賜公園でもよくこうして二人で漕ぐが、二人は加減も身長も違うからか、いつも必ず初めのうちは回転してしまう。

やがて呼吸がぴったりあって、池にかかる橋の下まで来ると、翼は満足そうにオールを止めた。

「俺と先輩いつも出だしが噛み合わねーよな。でも、しばらく一緒にやってたら、ぴったりいくの。なんか、最初のころの俺たちみたい」

くすくす、と笑って、翼は独り言みたいに、

「ボートみたいに、これからも……ずっと、力加減もなにもかも違っても……うまくやってけるのかな。二人で、笑いあって、こうして……」

池面に浮かんでいたカイツブリが、遠くで羽音をたてた。しぶきが舞い、ピルルルル、と間延びする独特の高い声が空に響いた。西へ傾き始めた陽光が金色になり、翼は眩《まぶ》しそうに眼を細めた。

「……ずっとこうして」

ふと、澄也は呟いた。

「お前とボートを漕いでいたい。二人で」

顔を向けた翼が、にっこりと微笑んだ。

「俺も、そう思ってる」

澄也の片手は上着のポケットに入っていた。その手には小さな箱が、握られていた。

穏やかな午後は、ドラマチックではなく、日常の中のごくありきたりな一日でしかなかったけれど。

これから澄也が言う一言は、きっと澄也にとっては、なによりも特別だった。

◆央太の場合

Dear　ママ

真耶兄さまったら、ケチなの。僕久しぶりに澄也先輩に会ったからお話したかったのに、邪魔するなって言って近づけてくれないいんだよ。折角、兄さまが好きなクッキーいっぱい焼いていってあげたのに、ずるいよね。

なんでそんなことしたんだと思う？

いつもなら邪魔するのは真耶兄さまなのに。とうとう澄也先輩のこと、許してあげたのかなあ。

ね、ママ。それより今日の夜になって、寮に帰ってきた翼がおかしいんだよ！

なんか異様にご機嫌で、ずーっと鼻歌歌ってて、にやにやしてるし。

絶対、澄也先輩のことだよね！

僕さあ、ノート借りるフリして、さっき、翼の部屋にこそっと入ったんだ。ノックしないで。そしたら翼、ずっと一人で、自分の手見てんの。しかもやたら幸せそう〜に。

なにしてんの？　って訊いたら飛び上がって、真っ赤な顔して、両手とも隠しちゃった。それからなにを訊いても、教えてくんないの。今度、今度、って言って。

もー、なんだろ！　親友の僕に教えてくれないなんて、翼、意地悪だよ！

でも、いいんだ。

その後翼がちょっとしゅんとしちゃってね、来年、お薬変えるんだって。大変だから、僕に頼るかもって、言われちゃった。すごくない？　翼が僕に頼るんだよ！　ママ、ママが言うように、僕ももっとお兄さんにならなきゃ。

来年は翼を支えるんだ。

ね、ママ。翼はね「やりたいことを見つける」ために高校に入ったんだって。お薬変えるのは、そのためなんだって。やりたいことってなに？　って訊いたら、今度話すって言われちゃったけど。

でも翼がちゃんと見つけられたんならよかったな。一体なんだろう！　翼のやりたいことって！

僕、全力で応援するよ。

だって僕達、大大大親友なんだもん。

ね、ママ？

可愛い央太《おうた》より

央太の手紙

Ｄｅａｒ　ママ

ママ元気？　ぼくは元気だよ！　こないだは箱いっぱいのチョコレート、ありがとう。翼《つばさ》に半分あげたら、すごく喜んでて、ママにお礼のお手紙書くって。同封しておくから、読んでね。

最近、翼は元気がないんだ。毎日青い顔してるの。あのね、来年澄也《すみや》先輩と結婚するから、赤ちゃん産めるようにするんだって。それで薬を変えたから、すごくしんどいんだって。赤ちゃんが産めるなんてすごいよね。でも翼は大変そう。ホルモンバランスっていうのが崩れて、イライラするって。かわいそうなんだ。

でも、一つだけ嬉しいのは三年生になっても翼と部屋が分かれないですんだこと。翼の体のことを気遣って、特別にぼくらだけ同室なんだよ！

そうそう、これはママだけに教える秘密のニュース。

こないだね、ぼくちょっと風邪気味で学校早退して寮で寝てたでしょ。しばらくしたら、翼も具合悪くなって早退してきたみたい。しかも、澄也先輩が連れてきてあげてるんだよ。あの澄也先輩が、大学さぼってまで翼の送り迎え！　でもやっぱり翼はねー、イライラしてた。ぼくがいるって分かってなかったみたいで、部屋に入ってきた瞬間から怒ってるの。「わざわざ休むなって言っただろ！」って。翼は澄也先輩が迎えにきたのが気に入らなかったんだね。

「ふらふらしているくせに偉そうに言うな」って先輩。

「誰が偉そうだよ、先輩のほうが偉そうじゃん」

ぷうーってふくれる音が聞こえそうだった。翼って面倒見よくて、ぼくよりずっと大人っぽいでしょ。全然甘えんぼじゃないし。だけど澄也先輩には怒っててもちょっと、口調が甘えんぼなの。

ママ、ぼくのこと悪い子って叱らないでね。ぼくドキドキしちゃって、思わずカーテンの隙間からそーっと、翼のスペース覗いちゃったんだ。翼がベッドに入ってて、澄也先輩はそのベッドに腰掛けてた。

「もう行けって、授業あるのにサボんなよ。それに、部外者は寮に入っちゃいけないんだぜ」

「部外者じゃないだろう、お前の婚約者なんだから」

びっくりした！　澄也先輩でもこういうこと言うんだ〜っていうのもだけど、翼が真っ赤になったの。ほっぺた染めて、大きな目が急にうるうる〜ってするんだよ。めちゃくちゃ可愛いの。

「まだ結婚してないんだから、部外者だって」

わざと怒ったように言うんだけど、ママ、目は口ほどに物を言うって、ああいうのがそうなんだね。翼の眼が、澄也先輩大好き、来てくれて嬉しい、もっとずっといてって言ってるんだよ。ドキドキしちゃった。

澄也先輩、翼のそんな顔見て、ふうって笑うんだけど、その笑顔がすごく優しいんだよ。思わずぼくまでドキっとしちゃった。男の色気っていうのかなあ。

澄也先輩って、目尻の際《きわ》が濃くて深いでしょ。だからあんな優しげに笑うと、すごく無邪気で色っぽいんだよ。澄也先輩は翼が本当は心細いって、分かってるんだなあって、思った。

「……もう行けって。大事な授業だろ」

もう一度言う時の翼の声はもう掠れてた。でもね、澄也先輩はそうっと翼の額にキスしたの。

「お前以上に大事なものなんてない」

翼ったら、眼から涙が落ちそうなんだ。

これ以上見ちゃいけないなーって思ったから、そうっとベッドに戻ったんだよ。翼が「ばか」って呟くのが聞こえた。カーテンの向こうで、澄也先輩が苦笑する気配があったよ。それから静かになっちゃった。

ねえママ、パパも、ママが苦しいときはいつもそばにいてくれたの？

翌日起きたら、翼はすごい上機嫌になってたよ。鼻歌まで歌ってた。最近のイライラ、全部ふきとんだみたい。

ママ、これはパパには内緒。ママとぼくだけの秘密だよ。誰にも言わないでね！

この手紙、もしかしたら出さないかも。

今度の休暇のおやつは、ママのベリータルトがいいな。キドニーパイはもうごめんだよ。
じゃあまたね！

ママの大好きな央太《おうた》より

みんなの交換日記

9/6　央太《おうた》

今日は僕の番だね♪　この交換日記、意外と楽しくてぼくの番が回ってくるの楽しみになっちゃいました。

兜《かぶと》先輩からやろうって言われたときは何書けばいいのか分からなくて困っちゃったけど。今日は、部活で作ったおやつレシピ紹介しちゃうねっ！

材料：カボチャ1／2個、三温糖100g、生クリーム大さじ2、卵2個、牛乳200cc

あーなんか材料書いたら疲れちゃった！　レシピは次に書くね。あ、真耶《まや》兄さま、あんまり怒ると老化が早いってテレビでやってたよ。笑顔、笑顔♪

9/7　真耶

央太、僕はそれほど怒ってないよ。たまたま、君が怒る場面を多く見ているだけだと思うよ。でも気遣いはありがとう。

今日という今日は言わせてもらうけど、澄也《すみや》、きみは翼《つばさ》くんに甘えすぎじゃない？　平日に部屋に連れ込むのは週一回にしろって僕は言ったよね？　あと翼くんの病院の送り迎え、ちゃんとやってあげてるの？　君は責任をとらなきゃいけないんだからね。僕がこの前貸した本読んだの？『思いやりは無償である』、君に一番必要な本なんだから。

あと兜、君、すぐに澄也を焚きつけるのやめてくれないかな。澄也は単純なんだから。面白がるのもいい加減にして。尻拭いは僕がやるんだからね。

央太、お菓子の食べすぎで最近太ったんだろう。気をつけなさい。

翼くんは、澄也をあんまり甘やかさないこと。

9/8　翼

真耶先輩、いつも心配してくれてありがと。でも最近体調いいんだ。この前先輩からもらった高級蜂蜜、毎日舐めてるせいかなぁー。今度央太がケーキ焼いてくれるって言うから、その時、先輩の蜂蜜使わせていい？　央太も一緒にお茶会したいって！

えーと、土日は、俺は、澄也先輩と公園行ったり、買い物行ったりしました。

先輩が髪切ってくれた。上手だからびっくりした。あと公園で鯉に餌やったらすげえいっぱい集まってきてびびったー（笑）。　結構面白かったぜ。

9/11　澄也

真耶、うるさい。本は読んだ。お前の言い分は分かった。この日記、俺はもうやめるぞ。意味を感じない。

翼、もう床屋なんぞには行くな。俺が切ってやる。

9/12　兜

やあやあ、この日記、皆に好評みたいで嬉しいよ。始めてから、五人の絆《きずな》が深まった気がするよ。央太くん、レシピはいいから実物がほしいな。三温糖とか生クリームとか、いちいち響きがいやらしいよね。

マヤマヤ、きみ、怒ってないときあるの？　あ、気に障ったらごめんね。オレは怒ってる君が好きだよ。君に怒られるとぞくぞくして色々萌えるんだ。

翼くん、そのお茶会、オレもまぜてくれないかなあ。せっかくだから皆メイドさんの格好したらどう？　楽しそうじゃない。

澄也クン、君が抜けると面白くないじゃない。翼くんからノート渡してもらえるんだからいいだろ？　あと、床屋の親父《おやじ》にまで嫉妬するのはどうかなあ。ちょっと気持ち悪いよ。まあそんな君も可愛いけどね！

母へのゆい言

麗らかな秋晴れの日だった。地元の商店街を抜けて実家の最寄り駅まで、翼《つばさ》は澄也《すみや》を見送った。

上下を落ち着いたグレーのスーツで包み、濃紺のネクタイまで締めた澄也は普段よりずっと大人びて見えたが、道々の彼の表情は気が抜けて、どこか子どものようにも見えた。

生きてきて一番緊張したと、澄也は言った。翼の両親と対面して、結婚の許可をもらうまでになんの話をしたのか澄也はまったく覚えていないと言う。なにか変なこと口走らなかったかと訊《たず》ねられ、翼は含み笑いした。

「なんだ、やっぱり、おかしなことを俺は言ったのか?」

「内緒」

悪戯っぽく言って隠すと、澄也は子どものように唇を尖らせた。

温かな陽射しが街路樹の、犬山椒《いぬざんしょう》の赤い果実に反射していた。地元の小さな片田舎の駅に、澄也が立つと妙に目だった。下町にもハイクラスはいるだろうが、レッドニーほどの体格を持った男はこのへんでは見かけたことがない。行きかう人々がちらちらと澄也を振り返る。

改札の前で、翼は澄也と別れた。ホームに向かう階段の手前で澄也は振り返り、「早く帰れ」と手で促すような仕草をした。

それでもゆっくりと散歩がてら家に戻ると、家では両親が気の抜けた様子で茶をすすっていた。

「あ、戻ったの翼。七雲《なぐも》さんとお茶でもしてきたらよかったのに」

「澄也はこれから研究室なんだよ。茶、淹れなおそうか?」

そう、お願い。と言う母はやはりどこか上の空だった。父は、翼と目をあわすのが気まずいように縁側を向いて煙草《たばこ》を吸っている。

(やっぱり衝撃がでかすぎたかなあ……)

一応前もって、男だともハイクラスだともレッドニーだとも説明しておいたのだが。澄也が翼の両親に挨拶に来たのは、プロポーズの後一ヶ月も経たないうちだった。ホルモン治療のことがあるので、早ければ早いほうがいいと思ったようだ。プロポーズを受けた翌日には、翼は実家に電話を入れて、両親に事情を話した。寝耳に水の両親に日程を空けてもらい、今日、澄也が正式な挨拶に来たのだった。

結婚！

男と！

しかもハイクラスのレッドニーと！

いやいやなにより、息子として育てたはずの翼が、子どもを産むと言っている！

父母にとってはまさに嵐のような情報量だったはずだ。多分、断るつもり満々だったとは思うのだけれど。けれど――。

居間に戻って、父母に茶を淹れなおしてやると、ぽうっとしていた母が突然口を開いた。

「映画俳優みたいだったわねぇ！　鼻筋が通ってて背が高くて、ハイクラスの方って今まであんまり話したことなかったけど、ああいう謙虚な人もいるのねぇー」

謙虚。ちょっと前の澄也になら死んでもつかなかった形容だと思いながら、翼は内心苦笑した。

「しかし学生で結婚なんて……苦労するぞ」

縁側に向かったまま、父がぼそっと言う。

「なあに、お父さん。もう許したんだから、文句はなしよ」

初めに電話で話したときには狼狽《ろうばい》し、卒倒までしたのは母のほうだった。今日澄也に会って吹っ切れたのか、母は思ったよりすっきりした顔をしていた。

「照れてるのよ、この人。息子と思ってたあんたが子ども産むことにしちゃったから、どうしていいかわかんないのよ」

母は苦笑し、それから、母子そろって目を合わせて笑った。

まだ複雑そうな父親を残して、母と二人で洗い物をする。母親はミーハー心で澄也の話を聞きたがり、翼は普段どんなデートをしているのか、どうやって付き合い始めたのか根掘り葉掘り訊かれた。

「正直母さんねぇ……男のタランチュラなんかにあん

たはやれないって言おうと思ってたのよ」

ふっと、母親はそう漏らした。

「クラス違いの結婚は、うまくいかないってよく聞くでしょ。それにあんたが、子ども産むなんて……でも、七雲さんたら、あんなこと言うんだものねぇ」

あんなこと聞いたら、翼にはこれ以上の人はいないって思っちゃうわね、と母は呟いた。

頭が真っ白だったという澄也が、口にした言葉。翼が内緒にした言葉だ。緊張しきった、強張《こわば》った顔で、強張った声で、頭を下げた澄也は、

――今はまだ、若輩者ですが、必ず医者になり、翼さんの命を永らえさせます。僕はその為に生きていきます。必ず、幸せにします――。

と、言ってくれた。

「聞いてるこっちが、恥ずかしくなっちゃったわ。お父さんなんか、もう、真っ赤」

母は今も火照った頬を冷やすように、片手で顔を扇《あお》いだ。扇ぎながら母は小さく、付け加えた。

「……あの人と出会うための、翼の人生……だったかも、しれないわね」

「母さん」

なあに、と言う母へ、翼は言いかけた言葉を、飲み込んだ。

「今日の夕飯、作るの手伝っていい？」

全然違うことを言いながら、翼はこれは一年半後、本当に結婚するときになったら、言おうと思った。

何度も何度も、こんなふうに産んでごめんねと嘆いた母に。

今の俺のまま、産んでくれて、ありがとう。

子作りちゃん

魔が差しても許されるんじゃないか？　疲れて帰ってきたら、可愛い妻がソファでころんと転がって寝ていたのだ。これに欲情しないのは男じゃない。

◆

「あ……ッ、だか、ら、あぁっ、だめって……」

言ってるのに……、という抗議は、翼《つばさ》の口の中で小さく消えた。

信じられない。

結婚して三ヶ月。

夫婦生活は順調だけれど、このごろ澄也《すみや》は大学が忙しいらしい。医学部なんて忙しいのは当然だ。まして澄也は優秀で、研究室の教授にあれこれと連れまわされている。澄也が三年生から自分の研究としてテーマにしているのは性モザイクの延命医療。日本には三十人といない性モザイク限定の研究なんて、大して需要はなく、当然教授もあまり乗り気ではなく、澄也は教授の手伝いが終わった後に一人で真夜中まで居残りして進めているのだった。

それを思うと、

（俺の為に……）

と、不覚にも泣きそうになってしまう。

そんな夫のため、せめて帰ってきたら笑顔で迎えてあげたくて、翼はいつも澄也が帰宅する三十分前には居間で待機する。明け方だろうと真夜中だろうと、欠かしたことはない。

でも――。

最近疲れていたのだ。子どもができるまではなにかして働きたいと、翼はロウクラスの学童保育で、アルバイトをしていた。時間は短いけれど意外にハードで、帰ってくるとぐったり疲れてしまう。今日も真夜中に帰ってくるという澄也を待って、夜食の準備をしてソファに座っていたら、読んでいた本を投げ出して寝てしまっていた。

（それが……なんでこんな状態に……っ）

「あ……っ、あっ、ダメ……ッ」

ぶるぶるっと背筋が震える。

下肢がむずむずする感覚に眼を覚ますと、澄也が覆いかぶさって、翼の体をいじっていたのだ。

しかも……、ズボンとシャツだけは器用にペロンと脱がしているのに、翼が愛用している薄紫のエプロンだけはご丁寧に着せたまま。

「ダメじゃないだろうが、こんなに勃たせて……」

背中から覆いかぶさって、澄也はエプロンの両脇から手を忍び込ませている。その指は、翼の乳首をくにくにと揉んでいるのだ。

「こんな……あっ、ずるい……！」

翼の両手は、エプロンのリボンでそのままゆるく結ばれていた。解こうと思えば解けるのかもしれないが、既にたっぷり澄也の媚毒を飲んでいる体からは力がぬけ、されるがままになっている。

それだけじゃない。

乳首への甘い刺激で背筋が反り、自然、くいっと突き出されるかっこうになったお尻には、既に澄也の熱く猛《たけ》った杭《くい》が突っ込まれている。先端からつるつると汁をこぼす性器には澄也の糸が柔かくからみつき、先っぽの感じるところを弄っていたし、なにより――、

「あ……、あ、そこ、いや……だ」

もう声は上《うわ》ずり、かすれている。

薬を飲んで、妊娠できるように作り変えている、翼のもう一つの性器の襞は、澄也の糸束にくにゅくにゅと擦られていた。

「あぁ……んっ」

ダメなのに……。

感じるところを一気に攻められて、思考が溶けていく。澄也の糸束が器用に翼の太股《ふともも》に巻きつき、ぐいっと広げられると、自分から股を開いて背を反らせ、熱い蜜をあふれさせる新しい性器を、はしたなく澄也の糸に押し付けてしまう。

「気持ちいいんだな……全部、びしょびしょだぞ？」

耳元で囁く声に、笑みが含まれている。その声にさえ、ぞくぞくと背筋が痺《しび》れて、二つの恥孔の奥が、きゅんっとなる。

「あ……、あ……」

けれどだんだん、翼は焦れてきた。澄也が積極的に弄っているのは両乳首だけで、杭は後孔に入れたまま動こうとしないし、翼の中心と秘所も、ただ糸でやわくなぶられているだけだ。

（もっと……）

強い刺激がほしい。

「んん、ん」

こりこりになった乳首を、かぷっと甘く嚙まれ、思わず翼の腰が揺らめく。二つの孔がきゅうっと締り、後ろの孔は澄也の硬い肉棒に感じるところを押し付けて擦り、真ん中の恥孔はぐじゅっと濡れて糸束をくわえた。

「はんっ」

瞬間、欲しかった強い快楽が背を駆けて、翼は声をあげた。

「あっ、あっ、すみ、すみや……」

最近やっと、呼ぶのに慣れてきた名前をつぶやく。その声にさえ、既に哀願が含まれていて、恥ずかしさに翼の全身が熱くなった。

「なんだ、翼？」

分かっているくせに、面白がるような声で問い返す澄也が憎い。だけど、もうぶるぶると内股が震えて、我慢できない。

「……いて」

小さな声で言った翼の乳首を、きゅうっと澄也がつねった。

「ああ……！」

「声が聞こえない。なんだ？　ちゃんと言わないと、聞いてやらないぞ」

「……うご、いて」

「どこを動かしてほしいんだ？」

意地悪。

正気が保てたら、絶対怒鳴ってやるのに、ダメだ。もうぐずぐずだ。意地悪な言葉にさえ、後ろの孔も真ん中の孔もきゅうんと締まってしまう。

「……中の、動かして」

「これか？」

「あ……っ！」

ゆさっと腰を揺さぶられ、翼は仰け反った。

「それ……っ、それ、して……っ」

していいながら、もう自分で腰を動かしている。

澄也の性器を形が分かるほど後孔を締め付けるだけで、感じまくってしまう。糸束が翼の真ん中の秘所にずぶっと入ってきて、奥をずるずると行き来しはじめた。

「ああっ、ああっ、あっ」

理性が吹き飛んだ。だめ、とか、やだ、とか言いながら翼は腰を振ってしまう。動いているのは翼で、澄也はほとんど動いていない。それなのに、感じるところを自分でこすり付けて、一気にのぼりつめて、翼は吐精した。

「……んん、んーっ」

出したもので、エプロンがぐっしょりと濡れてしまった。

びくびくと背をしならせている翼を、そっとソファにうつぶせて、澄也が小さく笑った。かああ、と頬に熱がのぼり、翼は涙ぐんだ。最悪だ。一人で動いて、一人でイってしまった。まるで自慰を見られたような羞恥で、顔があげられない。

「お前は……これ以上可愛くなって、どうするんだ」

澄也の一言に、胸がじわっと熱くなる。思わず振り向いて、端整なその顔を見上げる。黒い瞳に、愛情が映っている。付き合いだしてからは、澄也の愛情を疑ったことなんてない。けれど、時々思うことがある。

俺が先に死んだら……。

澄也はどのくらいで、自分を忘れるだろう？

忘れてほしくない。けれど、澄也には幸せになってほしい。詮《せん》のない想像でしかないが、もし死ぬときがきたら。他に好きな相手を見つけて、迷わずに幸せになるんだと、言うつもりでいる。

けれど本当にそんな日がきて、澄也が自分以外の誰かを愛するようになったら、自分は草葉の陰で泣くんだろうなと、それ以上思うことは辛すぎて、人遊びのような想像を、翼はやめる。

死んだあとのことでくよくよするなんて、澄也に出会うまでに、もう乗り越えているつもりだった。

愛は、執着だ。

だからもっと、生きていたい。

「澄也……俺のこと、好き？　今も？」

「これを何だと思ってるんだ？」

笑いながら、澄也は翼の後孔に入れたままの杭を動かした。甘い痺れが走る。翼は笑った。

「……次は、子作りしようか」

澄也が囁き、翼は微笑んで、こくんとうなずいた。

後孔から澄也の性器が引き抜かれる。エプロンも脱がされ、仰向《あおむ》けに寝転がると、澄也が翼の足の間に身を滑り込ませた。

「気が狂うまで、突いて、出して、いいか？」

「うん」

澄也の首に腕をかける。まだ快感を覚えたばかりの、柔らかな秘肉を割り、澄也の熱が奥まで入ってくる。

「いっぱい出して……澄也先輩」

甘えたように、口に馴染《なじ》んだ呼び方をした。

ずぶずぶに溶けるくらいにしてほしい。そして奥深くで、澄也と結ばれたい。中に入ってきた杭を、ぎゅっと締める。

澄也の唇が、翼の唇を塞いだ。

きみは死んでしまうだろう

うっとうしい、と真耶《まや》は思った。友人の兜甲作《かぶとこうさく》の感想はその正反対で面白い、だろう。親身になって相談に乗るような顔で、アーモンド形の眼の奥がきらきらと楽しげに光っているのを、真耶は見逃していない。

「なにも食べたくないって言うんだ」

まるで明日死ぬんだとでも言うように、澄也《すみや》は青ざめてそう話す。星北学園《せいほくがくえん》の大学部、医学部棟近くの学生食堂だった。ちょうど三時限目の授業時間にあたる今、生徒はほとんどいない。

「それは心配だねえ、今でも痩せてるのにますます痩せちゃうよ」

心配しているわりには声の底が明るい兜と、そうだろう？　と絶望したような顔で頷く澄也を後目に、真耶は温かい紅茶を口に運ぶ。ベルガモットの甘い香りを嗅ぐと、翼《つばさ》と生徒会室でこっそり二人だけのお茶会をしていた放課後を思い出した。

「痩せたら抱き心地も悪くなるしね」

「もうレモンは飽きたようだから……」

「ラプンツェルをとってくるんだよ、澄也。それならきっと食べれる」

「ラプンツェル？　どこにあるんだ？」

「裏の魔女の家の畑だよ」

「裏に畑があるのか？　分かった、放課後にちょっと行ってきて……」

「あーっ、うっとうしい！」

できることなら無視したかったのに。人の日の前で漫才をするこの幼なじみたちが恨めしい。

真耶はティーカップをがちゃんっとソーサーに置く。

「裏に畑なんかないよ！　翼くんが食欲ないのは当たり前！　つわりなんだから。帰りに電話して、食べたいもの聞いてあげなよ。アイスとか、生野菜とか、それがダメならお医者さんに意見でも聞いたら？　兜なんかに訊いてどうすんのさ」

「でも、翼のつわりはもう三ヶ月も続いてるんだぞ」

「もともと普通の妊婦さんより大変なのは分かってて、君が作ったんじゃないか。女の人でも、もっと続く人もいるよ」

真耶はイライラしながら答えた。今からこんなんじゃ、実際出産するときになったらこの男、気絶してしまうんじゃないだろうか、と思う。

「澄也くん、奥さんの出産準備に合わせて、だんなさんの心構えを書いた『パパも出産準備』って本があるらしいから、それ買ったら？」

「そんな本があるのか、分かった、今から本屋に行ってくる」

いてもたってもいられないらしい。しら～っと白けている真耶と、ふきだすのをこらえている兜にも気づかずに澄也はそそくさと席を立ってしまった。食堂の出入り口前で携帯電話を取り出し、どこかにかけている。相手は大体見当がつくけれど。

「……あれ、今日一日で何回目？」

「さあ。結婚前から電話は多かったけど、シジミちゃんが妊娠してからさらにひどくなったよねぇ」

「……澄也があんな男だったなんて」

「下半身バカより嫁さんバカのほうがマシだって言ってたの、マヤマヤでしょ？」

通話がつながった早々、愛しいパートナーに怒られたのだろう。澄也は入り口のところで立ち止まり、慌てたように口早に喋《しゃべ》っている。だがやがてむっとして黙りこみ、ものの数十秒もしないうちに、今度は気まずそうな顔でなにか言っている。

口の形でバレバレだ。

「また、すまないって連発してる……」

「妊婦は強しだね～、前より謝る回数増えてるよね？」

はああ、と真耶はため息をついた。

翼が高校を卒業してすぐ、澄也は籍を入れた。結婚するときは七雲《なぐも》家一族、上から下まで大騒ぎになり、反対の声は当然あちこちからあがったが、澄也の父親が大賛成だったので、結局上手くまとまった。

澄也は大学三年生で結婚したわけだが、それから一年、翼のお腹のなかには子どもが宿っている。四ヶ月を過ぎた頃だ。翼が子どもを授かってからというもの、澄也はとにかく毎日、真耶から見ると「テンパって」いる。

ようやくお許しが出たのだろうか。澄也の表情がゆるみ、目元が優しくなる。電話を切った後は、突かれたパチンコ玉かという勢いで食堂を駆け出ていく背中を見送りながら、真耶はまたため息をついた。

「悔しいけど」

ぽそっと呟いた真耶に、ニヤニヤ笑いの兜が振り返る。

（認めざるをえない）

澄也と翼の交際には、ずっと反対してきた。今でも、翼みたいないい子がなんで澄也と、と思うのに。

「予想を裏切ってくれたよね。あの澄也くんがオレらの中で一番最初に結婚！　子持ち！　そしてぞっこん！」

頬杖《ほおづえ》をついた兜が、大袈裟《おおげさ》に手振りを交える。まあね、と呟きながら、真耶は、

「……元気な子、産んでくれるといいな。翼くん」

独りごちる。兜もニヤニヤ笑いを消して、うん、と言った。

あんなヤツと思うけれど、年がら年中が翼を中心に回っている澄也の気持ちが分からないわけじゃないのだ。

妊娠はしたけれど、無事に産めるかどうかはまだ分からない。翼は性モザイクで、体が弱くて、出産は命を賭けた仕事だ。

妊娠したと連絡するために、わざわざ会いに来てくれた翼のことを思い出す。

『生死を賭けることになるって、言われたんだ。でも、俺、産もうと思って』

結婚準備に入った段階から、翼はゆっくり子宮を作っていた。薬を変え、一時は毎日通院していた。

真耶には思い出す風景がある。

翼の担当医は星北大学の大学病院の医者だったから、講義の合間を縫って、澄也がいつも送り迎えをしていた。

二人が結婚する前の年の、秋の日だったと思う。構内の銀杏はまばゆい黄金に染まって、ノビタキが山から降りてくる頃。手をつないで、落ち葉の中を歩く二人を、大学の図書館の窓から見かけた。

色づいた木の葉が、ひらひらと落ちていく。二人のほかに人影はなく、低い西日がその足元を橙《だいだいいろ》色に染

めていて、翼と澄也の影は寄り添うように後ろへ伸びていた。

ふと立ち止まった澄也が、空いている片手を眼に押し当てたかと思うと、俯《うつむ》いてしまった。翼は穏やかに笑いながら、まるで他愛のないことで泣き出した子どもを慰めるように、澄也の頰を撫でていた。

声は聞こえなかった。けれど、翼はあの明るい調子で、自分に降りかかった命の危うさを、笑い飛ばしていたのではないか。ふとその危うさに、恐怖に、愛することの怖さにつかまってしまった澄也へ、大丈夫だと、大したことじゃないと、いっそ残酷に励ましていたと思う。

澄也の背は震えていて、翼の手をきつく握り締めていた。遠く、大学の構内にベルが響いて、だんだんと落ちていく太陽が、二人の影を真耶の視界から遠ざけていく。

（死んでしまうんだろうな）

あのとき、ふと思った。

翼が死んだら、澄也は死んでしまうのだ、きっと。体が生きていても、どこかが死んでしまう。


聞いたわけじゃないけれど、分かる。

きっと何度も話し合って、何度も迷って、なにが正しいか分からないまま、それでも、二人で、子どもを持とうと決めたのだろう。だから妊娠の知らせがあったとき、きっと澄也はただ単に幸福というわけではなかったはずだ。翼も、ただ嬉しいだけではなかったはずだ。けれど真耶の前に現れたときの翼の笑顔は、曇りのない幸福を浮かべていた気がする。

『俺、なにかこの世界に残したいってずっと思ってた。子ども産めるなんて、すげーよな。早く会いたい』

それから愛しそうに眼元を染めて、

『澄也先輩と、会えて良かったたって……』

ぽつりと呟いたあの言葉に、溢れていた感謝。

鼻筋がつんと痛くなる。

（殊更に、会いにいったりしない）

真耶は冷めた紅茶を口にしながら、心の中で決める。

だって翼は生きるから。子どもを産んでも、まだまだずっと生きつづけるから。だから翼に会いに行ったりしないし、特別なこともしない。

翼の命はきっとまだまだ、澄也が生かすのだから。

「健気《けなげ》な夫婦だよね。応援したくなっちゃう」

オレ、ラプンツェル買ってってあげよう、と言う兜には相槌《あいづち》を打たず、真耶は四時限目の授業のノートを、テーブルの上に広げた。

明日、会えるよね、

「どうだろう、私の知り合いの子なんだけどね、君なんかモテそうなのに浮いた話一つないし……」

　消化器科の老年医師が、内科まで来てわざわざ言うので、澄也《すみや》は（またか……）と思ってため息をこぼしそうになった。

「桑野《くわの》せんせー、ダメですよ。七雲《なぐも》先生、もう結婚されてておさんもいらっしゃるんですから」

　年配のナースがフォローを入れてくれたのでホッとすると、桑野医師はええっと声をあげた。

「結婚してるのかね？　子どもまで？」

「ええまあ。学生結婚だったので……」

　と言いながら、澄也は左手を見せた。普段から、結婚指輪はきちんとつけているのだが、女避《よ》けだと思われているらしい。結婚している、と、はっきり言わなければ大抵はそうと思われない。仕方ない。自分はまだ二十六になったばかりで、やっと研修医。今は一番苦しい時だ。

　桑野は眼を丸くして、

「そりゃまた大変だ。お子さんはいくつなんだい」

「今年三歳ですね」

「あ、珍しいわぁ、七雲先生のその顔」

　年配の看護師が、からかうように言った。

「お子さんの話になると、目尻が下がるのよねぇ」

「いや、奥さんの話でも下がってますよ。ほんとラブラブで羨ましいわあ」

　話を聞いていた別の看護師も入ってきて、まわりが賑やかになる。写真を見せてくれとせがまれ、いつも持ち歩いている写真を財布から出して見せると、桑野の顔がちょっと驚いたようになった。

　翼《つばさ》が息子の翔《かける》を抱っこして映っている写真で、つい最近公園で撮ったものだ。

「ロウクラスのシジミチョウです」

　なんだか微妙な顔をしている桑野に、先に言う。

「性モザイクなんです。ですから、俺は、医師に」

「あ、いや、そうなのか。それは……すごいな」

慌てたように言う桑野は、やはり気まずそうだ。心の中ではきっと、屈指のハイクラスである澄也が、なぜロウクラスの、それもよりによって性モザイクを選んだのかと思っているのだろう。

そんな、聞こえもしない疑問の声にももう慣れていて、澄也は怒る気さえしないし、恥じることでもないから、言われる前に先に言うようにしている。

「ちなみにお子さんはどっちなんだい?」

「息子は……レッドニー・タランチュラですね」

「そうか、そりゃよかったな」

心から祝福してくれているような言葉に、澄也は内心苦い気持ちを味わいながら、そうですね、と返した。

別にどっちだっていいのだ。翼が、命を懸けて産んでくれたわが子だ。レッドニーだろうが、シジミチョウだろうが、澄也にとっては眼に入れても痛くない可愛い子どもだった。当然翔の存在を否定するつもりはないが、むしろ、これから先自分よりもずっと大きくなる息子に手を焼かされるだろう翼の苦労を思うと、小さくて可愛らしいシジミチョウでもよかったと思うくらいだ。もちろん、それでも今いる息子にはかえられない。つまりは、息子がロウクラスだろうとハイクラスだろうと、そんなことはどうでもいいことだった。

「賢そうなお坊ちゃんよねぇ、すごく可愛いし。奥さんも、小さくて可愛らしいわよね」

看護師の多くは、いや、女性の多くは、クラス意識が男よりも低い。何度か澄也へ弁当を渡しにくるついでに、手土産をナースステーションに差し入れしているらしく、彼女たちはそろって翼に好意的だった。

「あれっ、なになに、何の話してるの?」

内科の診療室を開けて、不意に明るい声が響く。

「あら、村崎《むらさき》先生」

入ってきたのは、外科の村崎だった。オオムラサキという日本では屈指の、蝶《ちょう》のハイクラス種。ちなみに澄也にとっては星北学園《せいほくがくえん》の先輩。村崎は少し前に研修医から、無事医師になったばかりだ。

「おー、さすが愛妻家」

村崎はあっという間に写真を取り上げる。桑野が仕事に戻るといって席を立ったのをしおに、看護師たちも戻っていった。

「それにしてもなぁ、お前がまさかロウクラスと結婚するとはね」

古い知り合いの遠慮のなさで、村崎はずけずけ言う。

「ま、翼ちゃん、可愛いけどね。顔は地味だけど、雰囲気がこう、たまらないものがあるっていうか、エッチなことしたくなるっていうか……」

「村崎さん。俺にケンカを売っているなら、買いますが」

こんな失礼な男に働かせるような自制心はさすがになく、澄也は剣呑《けんのん》な声を出した。冗談冗談、と村崎は笑った。

（油断なるか……）

村崎はものすごい遊び人だ。それも、陶也《とうや》やかつての澄也のようにクラスや見てくれを重視するタイプではなく、本物の博愛主義者で、中身や性質の可愛らしさを重視するらしい。何度か病院で会っている翼を相当気に入っていて、離婚したら俺が面倒みるからね、としつこく口説いている。とうの翼は、自分が男からモテることに無自覚で、あの公平で居心地のいい態度を崩さずに接するので、村崎はつけあがるばかりだ。だがあの鈍感さも可愛いのだから、自分もなかなか重症である。

「なあ、それよりさ。お前ほんとに内科志望すんの？　外科に来いって。お前なら、かなり上までいけるよ」

「俺は最初から内科志望ですよ」

性モザイクの延命治療に、今のところ外科的有効手段はない。澄也は内科に勤務して、こつこつと性モザイクの延命治療研究を続けるつもりだった。翼の妊娠を通して、ホルモンのバランスや染色体の研究を進めていけば糸口が見つかるだろうと踏んでいた。

「お前の研究じゃ、出世できないぞ。気持ちは分かるが……、その研究も続けるとして、医学会の進歩にもっと派手に貢献できる研究もやれよ」

散々説得して、村崎は持ち場に戻っていった。澄也は、深いため息をついた。

◆

家に帰ると、どうやら翼は翔と風呂に入っているところだった。いつもはすぐに出迎えてくれるのだが、病院を出る前に携帯の充電が切れて連絡を入れなかったので、まだだと思って入浴したのだろう。

上着を脱ぎ、ネクタイをゆるめながら、冷蔵庫からビールを出す。ダイニングテーブルの上には、澄也の為に用意された夕飯が、ラップをかけられて乗っていた。どうやらピーマンの肉詰めが今夜の主役らしい。

風呂場のほうへ行くと、中からは翼の歌声が聞こえてくる。翔の幼稚な、可愛い声もそれに混ざって聞こえる。澄也が知らない、アニメかなにかの歌を歌っているようだ。もっとも翔は歌えてなくて、あーとかうーとかいう声を、翼の声に混ぜているだけだった。

『ママ、パパは?』

可愛い声が訊いているのが、ドア越しに聞こえてくる。ここにいるぞ、と思いながら笑いをこらえて、澄也は脱衣所の戸にもたれた。

『うーん、もうすぐ帰ってくるかなぁ。な、早くパパ帰ってくるといいなー、今日翔、おしっこって言えたもんな。パパに褒めてもらおうな』

翼の声に、思わず口元がにやける。偉いぞ、翔。

『パパ、あしたはおやすみ?』

お仕事だよ、と言うと翔はやだやだ、と言う。それに翼が、くすくす笑っている。

『だいじょうぶ。明日も会えるから。パパは翔と、ママのパパなんだぞ。ずーっと、一緒』

『あしたもあえるの? あえるよね?』

『うん、会えるよ。きっと』

明日も会える。

会えるよね?

たったその一言が、澄也の胸を締め付けた。

あてのない未来だ。明日も生きているかなんて、誰にも分からない。分からない未来に少しでも道しるべをつけたくて、澄也は医者になろうとしている。

出世も、金も、贅沢な暮らしも、いらないと思う。ただ明日、明後日、一年後、翼と翔がいればいい。

愛は暴力的だ。長い間疑わなかった価値観さえも、破壊して覆してしまうほどに。

風呂場からはまた、呑気な歌声が聞こえ始めた。笑みを含んだ声に愛しさが募り、澄也は幸福だったけれど、少し怖かった。

足音は、まだ少し先

「ママのバカ！　うんこたれ！」

ぎゃーっと泣《な》き喚《わめ》く息子に、翼《つばさ》は（俺のほうが泣きたいっつうの……）と思った。

家族で一番の強情っぱりは翔《かける》だと思う。澄也《すみや》もたいがい子どもっぽいところがあるけれど、結婚してからは大分丸くなったし、子どもができてからはさらに辛抱強くなった。

（でも翔は……誰に似たんだか）

こういう時の息子は宇宙人だ。どう接したらいいかなんて、まるで分からないのだ。

はああー、とため息をつきながら、居間のソファで大暴れして泣きまくっている五歳児を見つめる。

「駄目なものは駄目。ちゃんとお約束しただろ」

「なんでーっ、けんくんちのママはいいって言ったんだよ！」

「うちは健《けん》くんちじゃないだろ。もうママ知らないからな。この話は終わり」

翼はきっぱり言うと、翔を無視することにした。正直子育てなど初めてで、大暴れされて泣かれたときになにをどうしていいかなど分からない。苦労をして産んで育てているのだから、可愛くないわけがなくて、泣いているのをほったらかしにしているとかわいそうにもなるし、悲しくなる。

とりあえず、考えた末に、駄目だと思っていることに対しては断固とした態度でのぞむ、ということだけは決めていた。

「おい、外まで泣き声が聞こえてるぞ」

廊下に出ると、ちょうど澄也が仕事から帰ってきたところだった。出迎えてカバンを受け取りながら、

「お隣の健くんが、カマキリライダーの変身ベルト買ってもらったんだってさ」

「カマキリライダー？」

「子どもの間で流行《はや》ってるヒーロー番組だよ」

番組は面白いが、子どもの心をがっちり摑む面白そうな新商品がどんどん出てくるのは困りものだ。

「翔はもう誕生日終わっただろ。欲しいならクリスマスまで待てっつったら、隣の健くんは誕生日終わっても買ってもらったって」

「買ってやればいいだろう、高いものじゃあるまいし」

ネクタイを緩めながら呑気に言う澄也に、翼は腹が立った。

「バカ言うなよ！　金があるからってすぐなんでも買ってやってたら翔がダメになるんだからな！」

嚙み付いた翼に、澄也が「しまった」という顔になる。結婚して他のことはたいがい上手くいっているが、金銭感覚の違いだけはいまだに超えられないのだ。

新婚のときから住んでいる今のマンションは、都心で駅近なので手狭とはいえ、それなりの高級マンションだ。隣人も金持ちばかりで、だから健くんも好きなときに玩具《おもちゃ》を買ってもらえる。

「俺は翔をそういうふうに育てたくねえの。お前が頑張って稼いでくれてる金だぜ。親が、働くありがたみをちゃんと教えてやらなきゃ誰が伝えるんだよ」

ぶちぶち文句を言う翼に、澄也は生返事を返してくる。もう何度も言われているので、すっかり聞く気がないのだ。どうせ腹の中ではいまだに「買ってやればいい」と思ってるに違いない。

「澄也、翔に頼まれても絶対買ってやっちゃダメだぞ。お前は、俺に隠れてすぐ甘やかすんだからな」

「おい、俺がいつ隠れて甘やかした」

「ついこの前、ダメって言ったのにジュース買ってやってたろ！」

「ジュースくらい……」

「九時過ぎて炭酸飲ますなんてダメ！」

「……分かった、すまなかった」

不本意そうに謝った澄也は、翼から逃げるように居間へ入った。小さな声で「なんであんなに細かいことばかり……」と言うのが聞こえたが、それを拾いあげるとケンカになるので、ぐっと我慢する。

居間に入るとまだ翔はぐずっていた。

「翔、ママを困らせたらダメだろう」

一応言っておかねばという程度の強さで、翔がしがみついているソファに腰掛けながら、澄也がたしなめる。

「ママがケチなんだ」

鼻をすすりながら抗議した翔を、澄也が膝の上に抱き上げる。仕事中は絶対に見せないだろう笑顔が、その目元に浮かぶ。

澄也はものすごく翔に甘い。翼がちょっと眼を離すと、頼まれたものはなんでも買ってやっているし、本気で怒ることなどめったにないから、翔は翼に叱られるとすぐに澄也に逃げるのだ。

「クリスマスになったら買ってやるぞ」

「やだ、あしたほしい」

「明日か。明日は、パパは仕事が忙しい」

「じゃああしたのつぎは？　パパのおやすみの日は？」

「そうだな……」

ああ……。

冷蔵庫から澄也のビールを取り出しながら、翼は眩暈《めまい》を感じた。まんまと翔のペースに乗せられている。このままでは、じゃあいつなら買ってやると約束しかねない。


「翔、パパにおねだりするな！　ママは許しません」

「ママにはゆってないもん、パパ、けんくんもみちるくんも持ってるんだもん。パパ、パパと話してるんだよ」

「そうか、そんなに欲しいのか？」

翼はムカムカしてきた。これじゃ自分一人悪者じゃないか。いつもはついであげるビールを、缶のままドン、とテーブルに置いたので、さすがに澄也がまずいと思ったらしく、黙る。

「翔、もうねんねの時間だぞ」

「やだ！　ママきらいだよ！」

またぐずりだした。内心途方に暮れる。大好きな息子に、きらいなんて言われたらママだって傷つくんだぞと思うのに、肝心の澄也はこの戦いに巻き込まれたくないのか、一人でビールを開けている。

「ママきらい！　うんこ！」

幼稚園に行かせてから、すっかり口が悪くなった。抱き上げて子ども部屋に連れて行こうとしたら、バタバタ暴れて再び大泣きだ。思わず下に下ろすと、床でじたばた手足を振り回す。

「ママなんかはやく死んじゃえーっ」

（うわ……、傷ついた）

さすがに今の一言は、ぐさりと胸に刺さった。一緒になって泣きたくなっていたら、不意に澄也が立ち上がった。わめいている翔を抱き起こし、むりやり立たせる。

「翔、今、ママになんて言った？」

空気がぴりりと緊張を孕《はら》む。低い声。翔にはめったに見せない、厳しい表情。泣いていた翔も、思わず口を閉じた。

「……ママがどれだけ頑張って翔を産んだか、話しただろう？　それなのにママに死ねって言うのか？　それじゃあ翔は、明日ママが本当にいなくなってもいいんだな？　明日から一人で寝て、ご飯も食べれなくて、幼稚園のお迎えもママじゃなくていいんだな？」

うえぇ、と翔が再び泣き出した。怒って泣いていたときの声ではなく、もっと悲しげな泣き方だ。

「健くんちのママがいいならそっちの子になりなさい。そうしたら翔はもう二度とママとは会えないぞ」

「やだぁぁぁ」

想像したのだろう、盛大に泣き出した翔がかわいそうになって、翼は思わず抱き寄せた。

「澄也、もういいよ。思わず言っちゃったんだ」

「思わずですむか！」

澄也が怒鳴るのは珍しい。驚いた翔が翼にしがみつき、さらに泣き声を増す。

「翔、ママに謝れ。次に死ねなんて言ったら、家から追い出すぞ」

本気の声だ。翔は震えながら、声にならない声で、ママごめんなさい、と謝った。

「よし、ママもう怒ってないぞー。ねんねしような」

小さな背中をとんとん叩きながら抱き上げ、子ども部屋に連れて行く。泣き喚きすぎて疲れたのだろう。寝かしつけると、しゃくりあげながら翔はすぐにくったりした。

「ママ、あしたもいる？」

ひっくひっく、しゃっくりの合間に訊いてくる翔に、すまないやら可愛いやらで、愛しさが胸に満ちるのを感じる。さらさらの、澄也にそっくりな黒い髪を撫でながら、いるよ、と翼は約束した。

「あしたのつぎは？」

「いるよ」

「あしたのつぎのつぎは？　つぎのつぎのもっとつぎは？」

「大丈夫。ちゃんといるから」

胸のところを優しく叩いていたら、翔はやっと安心したようだ。翼の小指を、小さな手できゅっと握って、寝ぼけた声で「ママ、大好き」と付け足した。

胸がきゅっとしぼんで、それから、温かいものがいっぱいに心へ満ちる。さっきまで翔に対して抱いていた、泣きたいほどの腹立たしさも、宇宙人に見えて理解できなかったことも、全部吹き飛ぶ。

「ママも、翔が大好き」

額に口づけると、翔は幸せそうに笑って、そのままストンと眠りに落ちた。


居間に戻ると、既にビールを二缶空けた澄也が、つまみを探してダイニングの冷蔵庫を漁《あさ》っていた。

「ああもう、肴《さかな》はちゃんと作ってあるから。今出すよ。ご飯は？」

「ちょっとくれ」と言いながら場をあけた澄也にかわり、台所に立つ。居間に戻るかと思ったら、澄也はダイニングと居間の境目になっているカウンターテーブルに寄りかかって翼を眺めている。ネクタイをとり、ズボンはスーツのまま、シャツはボタンを三つはずして寛《くつろ》げている。

翼の横顔を見つめる澄也の視線に、くすぶるような熱を感じて、翼はあえて笑った。

「……幼稚園行くと、ああいう言葉覚えてくるんだよ。まだなにも分からない子どもなんだから」

「二度と言わせない」

強い口調で言う澄也に、翼は言葉をしまった。近づいてきたと思うと、そっと抱き寄せられる。自分より大きく逞《たくま》しい体に包まれると、翼は安心してほっと力を抜いた。

翼は今、二十五歳。二十歳で産んだ翔の誕生日を迎える度、いつも胸を撫《な》で下ろす。また一年を、生きてこられた……。

いつの間にか自分の誕生日ではなくて、翔の誕生日でその時間を計っている。せめて二十歳。翔が二十歳までは、生きていたい。

閉じた瞼《まぶた》に、じんわりと涙が滲《にじ》む。気づいたように、澄也が抱く腕の力を強めた。

「俺、幸せだぜ？　覚悟も辛さも、一緒に感じてくれる澄也がいるから……」

言葉は、落ちてきた唇に吸い込まれた。何度合わせても、この瞬間背筋にはぞくりとしたものが走る。澄也の首に腕を回し、唇に忍び込んできた舌を吸い上げる。

「……ん」

ダイニングテーブルに、ゆっくりと押し倒され、着ていたシャツを捲《まく》り上《あ》げて素肌に触れてくる澄也の熱を感じながら、翼は喘《あえ》いだ。

明日の次、明日の次の次も次の次の次の次も、そのまた次も、ずっと、澄也と翔のそばにいたい。しぶとく、関わりつづけたい……。

二人の日々を見守っていたい。

怒ったり、笑ったり泣いたり、傷つけたり傷つけられたり、……許したり。

そして、愛しなおしたり。


命の足音が、途絶えるその日まで。

おっぱいがいっぱい

『もー、こっちの粗探ししてるのよ、最初から。いつもはちゃんとやってるのに、たまたま抜けてたらそれだけで涼子《りょうこ》さんは……って始まって』

「同居は大変だよなぁ、うちは澄也《すみや》の家、離婚してるから」

『そっちのほうが気楽よう』

「生活の感覚違うもんな。うまい妥協点が見つかるといいな。今度息抜きにランチでもしようぜ、話聞くし」

『うんうん、七雲《なぐも》さん、近所にいいとこ見つけたの。ちょっとお高いけど、へそくりやりくりして行きましょ。主婦だってたまにはご褒美よね』

「うまいメシ食ったらまた頑張れるよな、そろそろ秀くん帰ってくるんじゃね？」

『あらもうそんな時間？　ごめんね七雲さん、長電話しちゃった』

「こちらこそ」

電話を切ると、翼《つばさ》は話しながらたたんでいた洗濯物を見回した。既にすべてたたみ終わっている。時計を見ると、正味一時間ほどの長電話だった。

主婦は意外にストレスが溜まる。

ＰＴＡで知り合ったママ友達の数名は、ローテーションで翼に電話をかけてくる。

初めは、性モザイクなので奇妙なものを見るように遠巻きにされたが、慣れてくると、翼の「半分男」というのがラクらしい。女同士のほうがラクなこともある。しかし女同士で話すのが面倒なこともある。

翼はどちらでもあり、どちらでもないので、ちょうどいい塩梅《あんばい》なのか、よく相談や愚痴、はてはノロケも聞かされたが、生来のさっぱりした気性ゆえか、あまり苦痛には思わない。むしろ、はみだしものの自分がこんなに友だちを持てて幸運だなあと思っていた。

たたんだ洗濯物を家族の箪笥《たんす》に分けてしまいながら、翼はこの生活になかなか満足していた。

妊娠して、翔《かける》が生まれて、もう八年。

外に働きに出たいと思ったことは何度もある。翼の中の男の半分が、もう少し社会の経済に直接関わりたいと感じることだってある。けれどその度、自分にとって一番大事なことは一年でも長く生きて、翔と澄也と一緒にいることだと思い直す。

人から見ればつまらない人生だろうか？

けれど澄也を選び、翔を産むと決意したときから翼の人生は決まった。後悔はしていない。人に褒めてもらうつもりもない。平凡な、取るに足らない生き方なのだけれど、自分がいなくなった後に澄也と翔が少しでも元気に生きていってくれるように、今は精一杯愛するだけ。そんな人生を、まあ、それなりに翼は気に入っていた。

時計が三時をまわる前に、ばあん、と玄関の扉が開かれた。

「ただいまー！」

元気のいい翔の声がして、翼は廊下に顔を出した。

「おかえり」

自然と笑顔がこぼれる。駆け込んできた翔の体を受け止めるように抱きしめる。

お日様の匂いをいっぱいに吸い込んだ翔の柔らかい髪の毛から、温かな肌の香りがする。

レッドニーの翔は同級生の中でも決して小さなほうではないし、近い将来翼は追い越されてしまうのだろうけれど、今はまだ抱きとめる腕の中でいっそ頼りないほど小さくて、可愛くて、愛しさと幸福感が湧き上がってくる。

朝送り出すまではさっさと学校に行ってほしいし、ぐずつかれるとイライラするし、いなくなればなったでしばらく自由だとほっとするものなのに、帰ってきた瞬間のこの嬉しさはたとえようもない。こんなとき、自分は翔を愛してるんだなあと実感する。

「おかーさん、今日学校でねー」

翼の足にしがみつくようにして話し始めた翔に相槌を打ちながら子ども部屋に連れて行き、ランドセルを下ろさせる。

翔は最近、翼をお母さんと呼び始めた。学校のお友達がママなんて呼ばない、と言うので、恥ずかしくなったようだ。

そのうちお袋とか、あるいは「おい」とか「あのさあ」とかと呼ばれるのかなあ、と思うと、嬉しいような淋しいような気がする。

「翔くん、連絡帳くださいな」

「はーい」

「はい、どうもありがとう」

さて、と翼は翔に向き直った。

「翔くん、おやつと宿題どっち先する？」

宿題と聞いた翔がむーっと考え込む。まぎれもないハイクラスの特徴ゆえか、翔は頭の回転が速く、勉強はよくできるほうだが、まだまだ座ってプリントをやるよりも外で遊びたいらしい。宿題は好きではない。

答えを待つ間、翼はいつも緊張する。おやつが先か、宿題が先か、お友達との約束が先か。これは大変な命題である。一年生のころは翼が勝手に決めてみたりもしたが、最近は翔に決めさせることにした。そのほうが考える力が身につく、とどこかの育児相談記事で見たので、とりあえず実施しているのだが、これが本当にいいかどうかはまだよく分からない。毎日毎日、答えのないところにむかって試してみたり、失敗したり、やり直したりを繰り返す。やってみるまで、子育てがこれほど難しいとは思ってもみなかった。宿題一つやらせるにも戦いである。

「おやつ食べて、宿題する」

「お友だちとの約束は？」

「じゃあ、公園から帰ってきて宿題する」

「できるのか？　この前そうしたらねんねしちゃったろ。それで先生に怒られたよな。今度はできる？　帰ってくる時間、お母さんと約束できるか？」

しゃがみこんで、翔の返事を待つ。

「うん、できる」

「よし、お母さん、翔を信じるぞ。じゃあおやつ食べようか」

こういうやり取りを見ていたことのあるママ友の一人が、

「七雲さんの子育てって、男らしいわねぇ」

と呟いたことがあったが、そうなのだろうか。

子宮を育てて子どもまで産んだが、今はもう女性ホルモンを増やす治療はしていないし、男として生きてきた時間が長すぎて、これ以上女っぽくはなれない。

おやつは央太《おうた》がフランスから送ってくれたクッキー

だ。央太は二十歳でフランスに渡って、パティシエ修業をしているが、時々そちらから菓子やら玩具を送ってくれるのだった。

「あ、央ちゃんのクッキーだ！」

「翔のために送ってきてくれたんだぞ」

アーモンドを挽《ひ》いた粉で焼いたクッキーの、香ばしい匂いがたつ。まだ喋り足りない翔のおしゃべりを聞きながら一緒におやつを食べていると、ふと、翔が黙り込んでじいっと翼を見つめてきた。

「どした、翔？」

「ねぇお母さんはどうして、おっぱい平べったいの？」

ぎょっとして、翼は食べていたクッキーに咽《む》せた。

「こないだ健《けん》くんち行ったでしょ。そしたらゆうくんが健くんのママのおっぱい飲んでたでしょ。おっぱいおっきかったよねぇ。赤ちゃんできるとおっきくなるの？　お母さんもぼくが赤ちゃんだったとき、おっきかったの？」

とんでもない質問である。

仲良しの健くんに弟が生まれ、翔は遊びに行くたびに赤ちゃんに夢中なのだ。うーむ、どう答えたものか。昔は大きかったと言ったところで、翔が大きくなれば、母親の胸はしぼむにしたって不自然なくらい平べったいと気づくだろう。

答えあぐねているうちに、友達が迎えに来たようだ。翔は元気に出かけていき、翼は慌てて上着を一枚羽織らせて下まで見送った。

いってきますもそこそこに翔が公園へ駆けていく声を聞きながら、翼は深くため息をついた。

胸元にぺたりと手をあてる。

（おっぱい……かあ……）

◆

その夜遅く仕事から帰ってきた澄也は、出迎えた妻がいつもより上の空なのに気がついた。

上着を脱いでリビングへ行くと、翼がつまみとビールを出してくる。ソファに腰をおろして、ロッテーブルの上を見た澄也は眉を寄せた。さっきまで翼が見ていたのだろう、雑誌の広告ページ。

『バストでお悩みのあなたへ、もう小さいなんて言わせない』

『ふくよかな胸で気分はグラドルに！　彼のハートも摑めちゃう』

「……なんだこれは」

「澄也、メシは？」

ダイニングのほうから、トレイを抱えた翼が出てきて訊いてくる。

「後で軽く食べる、途中でちょっと腹に足したんだ」

「そっか」

ぼんやり言って、翼はビールを注いだグラスと肴《さかな》の皿を置いた。ため息をついて、そばに腰を下ろす。なにか考え事をしているようだ。

翼が落ち込むのは珍しい。基本的に快活でさっぱりした性格だ。翼は普通の体質ではないから、妊娠・子育てをすると選択した時から、いっぱしの男のように外で働くのを断念した。精神的には人一倍男らしい翼のことだから、専業主婦（夫？）など納得いくのかと、澄也は当初心配したが、それは杞憂《きゆう》に終わった。翼は自分が決めたことに迷いを持たない性格で、まさに「男らしく」専業主婦（夫）の立場を受け入れてくれ、愚痴もあまり言わず、楽しく子育てをしてくれている。

だが、そんな翼でも落ち込むことはある。頬杖をついてぼうっとしている翼の横顔を見ながら、どう訊いたものかと思っていた澄也に、翼はふと顔をあげた。

「なあ澄也。お前さ、俺が翔妊娠してたころのこと、覚えてるか？」

「あ？　ああ、そりゃあ」

あのころ、翼はまだ十九。澄也も大学生だった。学生結婚。そして医者になる前に、もう父親だった。

——手探りだったなぁ。

思い出すと、いつもそういう気持ちが湧いてくる。きっと澄也だけでなく、翼にとっても。

若くして結婚し、子どもを持とうと決めたのは、翼が性モザイクだったからだ。何度も何度も話し合った。妊娠、出産が翼の体にかける負担は想像もできなかった。いたずらに寿命を縮めるだけかもしれないし、成功すればホルモンのバランスがうまくとれるようになって体質が落ち着き、長生きできるかもしれないという可能性もあった。

やっぱり、やめようか。

そう、言った日もある。

先輩が本当にしてほしいって思ってるように、俺だってやりたいんだよ。

と、翼が眼に涙をためてなじってきた日もある。

苦しくて、もう別れたほうがいいのかと話した日もある。

それでも離れられなかった。何度もぶつかって、何度も考えて、悩んで、気持ちが通じ合わないときもあったけれど、お互い泣いた日もあったけれど、結局新しい命を育てようと結論した。

それが正しいかなど分からなかった。ただ真っ暗闇の中で、互いに手をとって、一歩一歩歩いてきた。信じる方向を、互いに見つめて。

だから翼が妊娠していた十ヶ月は、澄也にとって一番苦しかった時代だ。いつ翼の状態が悪くなるか考えて眠れず、けれど学校は忙しく――お互いに苦しかった。だからお互いに支えあった。あのときのことがあるから、時々は喧嘩《けんか》をしても、まだ夫婦でいられるのだと、澄也は思っている。翼は妻だけれど、同時に同じ戦いを切り抜けてきた仲間でもある、そんな感覚だ。

翼はその話をしたいのだろうか？

(俺、だからお前のこと信じたいんだけどさ……、とかか？　最近俺、なにかやらかしたか？)

澄也はごくりと喉を鳴らした。もしかして翼は落ち込んでいるのではなく、怒っているのだろうか？

(こないだ村崎《むらさき》さんと朝まで飲んできたアレか？　でも、それは確かブルートリップのハニータルトでチャラになったんじゃなかったか？　それとも靴下を丸めたまま脱いでおいたアレか？　でも毎度、その場で文句言われて終わってるしな……)

色々と考えるのだが、思いつかない。最近はカードで大きな買い物をした覚えもないし、もちろんだが浮気もしていなければ、そう誤解されるようなこともないはずだ。

「悪かった」

とりあえず先に謝っておけと澄也は思った。翼の顔に疑問が浮かんだのにも気づかず、続ける。

「今度から気をつける。もうしない」

「なに言ってんの、なんか謝るようなことしたのかよ?」

眉根を寄せた翼の表情が、微妙に曇ったのを見て澄也はしまったと思う。

「いや、なにか怒ってるんじゃないかと思って」

「なんで俺が昔の話したら怒ってることになるんだよ。大体、なにも言わないうちに謝るってことは普段俺が怒ってる時もとりあえず謝っとけっていう気持ちで言ってるってことじゃ……」

「翼、そんなことより元気がないな、どうしたんだ?」

まずい、お小言に流れそうだと判断した澄也は咄嗟に話の向きを変えた。翼はその魂胆を見破ってムッとしているが、とりあえずはこれ以上小言を言うのはやめたようだ。

「あのさぁ、あのころって俺の胸、ちょっと膨らんでただろ?」

「そうだったな」

「それでも女の中じゃ小さいほうだったけどさ。澄也はどっちがよかった? 今の平べったい胸と、ちょっとでも膨らんでたのと。やっぱ男としては、多少なりともおっぱいあったほうがいいの?」

ぶっ、と澄也はビールを噴き出しそうになった。

「俺も半分男だけどさ、ていうか精神的にはほとんど男のまんまだけどさ、俺、女の胸揉んだことねーし、よくわかんねーんだよな」

「い、いや、俺はどちらでも……」

なんと答えればいいのか。

澄也は思案した。なぜ突然翼はこんなことを訊いてくるのだろう?

(俺とのセックスに不満が……?)

遠まわしに何か訴えられているのかと、澄也はうろたえた。

ここ最近の、『夜の営み』を振り返る。回数が減っていただろうか?

(忙しかったから? それでも最低週に一回は、翔のいない時間や夜中を狙って濃厚なのを……)

時間がなくて疲れていたりしていても、全身と糸までしっかり使った濃密なセックスをしていたつもりだったが、もしや、胸への愛撫が少なかったのだろうか……?

どこもかしこも澄也用に開発されている翼の体だが、やはり一番気持ちいいのは後ろらしいから、自分も、どちらかというと挿入してから後のほうが本気になる。

（それが不満だったのか？　前戯が足りなかったのか？）

「なあ、さっきから険しい顔してなに考えてんだよ」

まるで澄也の頭の中を覗《のぞ》いたかのように、翼が半眼になってじろりと睨みつけてきた。

「俺は前戯を飛ばしたつもりは……」

「あーっ、もうっ、そういう話じゃねえのっ。翔のことだよ！」

「翔？」

「今日、なんでママのおっぱい小さいのって訊いてきたんだよ。それで、どうしたもんかと思って」

「翔が？」

翼は肩を落としてため息をついた。

「まさか、半分男だから、なんて言いにくいだろ。いつかは分かることでも、自分の母ちゃんが、普通じゃないって知らされたらさー……」

語尾は小さくなり、翼は視線を落とした。

そういう話か。

澄也はグラスを置いた。

完全な男とまでは言えないが、翼の容姿は女のそれでもない。細く、小さく、髭《ひげ》も生えない中性的な容姿は高校時代からさほど変わっていないように見える。女性ホルモンを一時増やした影響で、表情など前より柔和だし、体も筋ばっておらず男にしてはかなり柔らかい。

だが、年頃になれば翔も性モザイクの意味を知る。

「……翔が、幼稚園入ったり小学校入ったりするたびに、俺、他のお母さん達から嫌われてたじゃん。一年くらいしたら、大体の人は分かってくれて、仲良くなれるけど。でもそれはずっと、地域の学校だったからさ……」

翔は幼稚園も小学校も地元の一番近いところへ行かせた。中学まではそのつもりだが、高校は、多分進学のことを考えて私立、あるいは公立でもかなりの水準のところへ行くことになるだろう。

親の欲目でなくとも、レッドニーの翔はできがよく、成績も申し分なければ頭の回転も速い。当然、身体的にも勝っている。

「翔は澄也の子だから、勉強できるほうだろ。望むなら望んだだけの教育は受けさせてやりたい……でもさ、そういうとこってハイクラスの両親が多いじゃん。今までみたいに受け入れてもらえんのかなって、ずっと先のことだけど、考えちまうわけ」

そんなことを？

いや、そんなことではない。

自分と結婚しなければ――しなくてよかったかもしれない苦労を、翼が重ねてきたのは知っている。

七雲《なぐも》家の親族の中にも、ハイクラス至上主義の人間は確かにいる。彼らから受けたようないわれのない蔑みを、またどこで受けるとも知れない。

「俺はいいんだよ。慣れてるし、覚悟もできてるし。ただ、さ、翔はそんな母親のこと……、嫌になんねぇかな。ロウクラスなうえに、おっぱいもない、性モザイクの母親なんて」

「お前らしくない」

澄也はソファに投げ出されていた翼の手を、そっと握った。

「生まれや見た目なんかで判断するなんて、人として最低だぜっ、ていつも言ってるだろう」

「俺だって、たまに不安になるの」

唇を尖《とが》らせてそっぽを向いた翼に、澄也は小さく笑った。

嬉しいと思う。弱みなどないような、翼の明るい精神の、ほんの片隅にある不安や鬱屈を、見せてもらえるのが自分で。

「もしお前が……そうだな、普通の女で、ハイクラスで……そうしたら」

どきりとしたように、翼の空気が一瞬硬くなるのが、伝わる。

「俺は好きにならなかったろうな。そしたら、翔もいなかった」

振り向いた翼の瞳が、問うように向けられる。澄也は微笑んだ。

「相手が理想通りだから、好きになるわけじゃない。時には自分と違うところや、うまくいかないことで愛することもある。今は……お前が俺の理想だがな」

「……澄也」

悪戯《いたずら》っぽく微笑んでいると、翼はふっと力が抜けたような笑みを浮かべて、寄り添うように澄也の胸に頭をもたれさせてきた。家のシャンプーの香りがふわっとあがる。

「俺も、澄也だから、幸せだぜ」

胸の中にじんと温かな熱が広がるのを感じながら、澄也は妻の肩に腕をまわし、頭のてっぺんにそっと口づけた。

今夜はこのままいけるか？

と、思っていたら、不意に、翼が顔をあげた。

「なぁ、でもさあ。なんて話したらいいと思う？　俺のおっぱいが平べったい理由。性モザイクが、なんて話しても、まだ難しいしさあ」

困ったような顔で黙り込んだ翼に、澄也も眉を寄せた。

これは、あれだ。

どうやって赤ちゃんはできるの？

と訊かれる時の予行演習みたいなものかなと思いながら、夫婦はその晩、ひとしきり頭をひねった。

◆

翌日、仕事の帰りが早かった澄也が翔をお風呂に入れてくれたので、翼は久々に夕飯の後片付けをゆっくり済ますことができた。

二人の着替えを用意して洗面所に持っていくと、風呂場から、父子が仲良く話す声が聞こえてきた。

『ねー、お父さんはなんでお母さんのおっぱいがちっさいか、知ってる？』

洗面所を出ようとしていた翼は、中から聞こえてきた声に思わず足を止めた。

（翔のやつ……）

今日は訊いてこなかったので、忘れたのかと思って安心していたのに、どうやら思い出したらしい。母親に訊くより父親に訊いたほうが手っ取り早いと思ったのだろうか。訊かれた澄也は中々答えず、風呂場からは湯のはねる音がちゃぽんちゃぽん、と呑気に響いていた。

『ねえ、お父さんどうして？』

『うーん……』

（澄也、頑張れ）

翼は思わず拳を握ってしまう。ここで上手いこと丸め込んでくれれば、とりあえず自分が説明しなくてすむ。

『なあ、翔はおっぱい小さいお母さんと、大きいお母さんどっちがいい？』

『えっ』

突然質問し返されて、翔は驚いたようだ。驚いたのは翼もだ。そんなこと訊くな、と思う。

（大きいお母さんは用意できないんだぜ、大きいほうがいいって言われたら、どうすんだよっ。俺に今から豊胸手術しろってか！）

『ぼく、おっぱい大きいお母さんも見てみたいな』

がくーっと翼はうなだれた。

そら、見たことか。

（だからおっぱい大きいお母さんなんて、いねえんだよーっ）

わめきたい気分だったが、風呂場から、くくく、と澄也の低い笑い声が響いてきて、思わず顔をあげる。

『じゃあ、おっぱい小さい今のお母さんは、お父さんにくれるだろう』

『えっ』

じゃぽん、と水の跳ねる音がした。

『なんで？　ぼくのお母さんは？』

『翔はおっぱいの小さいお母さんはいらないんだろう？　お父さんは今のお母さんで十分だ。おっぱいが小さくてもお母さんが大好きだからな』

『じゃあぼくも、ぼくも今のお母さんがいい』

『なんでだ？　翔は大きいお母さんが好きなんだろう。今のお母さんはいらないだろうが』

『違うもん、翔くん、お母さんが好きなんだもん』

翔の声が震え始めている。自分を翔くんと呼び始めたら、子ども返りしはじめている兆候だ。

だがそれに気づいているだろう父親は、意地悪するように笑いをこらえた声で畳みかける。

『だめだな、お父さんのほうが、おっぱい小さいお母さんが好きだから』

『ちがうもん、翔くんのほうがおっぱい小さいお母さん好きだもん、お父さんよりもっと好きだもん。このくらい好きだもん』

湯を跳ね上げる音が、ばしゃばしゃと響く。

どうでもいいがおっぱい小さい連呼しすぎだ。

『お父さんはこのくらいだ』

『翔くんはこんな、こんな、こんなだもん！』

『お父さんなんかこれだぞ』

『翔くんそれより大きいもん、こんな、こんな、こーんなだもん！』

ばしゃーん、と盛大な音。ほとんど叫ぶようなわが子の声。

あーあ……。

思わず吹きだしながら、翼は声を抑えた。

（全然、答えになってねぇじゃん……）

くっくと笑いながら洗面所を出て、それから、余分なバスタオルをもう一枚出しに行く。

果たして数十秒後、風呂場からビエエエッと大きな泣き声があがった。

「ママ！　ママ！　パパがいじめる！　パパずるい！　パパ嫌い！」

泣き喚きながら飛び出してきた息子は、すっかり子ども返りして自ら卒業した『パパ』『ママ』に戻っている。バスタオルを広げて濡れた体を受け止めて、そのままぎゅっと抱きしめながら、翼は笑い転げていた。

「ママ、ママは翔くんのだよね？」

「うん、ママは翔くんの」

愛しさがぐうっと湧き上がってきて、翼は翔のほっぺたに口づけた。

「おい、翔。でもな、パパはママのものだから、翔はパパももらわなきゃいけないんだぞ」

髪を拭きながらやって来た澄也も、にやにや笑っている。翔は意地悪をした父親をまだ許したくないらしく、ぎゅうっと翼に抱きついたのだった。


「おっぱい小さいママでいい、だってさ。俺が女だったら傷つくぞ」

翔を寝かしつけて、夫婦の寝室に戻ってきた翼はまだおかしさが覚めやらずククク、と忍び笑いしていた。

「効果覿面《てきめん》だったろう？」

「パパ嫌いだってさ。いじめるから」

「やっぱり俺の息子だな。お前が好きでたまらないいんだ。レッドニーはシジミに弱い。……成長したら厄介だ」

言いながら難しい顔をした澄也に、翼は呆れた。

「ばか、自分の息子相手になにが厄介だよ」

「あいつのママ好きは問題だ」

「あんなもんだよ。俺もそうだった。中学生にもなれば、母親なんてうっとうしくなるって」

先にベッドへ入り、本を読んでいた澄也の額を軽く指先で弾き、翼は自分も寝台へあがった。

「お前は可愛い母親だからな、意外と反抗期なぞないかもしれない」

「ほんと夫バカだなあ、澄也みたいな物好き、そんなにいないって……」

笑いながら、翼は澄也に、ぴったりとくっついた。ふうっと息を吐く。鼻腔《びこう》から入り込む、澄也の匂い。逞しい体が、そっと寄せられると、安心する。

「……あんなこと言ったけどさ」

「うん？」

「高校とか入って、ＰＴＡとかでまた苦労するんだろうなって話。あんなこと言ったけど。別にそんなの、どうだっていいんだ。翔が、俺のこと変な母ちゃんだと思って、恥ずかしく思っても、それはそれでいい。もし翔が高校入るとこ、見られたら……大学も、成人式も、それもこの眼で、見られたら……」

それだけで。

八年。八年生きてこられたのは、奇跡だ。

もし叶うなら、翔の二十歳を見たい。あと十二年、生きたい。

「なんて、もし二十歳まで生きたら、次は三十まで、四十までって……欲が深くなるんだよな。ほんと」

愛は、厄介なもの。

澄也の手が、するりと肩を撫でた。そのままゆっくりと寝台へ押し倒される。

澄也は静かな顔をしていた。ただ、眼差しだけが強い。

「生かしてやる」

はっきりと言われた。そっと頬を撫でられ、額に口づけが落ちてくる。

「俺が生かしてやる。俺の一生はそのためにある」

「……ばか」

新婚時代ならいざ知らず。結婚して九年、やがて十年も経とうというのに、この口説き文句。

「これ以上俺を惚れさせて、どうするんだ」

澄也の頬をつねったら、端整な顔が柔らかく笑んだ。落ちてきた唇を唇で受け止めながら、翼は思った。

結ばれたあの日に思ったことは、間違っていなかった。

——もう一人で苦しまなくていい。

その通り、澄也はいつも一緒に悩んでくれる。

選んでよかった。

人から見たらきっと、平凡なつまらない人生。でも翼にとっては、毎日がドラマ。

きっと、愛する人がいるから、この生活はいつでもドラマチックなのだ。

おっぱいがいっぱい、の後で

「ん……、ちょ、すみや……」

二人の寝室に、甘い吐息がこもる。胸の突起を長い間弄られ続ける感覚に、翼《つばさ》の目尻にはうっすらと涙が浮かんでいた。

おっぱい騒動の後だからだろう。澄也《すみや》は今夜、ベッドに押し倒した翼の体から衣服をすべて脱がせて裸にしてから、ずっと乳首を攻めつづけている。

「なあ……こうすると、ちょっとおっぱいになるぞ」

からかうように笑い、澄也は背中から集めてきた薄い脂肪を、翼の胸に寄せた。

まるで少女のような小さなふくらみができ、その先端で、唾液に濡れた乳首が赤くなってツンと尖っている。

思わせぶりな手つきで、集めた膨らみを揉む澄也に、翼はかあっと頬を染めた。


「ば、ばかやろ……あっ」

澄也の指から溢れた白い糸が、翼の乳首に巻きついてくにくにと捏《こ》ね始めた。背筋が痺れ、もはや硬く屹《きつ》立《りつ》した中心はぐっしょりと蜜に濡れて、後ろの孔まで緩めていた。

「あっ、ああっ、あ……んっ」

乳首をいじくられてよがる翼を、じいっと澄也が観《み》ている。そのことによりいっそう羞恥を感じながら、腰がくねり、性器の先端がじんと熱くなり、お尻の中が熱を持ったように疼《うず》いて、翼はたまらなくなった。

（後ろ、後ろに……ほしい――）

どこを弄られても、結局最後はそこになる。体の奥深くの、一番感じるところ。そこを硬いもので擦って、突いて、ぐちゃぐちゃに刺激されたい。

「翼、腰がうねってるな。何か欲しいものがあるか？」

訊きながら、澄也の糸は翼の後ろの入り口をつんつん、とつつき、性器の先っぽに集まって鈴口をくすぐってくる。

「あっ、あっあっあっ、やぁ……っ、すみ、すみ…や、やだ……」

頭を振り、翼は訴えた。ほしいのはもっと奥。もっと奥だ。もう何年も何年も澄也に抱かれているのに、いつも、この一言をねだるのが恥ずかしくてたまらない。

「言って、翼。何がほしい？　どうしてほしい？」

こめかみに口づけながら、信じられないほど優しい声で、澄也が言う。翼はぎゅうっと眼をつむった。

「……澄也の、入れて。俺の中に。それで、いっぱい、突いて……」

掠れた声で言う。途端、澄也の奪うような口づけが落ちてきて、息苦しいほどになる。口内《こうない》を舌で蹂躙《じゅうりん》され、背筋がびくびくと震えているうちに、足は開かれ、奥の秘肉に、澄也の硬い棒が押し当てられた。

熱は一気に入ってくる。

「あっ、ああっ、すみや……っ」

欲しかったものを与えられて、歓喜に体中わななく。パン、と肌が打ち合う音をたてるほどの激しさで、澄也が翼の奥を突き上げる。深い挿入は、瞬く間に翼の理性を奪った。

「気持ちい……っ、あっ、ああ……っ」

がくがくと揺さぶられ、頂点に向けて快感は一気に高まっていく。ぎゅううっと澄也の性器を締め付けて、翼の前は弾けた。中で、追うように澄也のものも弾ける——。

二人の寝室に、くぐもった荒い息がこもる。

翼はすぐ上にある澄也の顔に手を伸ばし、引き寄せて、額にキスをした。

「なあ、やっぱりおっぱいあったほうが、エッチ、燃える？」

冗談まじりに訊くと、澄也は苦笑した。ばかだな、と囁くように言い、愛する夫は額を合わせてきた。

「相手がお前なら、どんなでも、前後不覚になるほど燃えられるよ。……なんて、月並みすぎてつまらないか？」

「ううん」

翼は笑った。胸の底から温かさが突き上げてくるのを感じながら、澄也の首に腕を回した。

月並みでいい。

平凡でいい。

他人から見ればきっと。でも、その月並みがいつでも何よりドラマチックだ。

この月並みを愛している。

死の足音がするその日まで、きっと、愛している。

「もう一回、しよっか」

翼が言うと、澄也は悪戯っぽく眼を細め、今度はゆっくりと、溶かすようなキスをした。

真耶さまの華麗なる悩みごと

フランスでパティシエ修業をしている幼なじみの央《おう》太《た》から、大量の焼き菓子が届いた。央太が焼いたものもあれば、フランスで買い求めてくれたものもある。美味しい地元の蜂蜜や紅茶なども同梱《どうこん》されており、真耶はうきうきして、お気に入りの友人たちにメールを打った。

——美味しいお菓子をたくさんいただいたから、よかったら家でお茶会を開くよ。予定をあわせて来ないかい？

送った相手は後輩の翼《つばさ》、翼経由で仲良くなった郁《いく》、一時家にかくまった篤郎《あつろう》だった。

翼と篤郎には子どももいるので、そちらもつれておいでと付け足した。

真耶の家は広く、季節は秋の初めで庭園でのパーティにはちょうどいい。子どもたちは庭で遊べるし、使用人には子育て経験者も多くいる。彼女たちにお願いしておけば、翼も篤郎もゆっくり過ごせるだろう。

広く枝を張ったナラの木に、簡易のブランコをつるしてもいいな……などと考えるのも楽しく、出勤前の時間、鼻歌まじりで家の廊下を歩いていると、向かいからやってきた姉と出くわした。姉も出勤前で、小綺《こ》麗《ぎれい》にスーツを着ている。

ずいぶんご機嫌ね、と言われ、

「央太から菓子が届いたんです。今度の休日にお茶会を開こうと思って」

と、真耶は話した。

姉は真耶とそう背丈が変わらず、モデルのように完璧な美貌とスタイルだ。

年は五つ上で、もうすぐ婿をとって結婚をする。今は真耶が雀《すずめ》家の当主代理を務めているが、実際に当主になるのは姉だった。

真社会性ハチのヒメスズメバチには女王種と一般種があり、女王は通常、女王種の血筋に生まれた長女がなるものと決まっている。男の真耶はそもそも相続権がないが、それはあまり気にしたことがなかった。特に迫害されたわけでもなく、姉にも母にも可愛がられて育ってきたからだ。

「央太くんね。懐かしいわね、前はよく家にも来てたわよね」

姉は思いだしたようにうなずき、真耶は二人で一緒に、朝の食堂に座った。

広々とした食卓の、主賓席が姉、隣が真耶と決まっている。

卓上には簡単な朝食が用意されており、二人が座ると、姉の前にはコーヒーが、真耶の前には紅茶が出された。

「それでそのお茶会に呼ぶのは？」

「小さな集まりですから、いつものメンバーです」

といって、真耶は翼や郁、篤郎の名前をあげた。姉は「ああ、あの可愛い子たち」とうなずく。

それから、はーっと大きくため息をついた。

「真耶。可愛い子たちを愛でるのもいいけどね。あんた、自分の恋愛もちょっとはしたらどうなの」

「は？」

翼たちのことを思いだし、にこにこしていた真耶は思わず、眉をしかめてしまった。

姉はそんな真耶を呆《あき》れた顔で見ている。

「あんたったら、ちっとも浮いた話がないじゃないの。男でも女でも、ロウクラスでもハイクラスでも、バッタでもダンゴムシでもいいから、一人くらいお付き合いしてますって連れてきなさいよ」

あんたもう、二十九でしょ、もうすぐ三十路《みそじ》よと言われて、真耶はむっとした。

「三十路すぎても自由にやってた姉さんに言われたくないですよ」

「あたしはあんたと違って、許嫁《いいなずけ》の雀宮《すずめみや》さんと、ずっとラブラブなの。恋愛はしてる」

あんたほど枯れてないわ、と姉が言う。真耶だって枯れているわけではない。

「恋愛って、そんなにしなきゃいけないものです？」

目玉焼きの目玉をぐちゃぐちゃとつぶしながら、むすっとしたまま言ってしまう。真耶には実際、そのあたりがよく分からないのだ。

「僕だって、拒絶してるわけじゃありませんよ。たまたまぴんとくる相手がいないんです。気になる人ができれば自然と恋愛します」

「どうかしら。アプローチだけは受けてるじゃないの。片っ端から断って、お高くとまった美女気取りかって話よ」

「はっ？　断るに決まってるでしょ？　ほとんどのアプローチが踏んでください、ですよ！」

「踏めばいいじゃないの、踏めば。案外楽しいかもしれないわよ。そうやって自分から世界を狭めるからいけないいんじゃない」

「楽しいわけないでしょ」

「あれこれ理想を言えるのは二十五まで。あんたもう若くないんだから、ワガママ言うんじゃないわよ。踏んだくらいでお付き合いできるなら安いものじゃない。どうしてそうプライドばっかり高いのかしら」

「冗談じゃない、プライドうんぬんの話じゃありませんっ」

真耶はこの話はおしまいとばかりに言い捨て、つぶした目玉焼きを一気に口の中に入れた。

それを見ていた姉がコーヒーを飲みながらまた、ため息をついた。


「しつけはきちんとしたはずなのに……ちょっと腹をたてると、優雅さの欠片《かけら》もないんだから。そんなだからまともな彼氏も彼女もできないのよ。どこか欠落してるのね」

うるさいなあと真耶は思い、残った朝食も大口でばくばくと食べきって、「行ってきます！」と声を張り上げて家を出た。

車に乗り込むときになってもまだムカムカしていて、運転席のドアを閉める仕草が乱暴になる。

——そんなだからまともな彼氏も彼女もできないのよ。

耳の奥に姉の言葉がよみがえり、真耶は思わず、力一杯アクセルを踏む。その瞬間、昨夜寝る前に見ていた香港映画が頭をかすめた。カンフーアクションの映画だ。

フロントガラスに「お高くとまった美女気取り」だの「欠落してる」だのと言っていた姉の、呆れかえった顔が映って見え、真耶はハンドルを切りながら、抑えきれずに片手をあげると、ガラスに見える姉めがけて手刀《しゅとう》を打っていた。

「ター！　ほっとけ！」

車の中だ。誰も聞いていない。

大声で叫ぶと、少しだけすっきりした。

誰にも特に見せたことはないが、真耶は時折怒りのやり場がなくなると、一人でこんなことをして怒りを発散させているのだった。

◆

（くそ。言いたい放題言うんだから。こっちだってべつに、好きで独り身なわけじゃないんですけどね）

出勤先は、星北学園《せいほくがくえん》の理事室だ。

真耶は大学を出たあと、すぐに母校の理事に誘われて、まずは学校職員を二年経験したあと、理事会に入った。

教育関係の仕事は、自分には向いていると思う。もともと人の面倒を見るのは好きで、高校時代も副寮長と生徒会を兼任していた。

真耶には理事会で、やりたいこともあった。少し前にその夢は叶《かな》い、ハイクラス名門校である星北学園に、ロウクラス限定の奨学金を設置した。必死の広報活動のおかげもあり、少しずつだがロウクラスの生徒も増えてきている。

真耶は去年の理事会総会で副理事に指名され、事務室も個室をもらった。学園全体の運営のほかに、高等部を個別に見ているのでかなり忙しいが、仕事は好きだし充実している。

秘書をとるのは性に合わないので、困ったときは職員に助けを求めるが、普段は一人でなんでもやっている。朝、個室に入ると部屋には誰もいなくなり、するとそこでもまた姉を思いだして、、真耶は数秒シャドーボクシングをしてしまった。

姉弟仲は悪くはない。むしろいい方だが、姉も自分と同じで口さがない性格なので、腹の立つことをあれこれと言ってくる。

そして姉は、真耶がうまく言い返せない数少ない人の一人なのだった。

言ってくることがいちいち正論というか、反論のしようもないことばかりなのだ。誰も真耶に言わないような、耳に痛いことを次々言う。

しかし今思い返すと、お高くとまった美女気取りはないだろう、と思ったりする。

姉にも言ったが真耶はべつに恋愛を拒んでいるわけではなく、たまたま相手がいないだけだ。

時々言い寄られるが、相手はたいてい内気な女性か、踏んでくださいなどと言うふざけた男ばかりだった。内気な女性には、なぜか恋心より哀れみが勝り、恋愛にならない。踏んでほしがる男など、死んでもごめんだ。刺し殺してやろうか、という気分になるだけで、ときめきなど感じない。

かといって真耶は、自分が愛や恋に疎いとも思えなかった。

少なくとも、お気に入りの可愛い子たちが、それぞれ自分のパートナーを愛していることは見ていて分かるし、パートナーが彼らを愛していることも分かる。

その愛が少しでも浅くなれば、真耶は一言もの申してやろうと、いつでも可愛い子たちの相手を見張っている。自分のアドバイスだって、たぶんいつも真実だと思う。間違っている、とは思えない。

(だからべつに、僕は冷血ってわけじゃない。愛は分かる)

けれどもなんとなく不安が残り、執務椅子に座ると、真耶はうーんと考え込んだ。

恋愛に興味がない？　ノー。

相手がいない？　イエス。

では相手がいれば、恋愛をする気はある？　イエス。

じゃあ、どんな相手ならいい？

……分からない。

(謙虚で優しくて穏やかで……つまり僕を怒らせない相手かな)

いやしかし、それだけでは恋愛になりえない。なぜならお気に入りの可愛い子たちはたいていそういう性格だが、彼らに恋愛感情をいだいたことはないのだ。

(……僕には向いてないのかもなあ、恋愛ってものが)

べつにさほど残念でもないし、一生一人でも構わない程度に思っているが、そうなってくると、なにやら欠陥人間のような気がしないでもない。

真耶が完全に欠陥人間と見ている、翼たちのパートナー……澄也《すみや》に陶也《とうや》、兜《かぶと》よりも自分のほうがどこか欠落しているとしたら、なんとなく嫌だ。

まさか、そんなことはあるはずもないが。

（ま、いいか。恋愛なんて、するときにはするさ）

べつに無理にするものでもない。

ひとしきり考えると気が済み、真耶は机の上に積まれた、処理待ちの書類を手にとった。時計が九時を指すと、電話もかかってくる。そこからは仕事に没頭し、真耶はすっかり、恋愛についてなど忘れてしまった。

◆

結局、姉から言われたうっとうしい言葉を再度思い出したのは、その週末の休日のことだった。

運良くその日は晴れて、真耶は自宅の庭園でささやかなお茶会を開くことができた。

招待した翼と郁、篤郎がやってきて、彼らの子どもも楽しそうにしていた。翼の息子の翔《かける》はもう七つなので、庭をあちこち駆け回っている。篤郎の子どもはまだ一歳。郁の腕に抱かれてすうすうと眠っていた。

央太からもらった焼き菓子をきれいに並べ、香りのいい紅茶とサンドイッチも用意した。楡《にれ》の木陰には心地よい風がふき、緑の香りが芳《かぐわ》しい。

ここまでなら理想通りのお茶会だったが、真耶には不満な点が一つあった。

招いていないおじゃまムシどもまでが、それぞれのパートナーにくっついてやってきたのだった。

「や〜マヤマヤ。招待ありがとう」

「きみは招いてないけど。兜」

「真耶、これはこないだの、出張の土産《みやげ》だ」

「医者って暇なの、澄也」

「悪いな。でも郁と篤郎が一緒だって言うから……」

「篤郎くんのことは納得したんじゃなかったの、陶也」

嫁離れできない男たちにいちいち文句を言いながら、真耶はむっとしていた。

だが翼と郁と篤郎に「勝手にごめんなさい」「どうしてもついてくるって」「今から追い返しますか」と

訊かれると弱ってしまう。

「いいよいいよ。あいつらのことは無視するから」

真耶は彼ら、お気に入りの子たちにどうしても甘くなってしまうのだった。

悲しそうな顔を見ると、いてもたってもいられなくなる。

「やーい、えこひいき」

三十路にもなって、兜がつまらないヤジを飛ばしてくる。真耶はそれを早速無視して、しばらくは翼と郁と篤郎と、その子どもたちに囲まれて楽しく過ごした。

けれど二時間も経つころには、排除していたはずの澄也や陶也、それから兜がそれぞれのパートナーの横に陣取り、彼らは楽しそうに、幸せそうに目配せしあったり、笑いあったりするようになった。

どうやらみんな、仲良くしているようだと思い、ホッとするのと同時に、ほんの少しだけ淋しさを感じた。

それは淋しいと言葉にするのにさえも足りないほどの、ほんの小さな、ささやかな気後れで、顔をあげたら翼と眼があって笑い合うと、もうするっと霧散していく程度の感情だ。

それでもどうしてか、

「……欠陥人間かあ」

真耶はぽつりと呟いていた。

横にいた郁が驚いたように顔をあげ、首を傾げて真耶を見る。心配そうなその瞳に、真耶はつい笑っていた。

「いや。姉に言われたんだよ。この年まで恋人ができないなんて、どこか欠落してるんじゃないかって」

冗談にして言ったたし、べつに深刻な気持ちではなかった。

けれどそれを訊くと、振り向いた翼が、あからさまにムッとした表情で「真耶先輩に欠陥なんて」と言った。

「誰にだってあります。真耶先輩はそれが少ないから、相手がいないだけですよ」

ん、どういう意味だ？

欠陥が、つまり欠点が少ないと、相手がいないとは？

（普通逆じゃないのか？）

と、眼をしばたたくと、「そうだな。足りないところが多いほうが、愛情をかけられないと、補えないというか」と篤郎が言って、意味ありげに兜を見やる。

なるほど、と思ってしまうほど、その視線には説得力があった。

――真耶さんは人より愛が多いから、いなくても足りてしまうんですよね。

郁が素直な字で、紙に書く。

――でもいつか、同じくらい愛の多い人と、結ばれる気がします。

「同じくらいできた相手じゃないと、真耶先輩は渡せないよな！」

翼が力強く言い、篤郎もやたら真剣な顔で、深々とうなずいた。

「真耶さんの相手に相応《ふさわ》しいかは、俺たちで決めます」

「えっ、なにそれ……」

真耶は驚いたものの、少し嬉しかった。郁がぎゅっと真耶の手を握り、自分もそうする、というようににっこりしてくれた。翼もそのとおり、と同意する。

「でも真耶先輩が誰かのものになるのは、淋しいかも……」

そうしてどこか恥ずかしそうに、呟いた。

「マヤちゃん、結婚できないならぼくがもらってあげようか？」

不意に翔が、膝に寄りかかってきながら言い、真耶は「生意気め」と翔の頬をつまんでひっぱった。

ちなみに翔は、普段は「いくちゃんと結婚する」と言っている。頬をつままれた翔はおかしくなったらしく、きゃーっと歓声をあげながら、庭の向こうへ駆けていった。

「なんか、面白くない図だね」

……あっちゃんがオレよりマヤマヤを好きみたいに見える。

兜が呟くと、澄也は淋しげに翼を見つめ、陶也も複雑そうに苦笑した。

心の隅にわずかにあった淋しさはとうとう消えてしまい、真耶はやっぱり、恋愛はしばらくいいやと思ってしまった。

なぜならこれだけでもう十分、自分に愛は足りている。

明日からもまた、頑張れるだろうと思う。

「あ、でもマヤマヤ。オレの同僚できみを気にしてる人が一人いるよ。ちなみにきみに踏まれたいそうだけど……」

と、口を挟んできた兜を、真耶はぎろっとにらみつけた。

「却下。そんなやつを紹介したら、刺し殺す!」

鋭い言葉に、なぜか翼と郁と篤郎が拍手し、兜と澄也と陶也は顔を見合わせている。

翔が急拵《きゆうごしら》えのブランコをこいで歓声をあげ、篤郎と兜の子どもは、郁の腕でまだ気持ち良さそうに眠っている。

幸せな午後だ。

真耶はいつしか笑いながら、菓子のお礼状を央太に送るときに同封したいから、みんなで写真を撮らないか、と呼びかけていた。

真耶兄さまのゆううつ

——そろそろ恋愛のひとつくらい、したらどうなの。

また始まった。と、真耶《まや》は思った。朝の食卓で、姉である次期 雀《すずめ》家当主と顔を合わせた瞬間から、嫌な予感はしていたが、このごろ姉は、顔を合わせるたびに同じことを言ってくる。

——三十すぎて童貞処女なんて、私の弟とは思えないわ。

「三十すぎて童貞処女、どこが悪い！」

気がつくと、仕事を持ち帰った自室で、真耶は大声で叫んでいた。夜の静寂に、その声が大きく響く。雀家は今日他の家族は帰っていないし、どちらにしろ真耶の部屋は姉の部屋からかなり離れているので、叫んだところで聞こえはしない。

昼間は仕事で忘れていたのだが、夜になって一人黙々と書類を見返していると、朝、姉に言われた言葉がふっと頭をかすめてしまった。

「セックスも恋愛も、すればいいってもんじゃないんですよ」

頭の中の仮想・姉に向かって言うと、仮想・姉は小バカにするように笑い、

——相手を選《え》り好みしてるだけでしょ。

「はあ？　そんなわけないじゃないですか。べつに誰でも構いません」

——じゃあ、誰でもいいから付き合いなさいよ。

「だから、そういう時間の無駄遣い、したくないんですよ！」

そう——べつに選り好みしているわけでもなければ、恋愛嫌いなわけでもない。ただ真耶は、好きかどうかも分からない相手に、時間を使うのが嫌なのだ。

（好きかどうかも分からないのに付き合うなんて、エコロジーじゃないだろう。そう、つまりエコ。僕が恋愛してないのはエコのためなんだ）

と、悶々《もんもん》としていたとき、携帯電話が鳴った。見ると、ヨーロッパでパティシエ修業をしている央太《おうた》から

の着信だった。

　こちらが夜なので、央太のいる現地はちょうど昼の二時過ぎだろう。

「央太？」

　電話に出ると、『ボンジュー、真耶兄さま』と明るい声が聞こえてきた。電話が遠いので、その声は少しこもり、低くなっているが、それでもいつもどおり呑《のん》気《き》な言葉に、真耶は少しホッとした。

「元気？　この間は、お菓子をありがとう」

『翼から連絡あったよ。みんなでお茶会したんでしょ？　いいなあ僕も行きたかった』

　央太がフランスに行ってから、もう八年近くが経っている。パティシエ修業は忙しいらしく、その間一度も日本に帰ってこない央太だが、真耶には時々連絡をくれているので、それほど離れている気がしなかった。

　初めの数年は泣き言が多かった央太を、真耶は何度も叱咤激励《しったげきれい》し、央太もやる気を取り戻して修業を続けるの繰り返しだった。そういえば最近は悩みを打ち明けてくれないなと、真耶はふっと思い至った。

「……このごろは楽しくやれてるみたいだね」

　ぽつりと言うと、電話の向こうで央太は笑っているようだ。

『そりゃあ長くいるもの。最初のころは泣いてばかりで、真耶兄さまにも迷惑かけちゃったね。ごめんね』

「いやー……べつに……」

　と、言いながらも、なんとなく淋しいものがあった。

　小さくて可愛かった央太が、大人のようなことを言うのは、どうにも不思議に感じる。

『僕のことより、真耶兄さまの声が暗いみたい。なにかあった？』

　と、央太にそう訊かれて、真耶はぎくりとした。どうやら気を使わせてしまったようだ。

「姉とちょっとね。……央太はそっちで、恋人はできたの？　パリはアムールの国だろう」

　話を変えるように言うと、央太は「そんな暇ないよ」とおかしそうだった。

『恋人はもっぱらお菓子って感じだよ。今は仕事が楽しいし』

ふんふん、分かるぞと真耶は思う。でも、と央太は言葉を繋《つな》いだ。

『お姉さん、真耶兄さまに恋人がいないこと、心配してるんだ？』

昔ちらっとそんな愚痴を漏らしたことがあるのを、央太は覚えていたらしい。言われて、真耶は「まあね」と言葉を濁した。

「でも、なんていうか……べつに大きな問題があるわけじゃないんだ。単に、そう、エコなんだよ」

『エコ？』

不思議そうな央太に、恋愛をしないのはエコのためだと持論を語ると、央太はふんふんと聞いていた。

『なるほどね。エコか。時間の無駄を嫌ってるってことね』

なるほどね、分かるかも。と言ってくれたので、真耶はホッとした。

そうだろう。分かるだろう。自分と同じく恋人がいない央太なら、真耶と似た立場である。

「僕も仕事が恋人みたいなものだし」

『そうなんだ』

央太の反応はあっさりしている。と、それより、実はもうすぐ日本に帰ることにしたんだ、と央太が言ったので、真耶はびっくりした。

「本当に？」

『うん。久しぶりにみんなに会いたい』

すぐに集めるよ、と約束すると、日時が決まったらまた連絡するねと央太が返す。短い電話を切るその段になって、央太が、あっ、と声をあげた。

「どうした？」

思わず訊くと、央太は思い出したように笑った。

『さっきの話だけどさ。なんか違和感があったんだよ。なにかなって考えてたんだけど……分かった。真耶兄さまのそれはさ、エコじゃなくて省エネだと思うよ』

——は？

省エネ？

一瞬、固まった真耶の耳に悪気のない、明るい声が聞こえてくる。

『エネルギー使わないようにしてるだけだよね。ようは、面倒くさいってことでしょ？』

いや、待て。違う。と弁解する間もなく、電話が切れる。じゃあね、会えるの楽しみにしてるねという、可愛い声を残して。

真耶はなにやら、ショックを受けて突っ立っていた。

可愛がっていた弟分に、なぜ——恋愛を面倒くさがってるなどと、言われねばならないのだ。

先日会った翼《つばさ》たちは、真耶が誰かのものになるのは淋しいなんて——泣かせることを言ってくれたのに。

（お……お前もそれくらい、言ったらどうなんだっ？）

めちゃくちゃ面倒をみてやったはずの相手から、突然嚙《か》みつかれたような気分だ。

真耶は思わず電話を握りしめ、「ター！」と声をあげ、空に向かって手刀《しゅとう》を打っていた。

澄也先生の思い出

「澄也《すみや》先生、三番にお電話です。澄也先生？」

看護師の声で起こされるまで、澄也は診察室の机の上で、うつらうつらと船を漕《こ》いでいた。午前の外来が終わり、午後の診察が始まるまでのわずかな休憩時間だった。ハッとして顔をあげると、心配そうな顔の看護師と眼が合い、申し訳なくなる。

「ああ、すまない。電話？　何番？」

机の上の受話器をとると、看護師は「三番です」と言いながら、

「……お疲れですね。先生。大丈夫です？」

と声をかけてくれた。澄也は微笑んで、大丈夫だよ。気を抜いてしまったねと言って、電話をとった。

出ると総合受付からかかっていて、外線電話が入っているという。受付から回ってくるということは、患者からの電話だろう。

『今年、性モザイクのお子さんが生まれたそうで……インターネットで調べて、先生に問い合わせをと。……でも、昼休みですし、こちらで内容を聞いて、切りましょうか？』

医者の昼休みなどあってないようなもの。

澄也は多くの患者を専門的に抱えているので、他の内科医以上に忙しい。受付は心配してくれたようだが、澄也は大丈夫、と言った。

「繋いでください。きっとご両親は、藁にもすがる思いでかけていらしたんだろう」

やがて外線電話が繋がると、『もしもし』と聞こえてきた女性の声はどこか怯《おび》えていて、しかも遠かった。電話機に表示された、相手の電話番号を見ると、かなり遠い地方からかけてくれていると分かる。

澄也は安心させるよう、優しい声を出した。

「お電話ありがとうございます。医師の七雲《なぐも》です。どうされましたか？」

とたんに、受話器の向こうで女性がわっと、泣き出すのが聞こえた。後ろにいるのだろう男性が、「こら、泣くな」と言っているが、その声も涙で震えてい

る。

『あの、あの、今三ヶ月の子どもが、性モザイクで……こちらの病院では、診察はするけど、寿命は保証できないと……それで、ネットで先生のことを調べたら、性モザイクの専門医だと……』

「落ち着いてください。大丈夫ですよ。……お子さんの、初期診断の性別を教えていただけますか？　こちらの病院に、一度来ていただけるでしょうか。……無理なら、私から行きますが、その場合は半年先になるんだが……」

カレンダーを繰りながら言うと、電話の向こうで、女性は泣きながら『行きます、行きます』と繰り返した。

「……お子さんの体重と起源種を教えてください。現在は、お乳ですかミルクですか？　一日どのくらい飲みますか？」

ゆっくりと質問していくうちに、女性は落ち着いてきた。長年の研究で溜《た》めてきたデータは、澄也の頭にはすべて入っている。聞くと、性モザイクの子どもとしてはごく平均的な体重と成長曲線だと分かった。そこでひとまずホッとし、「大丈夫です」とまた、繰り返した。

「そういうお子さんを、たくさん診てきました。みなさん、ちゃんと長生きされて、結婚して、子どもをもつ方もたくさんいます。大丈夫。まずはいらしてください」

一度泣きやんでいた女性が、ありがとうございます、ありがとうございますと繰り返しながら再び泣き出す。直通の電話番号を教え、なにかあったらかけるようにと言って電話を切ると、「頑張るなあ」と声がした。

顔をあげると、従兄弟が立っていた。同じ病院で働く医者で、澄也よりは十歳ほど年上だ。彼は手に、なにやら雑誌を持っていた。渡されたので受け取ると、それは弁護士協会発刊のもので、付箋がついている。開くと、よく見知った従兄弟――陶也《とうや》の写真が載っていた。見出しには『ロウクラス専門弁護士として異例の活躍』とある。医者の従兄弟は、陶也の次兄である。

「お前と陶也は、結局は似たもの同士ってことだな」

従兄弟が笑い、澄也も苦笑してしまった。

「……お互い、パートナーに敵《かな》わないところとかも、そうですね」

「そのパートナーのためだけに一心不乱に働いてるとこなんかも、そうさ。陶也が頑張る理由、知ってるか？　結構泣かせるんだ。……自分がした善行が、巡り巡って郁《いく》くんを生かす。そんなふうに思ってるんだとさ」

「……そうでしたか」

「その陶也の悲願を、お前が叶えてくれてるってわけだ」

陶也の次兄は肩を竦《すく》め、頑張るのもほどほどにしとけよ、と言って診察室を出て行った。ひいたカーテンが揺らめき、再び部屋に一人になると、机の前でうとうとしながら見ていた夢を、澄也はふっと思い出した。

それはまだ付き合いはじめたばかりのころの――翼の夢だった。

十六歳の翼は小さく可愛く、夢の中で澄也とボートに乗っていた。よく二人で出かけた恩賜公園《おんしこうえん》の池。そこでボートを漕ぐのが、高校生の翼は好きだった。

池面を渡る風の中、翼の黒い髪がふわふわと揺れ、瑠璃色の眼が輝くのを澄也は見つめながら、ひっそりと決意していた。

――翼を絶対に、死なせたりするものか。

こんなにも生きる力に満ちあふれ、明るく笑える翼を、死なせてなるものかと思っていた。そうでなければ、自分の生きる意味もないと……。

繰り返してきた研究の末に、翼は命を繋ぎ、性モザイクの患者は澄也のもとへたくさん集まってきた。しかし――すべての命を救えたかというと、そうではない。

澄也はため息をついた。机上のカレンダーには、今日のところに黒丸がしてある。

一年前、長年診ていた患者の一人が亡くなった。性モザイクで、体が弱かった。先生のおかげで生きながらえましたと、両親には言われたけれど……。

無念で、辛くて、澄也はただ無言で頭を下げるだけだった。医者なので、申し訳ないとは言えないのだ。たとえそれが真情でも。

家に帰ると、温かなご飯が用意されていた。けれど並べられているのは、野菜の煮物と豆腐の味噌汁《みそしる》だけだった。翼は澄也の患者の一周忌を、覚えていたらしい。肉がないのはそのせいだろうと思った。

「お帰り。お酒飲む？」

明るい声でそう言い、ダイニングから出てくる翼を、澄也は見下ろした。三十路《みそじ》をすぎた翼はさすがに、十六のころのような若々しさもみずみずしさもなかったけれど。それでも澄也が生きていく理由には、他ならなかった。

小さな体を引き寄せてぎゅっと抱き締めると、翼はなにも言わずに、澄也の背中に手を回してくれる。

「……今日、新しい患者のご両親から電話があって。……まだ三ヶ月だそうだ」

「うん」

「……大丈夫と繰り返したが……俺は、嘘を言ったろうか」

翼は澄也の、胸の中で微笑んだ。まさか、という答えが返ってくる。

「先輩は、大丈夫」

普段は澄也と呼ぶ翼が、時折こうして先輩と呼ぶときは、澄也を励ましたいからだ。最初の気持ちを思い出してほしいのか、あるいは、なんでもできるという万能感に満ちていた、若いころを思い出してほしいのか、真意は分からないが。

力は出て、澄也もまた、小さく微笑んだ。

今度、公園の池に行かないか。

と誘うと、翼はいいねと言ってくれた。またあの池でボートに乗りたい。

そうして風に揺れる翼の髪を、陽射《ひざ》しに輝く瑠璃色の瞳を見つめたい。

自分の最初の、強い想いを思い出したいと、澄也は一人で考えていた。

十年後の愛の巣へ落ちろ！

「二十歳をすぎてからの人格が、本当の人格だってさ。それでいうとお前は、温厚で真面目な七雲澄也《なぐもすみや》先生ってことになるな」

夜勤明けの眠気を嚙み殺しながら、出勤してきた先輩医師の村崎《むらさき》に引き継ぎをしている最中、ふと、そんなことを言われた。

入院患者の一人が、長期に亘《わた》る治療で気を滅入《めい》らせ、うつっぽくなっている。体の不調が長引くと、心がまいるのはごく自然なことだ。だが入院期間はまだ大分あるから、精神科の医師との面談を組んだほうがいいのではないか――という相談の最中に、ＤＳＭを手に取った村崎が、思いついたかのようにそんな話をしたのだ。

それは医学的な知見の話で、とある診断基準によると、本当の「人格」が決まるのは二十歳をすぎてから、と言われている。

澄也は初め村崎の意図がよく分からず、自分でも間抜けなことに「はあ」と返事をしただけだった。

村崎は笑い、

「おいおい、お前の若いころの行状、俺だって多少は知ってるんだぞ」

とからかいまじりに付け加えた。

若いころ――というのが、二十歳よりさらに以前の、高校時代かそれ以前のことを指すのだと、澄也はうっすらと気がついた。今、澄也は二十七歳で、都内の病院で研修医として働いている。専門分野の研究をしつつ、日勤の医師たちの手足となって働く日々はとにかく忙しい。夜勤が連日続くことなど当たり前にあるし、やっと家に帰れたと思っても、すぐまた電話がかかってきて、緊急の呼び出しをくらったりする。

下っ端の研修医はベテランの医師に対して基本ノーを言える空気ではなく、いくらハイクラス中のハイクラス、メキシカンレッドニー・タランチュラが起源種でも、上からああしろこうしろと言われると、否やとは言えない。

澄也はただひたすらこの期間を耐えて、きちんとした医者になり――そうして、家族を安心させようと必死で、この数年、それこそ村崎が言う「二十歳を過ぎてから」どころか、「十八歳以降」は、ほとんどずっと大真面目に、寄り道もせずに生きている。

「……お言葉ですけど、若いころも大体真面目でしたけどね」

だからついそう付け加えると、村崎は手にしたマニュアルをパラパラとめくりながら、「十年前くらいからだろ。その前の話だって」と、言う。

澄也は顔をしかめた。

村崎とは大学から一緒になった先輩後輩の仲だ。名字が示すとおりオオムラサキが起源種の男で、バツが一つついている。とはいえオオムラサキ出身の男に、離婚歴があるのはけっして珍しいことではない。

彼らは遺伝的に厄介な性事情を抱えていて、若いころは大抵派手に遊ぶ。大学時代の村崎もそうで、男女問わずに入れ食い状態だったことを澄也は覚えている。そんな村崎に真面目ではなかった……と言われるのは、なんとなく心外だった。

だがいちいち取り合うのも面倒で、流そうとした矢先に、「まあ澄也は奥さんのおかげで変わったクチだから幸せ者だよ」と言われて、急に眠気が覚めてしまう。

引き継ぎが途中なのも忘れて、

「一体どこで、誰からなにを聞いたんですか？」

と、思わず身を乗り出してしまった。

村崎はニヤニヤと眼を細め、「奥さんて言われると話に乗るんだなあ」などと言う。おちょくられているようでムッとしたが、オオムラサキというのは大半がこういう人種だ。若いころにえげつなく遊び、結婚しても離婚することが多いせいだろう。もっとも、後輩をからかう癖さえなければ村崎は優秀な医者だった。

「お前の通ってた高校に親戚がいる。ツテのツテのツテ……というかまあ、親戚のくだらない集まりでうっすら聞いただけだよ。お前が今の奥さんに出会うまでは、擦《すさ》れてて荒んでて、遊び人のヤリチン最低ヤロウだったたって――」

「奥さんて呼び方やめてもらえますかね。うちのは、一応男ですし」

「あれ、ひっかかるとこ、そこなの？」

くすくすと笑う村崎に引き継ぎを続けますよと言うと、さすがに潮時と思ったらしい。はいはいと返事が返ってきたが、「二十歳前のお前がどうだったかは知らないけどさ」と、付け足した。

「二十歳すぎてからが人格だっていうなら、まあ元のお前にも、温厚で真面目な……今のお前に通じる部分はあったんだろうなあ」

「持ち上げても引き継ぎはやめませんが」

言うと、村崎は肩を竦めて分かったたって、と言い、宿直の資料に視線を落とした。


澄也は高校で運命の人と出会った——と、自分でも思っている。少なくとも十年前の自分は、十年後の今の自分を想像すらしていなかった。

「澄也は本当に果報者だよ。幸運の星のもとに生まれたんだって感謝するんだね」

とは、幼なじみの雀《すずめ》真耶《まや》が厭味たっぷりに言ってくる口癖の一つだった。


引き継ぎを終え、まだ人の少ない病院を出て、澄也はあくびを噛み殺しながらバス停へと歩く。

研修先は大きな病院なので、コミュニティバスが十五分間隔でやって来る。基本的に研修医は電車通勤と決まっているので、澄也は車を持っているが通勤は徒歩とバスと電車だった。

（十年前の俺はもう、翼《つばさ》と……付き合っていたな）

バスの停留所にあるベンチに座ると、澄也はぼんやりと思い出した。

晴れた秋の日で、早朝の風はひんやりと心地いい。病院が開く前なので、まだ患者はおらず、バスの本数も少ない。しばらく待たねばならなかった。

十年前の自分は、春に青木《あおき》翼と出会い、すぐに恋に落ちて、付き合いはじめた。翼は起源種がツバメシジミチョウのロウクラス出身、そのうえ性モザイクという特殊な体質で、交際を始めるのと同時に澄也は翼と結婚しようと決めた。

明日生きていられるかどうかも分からない、なにが命取りになるか分からないほど体が弱い人間を、澄也はそれまで見たことがなかった。周りにいるのはほとんどハイクラスで、殺しても死なないような者ばかりだった。

ツバメシジミチョウはそもそもが小さな蝶なので、翼はロウクラスの中でもとりわけ華奢《きゃしゃ》で小さく、抱きしめると壊れてしまう気さえした。

交際直前、トラブルに巻き込まれた翼の姿を、澄也は今もまだ鮮明に覚えている。床に伸びてぐったりとし、顔は土気色だった。翼が死ぬかもしれない……と思うと、恐ろしくて、子どものように泣きじゃくった。

あの日から、澄也はただひたすら翼を生かす方法だけを探して生きている。

脇目も振らずに勉強し、医者になり——翼の高校卒業を待って結婚した。格差婚であり、同性婚であり、当時医学部の大学生だった澄也にとっては、早すぎる学生結婚でもあった。

周囲の反対がなかったわけではないけれど、お互いに話し合って、翼は二十歳で子どもを産んだ。可愛い我が子は五歳になり、幼稚園へ通っている。

翼は元気だ——毎日、澄也と子どもの世話に追われながら、家をきれいにし、食事を作り、家族のために心地よい空間を整えてくれている。

幸せそうだし、実際幸せだと本人も言うけれど、時々ポストに入る求人のフリーペーパーを見ては、ぼんやりしていたりする。

(働きたいよな……)

澄也はそんなことを思うのだ。

翼にだって、人並みに働いて、自分で自分の好きなものを買える未来はあった。けれど澄也が結婚を申し込み、受け入れてくれた時点で、翼はたぶんその未来を諦めたのだ。

七雲家は全国に大病院をいくつも持つ名家で、澄也は分家筋だが、それでも子どもを一人は産む、という古い考えは残っていた。父も母も「無理をしなくていい」と言ってはくれたが、本家の家長は違う意見だった。

性モザイクなら産めるだろう、と言われ、翼はそれに「みんなが喜んでくれるようにしたいから」と応えて、命の危険があるにも関わらず、翔《かける》を産んだのだった。

育児や家事は重労働だ。もともと虚弱な翼が、それらと仕事を両立するのはどだい無理な話だった。だから翼は一度も、外で働いてみたかったとは言わないし、将来働きたいとも言わない。けれど高校時代の翼は、体は弱くても利発だった。生徒会の役員として、三年間学園の運営を支えた。仕事をしようと思えばできただろうし、大学への進学だって叶ったはずだった。

（……俺がその道を閉ざして、十年か）

村崎は澄也がもともと温厚で真面目だったとか、奥さんと出会って変わっただのと聞こえのいいことを言っていたが、今になってこの十年を振り返ると、澄也はどうだろうという気がした。

翼に出会う前の自分は、自分勝手でひねくれていたと思う。なにもかもがつまらなくて、この世をすねていた。子どもっぽい我が儘に囚われていた。

翼に出会って、たしかに自分は真面目にはなったかもしれない。もっと派手な研究をしろ、お前なら多額の研究費を国からもぎとれる、と周囲から小突かれても、ひたすら性モザイクの研究を重ねてきた。先輩医師からあまりに強く言われるので、他の、もっと派手な研究だって、並行してやってきた。なぜ外科医にならなかった、もっと高く評価されて、出世もできたろうにと言われることもある。だが、翼のために内科医の道を選んだことを後悔はしていない。

けれどこの十年、澄也は「翼を生かす」ことに必死で、翼が本当は選べたかもしれない別の生活や別の道、別の可能性については、それほど深く考えることがなかった。

（……本質的には、子どもっぽいままじゃないのか）

自己中心的で、我が儘なのでは。

もうすぐ研修期間が終わり、一人前の医師として扱われるようになる。その節目を前にして、澄也は時々そんなことを考えるようになった。

もっとも、そんなたとえ話にはあまり意味がないし、自分が歩んできたこの十年が、無意味だったとも思っていない。努力の甲斐《かい》あって、翼は出会った十五歳のころよりも、今のほうがよっぽど健康で元気だった。

（そうだ。今のほうが元気だ）

ふと澄也はそのことに気づいて、眼をしばたたいた。

（今の翼なら、働くこともできるんじゃないのか？）

だだっ広い駐車場を迂回《うかい》して、病院のロータリーにコミュニティバスが入ってくるのが見えた。家に帰ったら一眠りのあと、求人ペーパーを見てみよう、と澄也は決めた。携帯電話を取りだし、翼に『今から帰る』とメールを打った。

「あーっ、澄也お帰り、ごめん、食事は用意してあるんだけど翔が幼稚園に持ってくコップ忘れて行っちゃって」

澄也が家族のために購入したマンションは、便利な駅近にある。結婚したてのまだ学生だったときに、身の丈にあったものをと選んだので、実家がかなり金持ちで、不労所得のあてをいくつも持っている澄也にしてはかなりこじんまりとしていた。

だが七年住んで、居心地はいい。家のことは翼に任せているが、いつもきれいにしてくれている。

玄関を開けると、その翼が手に幼児用の小さいコップと自転車の鍵だけ持って、慌てて靴を履いているところだった。どうやら、息子である翔の忘れ物を届けに行くところらしかった。

「俺が持っていこうか？」

自転車を漕ぐのも重労働だ。心配になって言うと、翼は「夜勤明けだろ、大丈夫。ごはん食べてて」とだけ言って、パタパタと出て行った。

駅前のケーキ屋が開いていたので、帰りがけに三つ買ってきた。それを冷蔵庫に入れながら、澄也はシャツのボタンをいくつかはずして、はあ……と息をついた。けれどコンロにかかったしじみ汁を温め、ジャーから白米を碗《わん》によそうと、疲労感より食欲が勝ってくる。

ダイニングテーブルには焼き鮭と肉じゃがの入った鉢、漬物や豆腐などが並んでいて、夜勤明けの胃袋に和食はありがたかった。

手を合わせてしじみ汁を一口飲むと、背中の奥に凝り固まっていた疲労がほどけて、体が少し軽くなるような気がした。そういえば、出がけの翼はいつもどおり可愛かった……と思い出したりもする。

扉を開いて一瞬で、パッと飛び込んできた瑠璃色がかった大きな瞳をしみじみ振り返りながら、部屋の中を見渡す。朝、翔が散らかしたらしい玩具が片付けの途中だ。壁には幼稚園で描いてきた絵が貼ってある。ほのぼのした優しい、家庭的な空気が家の中には満ちていて、やはり十年前の自分には、こんな空間で食事をとっている自分のことなど想像できなかったろうなと思う。

テーブルの上にはチラシが何枚か整理する途中のように置かれていて、なにげなく見ると、求人ペーパーも入っていた。居酒屋の店員や、コンビニエンスストアの店員、スーパーマーケットのレジ打ち……。いくつか赤丸がついていて、澄也はドキリとした。ちょうど翔が幼稚園に行っている時間帯のアルバイトばかり、チェックされていた。

（翼……）

やはり働きたいのかと思ったとき、もう一枚、チラシの裏紙が眼に映った。翼の字で、いくつかメモがされている。回覧板のことや、マンションの住民会のことなどの走り書きに混ざって、「なんにもないことの幸せ」と書かれていた。

「ごめんな、疲れてるだろうに支度させて」

そのとき、ただいまという挨拶と一緒に、翼が苦笑しながら家に帰ってきた。出かけるときに持っていたコップはなくなっている。無事渡せたのだろう。

「あ、澄也ケーキ買ってきてくれたの？　ありがと、翔喜ぶだろうなーっ」

冷蔵庫を開けてお茶を取り出しながら、翼が言う。

澄也はああ、まあ……と言いながら、向かいに座った翼が、麦茶を注いで出してくれるのを見ていた。

「あったかいほうがいい？」

「いや……」

もごもごと返事しながら、澄也はやがて黙っていられなくなり、「翼……働きたいか？」と、訊いていた。翼は大きな眼を見開いてきょとんとしたが、澄也の手元に求人ペーパーがあるのを見て、「あっ」とわずかに頰を赤らめた。

「いや、なんか暇なときに、俺でも働けるとこってどこなのかなーってなんとなく丸つけただけ。働くつもりは今のとこないけど」

　そうか、と言ったが、働くつもりがないのと、働きたい気持ちがないのとは違うと思って、澄也はしばらくまた言葉を探して黙ってしまう。

　そんな澄也を不思議に思ったように、翼が首を傾げた。

「……澄也、なにか気にしてる?」

　いいやと否定もできなくて、澄也はしばらく黙ったあと、村崎先輩が……と言葉をついだ。先輩医師の村崎のことは、翼も病院に澄也の私物を届けに来てくれたりして知っている。

「十年より前の俺と今の俺は違うだろうとか言っててな……今の俺はまあ……善人に見えるらしいが……ふと振り返ると、お前にも働く道はあったわけで」

　一緒に生きること。なるべく長く、深く一緒に生き続けることだけを、考えてきた。

　だがそれが翼の幸せだったかは分からないと、そう思った。

　浅くても短くても、もっと自由な生き方もあっただろうと思う。

「……お前の体調は最近安定してる。働きに出たいなら、手伝いを雇うこともできる……」

　言うと、翼はほんのしばらく黙っていたが、やがて小さく、少し呆れたように微笑った。

「……先輩、おれの幸せを奪ったみたいに、ちょっと考えちゃったんだ?」

　先輩。今ではほとんど呼ばれない懐かしい呼び方。けれど、付き合って結婚するまでの三年間は、翼は澄也を先輩と呼んでいて、だから結婚してからもほんの時折、そう呼んでくるときがある。

甘えるときや、怒るとき。それから、諭すときや――甘やかすときも。

　澄也は情けない顔をしている自覚があった。翼の幸福を思って不安になった顔。翼は息をつくように笑って、俺は幸せだよ、と言った。

「俺だって先輩の十年を変えたろ。違う?」

　先輩はー、と言いながら、首を傾げる仕草をする翼は、十年の時を巻き戻して、高校生のときのような雰囲気になる。ちょっと生意気で、でも可愛らしくて、素直で優しくて、いつも前向きで一生懸命な――それ

まで見たことのなかったような年下の男の子に、自分は心底から惚れて、骨抜きになった。その十八歳のころの気持ちが熱く胸に蘇ってくる。

「先輩は、ほんとは……もっと大きな高級タワーマンションに住んで……一番華やかな病院で悠々と研修医なんてやって……」

「そんなに上手くいくか」

「でもだって……バスと電車で帰ってくる先輩、出会ったときには想像できなかったよ」

優しい声で、翼が言う。

設備もなにもかも最新の、金持ちだけがやって来るようなセレブリティな病院、というのも世の中にはたしかにあって、そういうところに勤めて、車を乗り回し、タワーマンションに暮らして、気が向いた相手を連れ込んでセックスする……というような生活も、自分にはあったかもしれないと思う。けれどそれを想像すると、あまりにその生活が荒涼としていて、淋しく感じられた。翼の明るい笑みも、翔のほのぼのした絵や散らかした痕跡も、家の中に存在しない暮らしだ。

「……少なくとも俺は、あんまり幸せに感じないな」

思わず言うと、「俺も同じだよ」と翼は言った。向かいの席を立ち、翼は伸び上がって澄也の頬に、口づけてくれる。澄也も思わず立ち上がり、中腰の姿勢で、今度は翼の唇に、キスを返した。

「変なことで悩んでたか？　俺は……」

「ううん。俺を愛してるって意味だよね」

嬉しい、と翼は言い、にっこり笑った。その満面の笑みに、澄也は残っていた不安がすべて取り払われ安心した。これだから、これだから、と思う。

これだから、翼を愛しているのだと。

「次の十年も、一緒にいるために、生きていこうね」

先輩、と甘く付け足す伴侶に、澄也はなにも言わずもう一度だけキスをした。

愛の蜜に酔え！
EXTRA

収録作品

Included works

王子様のいけない妄想
（初出：2015年　ドラマCD「愛の蜜に酔え！」コミコミスタジオ特典小冊子）

天使のいけないお悩み相談
（初出：2015年　ドラマCD「愛の蜜に酔え！」ホーリンラブブックス特典ペーパー）

王子と天使のいけない決めごと
（初出：2015年　ムシシリーズ・愛の小冊子）

三国一の幸せもの
（初出：2014年　同人誌「三国一の幸せもの」）

世はすべて事もなし
（初出：2013年　同人誌「Re Collect Insects」）

十年後の愛の蜜に酔え！
（書き下ろし）

天ちゃんの十年後
（書き下ろし）

王子様のいけない妄想

「なあ綾人《あやと》、これ見てみろよ」

大学の講義中、綾人は隣に座った友人から小突かれた。彼が示す手元へ眼《め》をやってから、思わず顔をしかめてしまう。友人の長部《おさべ》は、綾人のその反応にニヤニヤと笑っていた。

飛び級して、大学二年生で四年と三年分の単位を取っている綾人は忙しい。前期の授業はパンパンにつまり、ゼミのレジュメや学士論文の準備にも追われている。

そんな中で、綾人には一つだけ癒《いや》しがあった。

去年から、東京で暮らしていた里久《りく》が関西で通学している綾人のマンションにやって来て、二人きりの同《どう》棲《せい》生活が始まったのだ。

クロシジミの里久は、クロオオアリである綾人の蟻酸が必要だ。他の相手に渡すつもりは毛頭なく、綾人は一生を里久と添い遂げたいから、卒業して就職し、互いの状況がいいときにできたら入籍もしたかった。もっとも女王から許しが得られるかは分からない。

有賀《ありが》家という有数の名家に生まれ、さらに王種であり、優秀だった綾人だが、今や「王」の立場を追われ、一族の末席に身を連ねるのみとなった。だが、そんなことは里久を得ることに比べたらどうでもいい些《さ》細《さい》なことだった。

どんなに授業が忙しかろうと、どんなに落ちぶれたクロオオアリ扱いをされようと、綾人には里久がいる。

朝になれば里久が笑顔でおはようと言ってくれ、家に帰ればおかりなさいと小首を傾《かし》げてくれ、夕飯を作れば美味《おい》しいと眼を輝かせてくれ、一緒に風呂に入れば恥ずかしそうに頬《ほお》を染める、可愛《かわい》い可愛い里久がいるのだ。

——俺は世界一の幸せ者だ。

綾人はこの一年、それを嚙《か》みしめて暮らしてきた。

出会ったころからずっと、綾人にとって里久はセックスをするようになった今でさえ——天使のように愛らしく、清らかな存在なのだ。

その綾人に、友人の長部が見せたものとはなにかというと――。

「ちょっとお試しで買ってみたんだけど。この子お前のリクちゃんに似てね?」

綾人は一瞬、眼の前のこいつをぶん殴ってやろうか、と思った。

教授の講義の声が響く大教室。机の下に長部が隠して見せているのはアダルトビデオだった。パッケージには、「しぼって! ちっぱい!」と下品なタイトルが書かれ、どちらかというと薄い胸の女の子が、メイド服の胸元をはだけさせて、自分の乳を両手で持ち、搾るようにしている。そうしながら、上目遣いで恥ずかしそうにこちらを見ているのだ。

『可愛い貧乳メイドさんに、ミルクのサービスを受けられる、エッチな喫茶店はこちら』

ハートマークが語尾についた、バカバカしいあおり文句。

女の子はカップを差し出され、そこに胸のミルクを搾って出すよう強要されているようである。彼女は童顔で、眼がくりくりと大きく、髪は長いものの色は真っ黒で――たしかに、どちらかというと里久に似ている。

似ているが。

「おい長部……お前、どこで里久を見た?」

気がつくと、綾人はめらめらと怒りの炎を燃やし、どすのきいた低い声で長部に詰め寄っていた。

このやろう、俺の清らかな里久を、アダルトビデオに重ねてイメージするとはなにごとだ。

と思ったし、そもそも、どこで里久を見た? と焦った。

頭の血管がぶち切れる前に、なんとか怒りを抑えようと長部の腰の肉をつまんで、ぎりぎりとつねる。

「イテ、イテテ、やめろ、やめろって。教授にバレるって」

「お前がクソつまらないことを言うからだ。俺の里久を勝手に妄想に使うな。どこで里久を知ったんだ?」

「いやだって、お前がよく行くカフェで働いてるじゃん、あの子。結構有名なんだぜ、綾人の恋人だって」

長部はひいひいと息を乱しながら、つねっている綾人の手をどけようと身をねじる。

「大丈夫だよ、だってお前の恋人だろ。誰が手、出すかよ。クロオオアリどころかグンタイアリの匂いまで混じってるフェロモンが、あの子にべったりくっついてて、こーりゃよっぽどご執心されてんな、くわばらくわばらと思うっての」

手を出さない、と言われたので、ようやく綾人は長部をつねるのをやめた。

やめたが、苛立《いらだ》ちはおさまらない。長部はつねられていた腰をさすりながら「おっかねーなー」と呟いている。

そう――綾人の可愛い里久は、以前から綾人が行き着けているカフェでアルバイトをしている。

午前中は通信高校の勉強、午後はアルバイトと、マイペースにのんびりやっている里久は、交友関係も広がって楽しそうだ。

それ自体は喜ぶべきことなのだが、綾人は内心気が気ではない部分も、もちろんあった。

（そうか……あのカフェはこの大学の学生も多いからな）

国立なので、授業料は安いから、大学の学生にはロウクラスもいる。しかし国内でも一位二位を争う偏差値の大学であり、能力的な理由からハイクラスが生徒の割合を圧倒している。

その大学の近所で、使い勝手のいいカフェといえば学生が集まるのは当然だ。

コーヒーもケーキも美味しく、接客も気持ちよく、テラス席にはつるバラがからまって心地のよい洒落《しゃれ》た空間だ。ほどよく猥雑《わいざつ》なのも、勉強するにはむしろちょうどいい。

店員はみな、ネームプレートをつけていて、珍しくフルネームだったりする。

しかも里久がいるという理由だけで、綾人は暇さえあればカフェに通い、里久のシフトが終わるころに一緒に帰宅したりしている。

その姿を見ていなくても、鼻のきくハイクラスなら、里久の体に、クロオオアリだかグンタイアリだかの匂いがついていると分かるだろう。綾人自身を知っていれば、それが綾人のものだと推測するのは実に簡単だ。

綾人は面白くない気持ちで、隣の長部を睨《にら》みつけた。

長部はサムライアリが起源種のハイクラスだ。クロオオアリよりは階級が劣るが、攻撃的で身体能力に秀でたアリであり、長部家は有賀家と同じく長く続く家柄だから、クロシジミがどういう存在なのか、知識くらいはある。

社交界に出れば、綾人が最後のクロシジミのパートナーで、そのために王の座を失った——正確にはグンタイアリ化したせいだが——ことは、すぐに耳に入る。

「……なるほど。こそこそ俺のあとをつけて、里久の姿を確かめたわけか?」

「人聞き悪いな～、俺だってあそこのカフェの常連なんだぜ。たまたま行ったら、お前の匂いしてる子がいて、それからしばらく見てたら、お前がやって来て、やけに脂下《やにさ》がった眼でその子と話してたら、そりゃどういうことか分かるだろ? いや、驚いたわ。お前って好きな子の前ではあんななの? よっぽど可愛いんだな、里久ちゃん。うん、いや可愛かったけど」

綾人はむすっとしていた。可愛いのは事実だが、人にあれこれ言われると腹が立つ。里久が可愛いのは俺だけ知っていればいい、と思うのだ。

事実里久は、容姿だけではなく性格も可愛い。

野菊のようだ……とかシロツメクサのようだ……と綾人はよく考える。素朴で、素直で、可愛くて、まるで世間擦れしていない。ときどき、里久の世界が広がり、新しい交流が生まれるたびに綾人は不安になってしまう。

無垢《むく》な里久の心が、汚いものに触れて汚されたらどうしよう。

そうならないよう、本当ならガラスケースの中にでも閉じ込めて、飾っておきたい——。

(相変わらず危ないな、俺は……)

昔から、どうにも里久のことになると自分はおかしな思考になる自覚があるので、綾人はその願望に慌ててストップをかけた。

かけたが、長部のような輩《やから》に見られていたと思うと、またその願望が頭を持ち上げてくる。

「お前、里久に話しかけたりするなよ。そんなことしたら殺すからな」

綾人が言うと、長部はしないよ～と軽く笑ったが、どうだか、と綾人は思った。信用できない。長部はそもそもサムライアリで、サムライアリは小型のアリを奴隷狩りして働かせるというとんでもない生態をしている。そのせいか、サムライアリ起源種の男たちはこぞってロウクラス趣味だ。小さくて弱々しいほど好みで、しかもそれをいたぶることが好き、という歪《ゆが》んだ性癖を持つ人間が多い。

「でもさー、クロシジミの甘露にはさすがに興味あるわ」

このビデオのプレイ、まんまできるじゃん、と言われ、綾人は据わった眼で長部を睨んだ。

しかし長部は動じず、「いいよな～、アリ種の男なら、誰でも憧れるぜ。クロシジミを持つクロオオアリになるってのは」などとのたまう。

「ふざけるなよ、俺の里久はもっと清らかなんだ」

「やることやってんのに？　どうせちゅぱちゅぱ甘露舐めてんだろ？　俺にも舐めさせてよ」

とうとう綾人は我慢できず、机の下で長部の脚を蹴り上げた。長部は教授にばれないよう、無言のまま机に突っ伏し、脚をおさえてのたうち回っていた。

とはいえ――長部の言うことももっともだった。

（くそったれ。アリ種の男どもは全員、油断できないな……）

その日綾人は、講義が終わると真《ま》っ直《す》ぐに里久の働くカフェに向かい、里久がシフトを終えるまで待っていた。

エプロンをつけた里久は小さな体でこまねずみのように忙しく働いていて、客に声をかけられるとニコニコと優しげに笑って応えていた。

普段からそうだとは案じていたが、今日長部に言われてよくよく観察していると、ハイクラスの男のうち、アリ種と思える男たちが軒並み里久に声をかけていた。綾人が睨むと、それに気づいてみんなやめてしまうが、どうにも里久への興味は強いらしい。

（……俺があいつらの立場なら、そりゃあ甘露ってどんなものだくらいは思うかもしれない）

里久を知らなければ、いまだに本気の恋など知らなかっただろうし、性欲先行で関心を持っていただろう。

「綾人さん、なんだか難しい顔してますね。お腹《なか》痛い？」

帰り道、悶々《もんもん》としていた綾人を見て、里久は首を傾げていた。

ああ、可愛いな——と綾人は思った。心配そうな里久の頭の中には、甘露だのセックスだの男の欲望だのはなく、綾人が眉根を寄せていると、お腹が痛いのかと思うだけなのだ。

——そのくせ、いざ抱いたときの里久のエロさときたら……。

(……ご主人さま、おれのミルク搾ってください、か)

昼間長部に見せられたパッケージの文句が浮かんでくる。正しくは「ご主人さま、あたしのミルク搾ってください」だが、そこは里久風にアレンジする。

メイド服を着て、それをはだけさせた里久が、薄いが男にしては柔らかい乳房を持ち、ツンと勃《た》った乳首を苺《いちご》色に色づかせ、綾人のほうに突き出す。

上目遣いで大きな瞳をうるうるさせ、「おれのミルク、飲んで……」なんて言う。

そうしたら……。

(やばい、勃《た》った……)

想像しただけで下半身が反応し、綾人は自己嫌悪に襲われた。今日は長めのコートを着ていてよかった、と思う。清らかな里久でいけない想像をしてしまった自分をしかりながら歩く帰路、なにも気づいていない里久はまだ心配そうに、

「夕飯は、おかゆにします？　おれ、作りますっ」

などと言っていて、やっぱり心底可愛いな——と綾人は思った。

実際にはお腹が痛いわけではまったくないので、綾人は「おかゆ、おかゆ」と張り切る里久の申し出を断り、いつもどおり自分が台所に立った。里久もエプロンをつけて、食器を出したりテーブルを出したりの手伝いをしてくれる。料理は自分のほうが得意だし、里

久に美味しいものを作ってやりたくて、ほとんど綾人がやっている。

今日の食事は和食にしよう、と綾人は思った。

なるべく質素に、健康的に……。

秋口なのでさといもやごぼう、こんにゃくを炊き合わせた豚汁、サンマを焼き、大根をおろした。ほかほかのご飯が炊けるころを見計らい、週末に作り置きしておいたひじきと切り干し大根を解凍し、葉物をさっと湯がいて小鉢によそい、醬油《しょうゆ》と鰹節《かつおぶし》をふる。

あとはぬか漬けを切って出す。これで準備万端、さて食べるか、と思ったところ、里久の姿がダイニングにもリビングにもなかった。

「里久？　食事できたぞ」

風呂の準備でもしているのだろうか、と不思議に思って覗《のぞ》いたが、脱衣所にも風呂場にも里久はいない。どうしたのかと訝《いぶか》りながら寝室のドアを開けて、綾人は固まった。

里久はベッドにちょこんと座っていた。

そして手の中にあるものを、真剣な顔で、じっと見ている。


（あ、あれは……っ）

綾人は頭の中がざーっと冷たくなっていくように感じた。里久が持っているのは、長部に見せられたアダルトビデオだった。授業が終わるときに、見てみろって、できれば愛《いと》しの里久ちゃんと。そんで同じプレイしろよ、と散々言われたのだが、そんなもの持って帰って里久に見られたくない、と綾人は頑《かたく》なに断った。

それなのに、どうやら長部はたくみに綾人の鞄《かばん》に突っ込んでいたらしい。

……さすがサムライアリ。泥棒まがいのことは得意である。

（あ、あのやろう、殺す……っ）

綾人はそう思い、「あ、あのな里久」と声をかけた。情けなくも、その声は震えていた。

里久にヘンタイだと思われたらどうしよう。

やっぱり女の子のほうがいいの？　と思われたらどうしよう。

そもそもあんな下品なものを、慎《つつ》ましい里久の眼に触れさせるなんて。

いろいろな感情が、一気に綾人の中を駆け巡った。

「綾人さん……」

不意に里久が声を発し、綾人は上擦った声で「はい」と返事していた。情けない。これではまるで浮気が見つかった亭主のようだ。違う、それは俺のじゃない、押しつけられただけだ。言い訳が喉まで出かかったとき、里久がアダルトビデオのパッケージから赤い顔をあげた。

「もしかしておれと……こういうことしたかったの?」

恥ずかしそうに訊《き》いてくる里久に、綾人の思考は一瞬停止した。いや。いやいや。今なんと?

違う、まさか、俺はそんなヘンタイプレイ、お前に強要したりは……。

けれど言う前に、里久はうるうると瞳を潤ませ、真っ赤になって震えながら、シャツのボタンを三つはずした。

着ていた白いエプロンのえりぐりをぐいと引っ張って肩紐を肩から落とし、シャツの前を開けると、里久の薄い胸が飛び出す。薄いけれど、淡く隆起した柔らかなそこには、苺色の魅惑的な粒が二つついていて、綾人はごくりと息を呑《の》んでいた。

里久が片方の乳房を引っ張るように持ち上げ、「ご主人さま……」と震える声で言ったとたん、その粒の先にはじわーっと甘露がにじんで、丸いしずくになり、ぽたんと落ちる。

「り、里久……」

これでいい? という顔で、里久はおずおずと綾人を見つめている。

綾人はもう声が出なかった。キッチンでは焼きたてのサンマが待っている。今日は健康的な食卓にする予定だった。

清らかで可愛い里久。

お前にこんなはしたない真似《まね》、俺はしてほしいなどとは……。

(いや、めちゃくちゃ、思っていた)

綾人は観念した。なによりさっきから、綾人に吸われることを期待して、甘露をこぼしている里久の乳首がいじらしくて、下半身は既にガチガチになっている。頭の中からあらゆることが吹き飛び、綾人は里久を押し倒していた。

「ごめんな。……そう、こういうこと、したかったんだ」

悪い、というと、里久は相変わらずの可愛い顔で、ううん、と言う。

「綾人さんがしてほしいこと、おれ、なんでもしたいよ？」

やっぱりガラスケースの中に閉じ込めてしまいたい。

里久に触れる空気にさえ嫉妬できる。そう思いながら、それでも清らかな里久の、淫らな姿を知っているのは自分だけなのだということに優越感を覚えて、綾人はつんと勃ったいやらしい乳首を、口に含んだ。

ミルクよりずっと、甘い味がした。

天使のいけないお悩み相談

「おれ、もっとエッチなこと、勉強したほうがいいかなあ……」

久しぶりに会った友人がとんでもないことを言ったので、俺は思わず、飲んでいたカフェオレを吹き出していた。

しかし友人——黒木里久《くろきりく》はそれが俺の動揺とはつゆ知らず、大きな黒眼《くろめ》をくりくりさせて、「どうしたの、天《てん》ちゃん。だいじょうぶ？」などと言う。

くそー、あざといぜ。この可愛さ。

本当はさっきの発言など、まるまる無視したくてたまらないのだが、里久のことだ。どうせまたしょうもない勘違いや思い込みで一人悩んでいるに違いない。

そう思うと、俺は結局、ちっとも訊きたくないことを、訊いてやっていた。

「なんだよそれ。どういう意味？　綾人《あやと》となんかあったかよ」

あー、俺って本当にお人好《ひとよ》しだ。

我ながらそう思って呆《あき》れてしまう。思わずため息も出る。

こいつら、里久とその恋人有賀《ありが》綾人の間に、今や深刻な悩みなんてあるはずがない。なにしろ二人は運命的なバカップルで、お互いがお互いのことを自分にはもったいない最高の相手だと思い込んでいる。

もちろんそうなるまでは、長いすれ違いがあったわけで、そのころからずっと里久の悩みを聞いてきた俺は、里久がノロケのためにこんなことを言い出したわけじゃないと知っている。

エッチうんぬんの話にしたって、クロシジミの里久は、クロオオアリの綾人に抱かれないと生きていけないという、とんでもない業を背負っているわけで、その昔は好きな相手に義務で抱かれて、里久は傷つきまくっていた。

俺はそんな里久がかわいそうで、綾人のことは大嫌いだったんだけどな。

もともと、フタツホシテントウが起源種で筋金入りのロウクラスな俺は、ハイクラスが嫌いだったけど。

それはいいとして、今は眼の前の里久の悩みだ――。


なにがあった？　と訊くと、里久は「うーん」ともじもじしながら、紅茶のカップの中で、ティースプーンをくるくると回していた。

里久は今、関西で暮らしている。

恋人の綾人がそっちの大学に通っているので、くっついて行き、同じマンションで同棲しているのだ。仲が良かった俺は淋《さび》しくも思っていたが、毎日のようにメールや電話はしているし、まめな里久からはよく手紙も来る。

通信制の高校に通いながら、アルバイトを始め、陶芸教室にも行き始めた里久の世界は格段に広がっているようで、俺はそれにホッとしていた。里久の恋人である有賀綾人は、里久への愛情だけはたしかに本物だけど、ちょっとそれが行きすぎているので、里久が小石につまずいたりしただけでも、もう一人で外に出るなと言いそうな感じがある。

どちらかというと鈍くさい里久がバイトで失敗し、怒られたり落ち込んだりしたら、綾人なら辞めろと言いそうだし、下手すればマンションに閉じ込めかねない……と俺は危惧していたのだ。が、綾人はわりと、そのへんは自制ができたらしい。里久は小さな自分のコミュニティの中で、毎日楽しそうに暮らしていた。

でもちょっぴり、やっぱり、淋しかった。大事にしていた友だちが、自分の手から離れていく感覚があって、俺は自分が思う以上に里久が好きだったのだなあと気づかされてしまった。

綾人が東京で用事があり、それと一緒に久しぶりに上京すると聞いたときは、だからとても嬉《うれ》しかった。里久に会える。以前よく一緒に待ち合わせたカフェで落ち合い、五分も喋《しゃべ》ると、もう昔と変わらない俺たちの関係に戻っていた。

里久がばかなことを言い、俺がつっこむ。

俺の話を聞いて、里久が眼をきらきらさせながら続きを促す。

あ～これだよこれ。俺はこいつが、こんなふうにどんなくだらないことも、楽しそうに聞いてくれるのが好きだったのだ。里久のちょっととぼけた反応やずれた言葉も、面白かったのだ。

と、そこへきての、「エッチなこと、勉強したほうがいいのかなあ」だ。

なんとなく先が予想できて、構えていた俺に、里久が「この間、綾人さんがアダルトビデオ？　っていうの持ってて……」と話し出した。

「あの綾人があ？」

俺は素っ頓狂な声を出した。まさか、と思う。あいつは里久にしか勃たないんじゃないか、というくらい、里久一筋だ。ＡＶなんか、むしろ汚らわしいとか言い出しそうな、潔癖なところがあるように見える。

大体何度もセックスしといて、いまだに里久を天使だとか思い込んでる、やばいヤツなのだ。その綾人がアダルトビデオ？

けれど里久が、それは実は綾人の友人のもので、綾人が無理矢理《むりやり》押しつけられただけだったのだと弁解したので、俺は納得した。

「やっぱそうか。そんで、なんでそれでエッチを勉強、て発想になるんだ？」

訊《たず》ねると、里久は言った。

「おれ、最初にアダルトビデオ？　見つけたとき、綾人さんてそういうプレイしたいのかと勘違いしちゃって。それでその女優さん？　の真似をしたんだけど」

俺はまたカフェオレを吹き出した。

……おいおい。俺はなんの話を聞かされてるんだ？

「だってそれね、小さい胸の女優さんでね？　メイド服？　着た女の子が、こうやって胸はだけて、両手でおっぱいしぼって……ご主人様、あたしのミルク搾ってくださいって書いてあって……」

なるほど。搾乳プレイものか。

……いや、待て。それをやったのか？

「おれ、胸から甘露が出るから。綾人さん、そういうのしたいのかなあって……」

「へ、へえ……」

こめかみが痛んできた。俺はなんで、バカップルのプレイ内容を聞かされているのだろう？　しかもかなりディープな。

「でもそれは、押しつけられたもんなんだろ。綾人がやりたかったわけじゃねんだろ？」

なぜ掘り下げる、俺よ。と思ったが、つい訊いてしまったものは仕方がない。そこで里久は、物憂げにため息をついた。

「そう言うんだけど……綾人さんすごく楽しそうで……いつもより長くエッチしてたんだ」

——で？

と、俺は思った。それのなにが問題なのか。里久は真剣な顔をしているが、俺はもう耳をふさぎたかった。黙り込んでいると、話を促されていると思ったのか、里久は追い打ちをかけてくる。

「……口ではそういうわけじゃなかったって言うけど、やっぱりいつものエッチに飽きてるのかな？　だっておれたちね、回数多いみたいだし」

そこでやっと恥ずかしくなったらしく、里久がかあーっと顔を赤らめる。いや、そこで恥じらうなよ、もっと前に恥じらうポイントあったろ、と俺は思ったが言わなかった。

「回数多いのはおれのせいっていうか、おれがエッチしないといけない体だから……でも何度もやってるから、飽きてるのかな？　綾人さん優しいから言えないだけで、本当はもっといろいろしたいのかも……っ、だったらおれから頑張らないと、きっと言い出せないよねっ？」

「……」

なんと返答したものか。片っ端からビデオの真似をしろとでも言えば？

いやいやそんなことをしたら、里久は綾人にやられすぎて壊されてしまう。俺はうーんと考えた。それにしても、この可愛い里久に、ご主人さま、なんて甘ったるく呼ばれたら、そりゃあ綾人もいつもより張り切るだろう。

「綾人がさー……楽しそうだったのは、里久のその気持ちが嬉しかったからじゃね」

俺はもはや無の境地で、そう言っていた。なにも感じたくない。分かるだろうか、この気持ち。里久は眼をくりくりさせて、「どういうこと？」と身を乗り出してくる。

「……つまりさ、綾人を喜ばせてやりたいって気持ちが嬉しかったんであって、べつにプレイ内容じゃないと思うぜ」

いや実際はプレイ内容もあったと思うが。

「だから里久の今の気持ちを、そのまま綾人に訊いてみるのがいいと思う。……一生一緒にいるんだろ。対話しねーと、なにも始まらねーぞ」

俺って、新聞とかに載ってる人生相談の回答者になれるんじゃないか。

里久は眼を輝かせて、「そうかも……そうだね、天ちゃん。そうしてみる！」と可愛く言っている。俺は乾いた笑みを浮かべていた。けれどホッとしたらしい里久が、ニコニコと言う。

「こんな話、天ちゃんしかできないし……ずっと悩んでたんだ。ありがとう、聞いてくれて」

……うん。

無の境地にいた俺の心には、すーっとなにか、温かい熱が戻ってきた。そうすると、まあいいか、と思う。

まあいいか。べつに。無意識のノロケも、聞きたくないプレイ内容も、里久に笑顔で頼られることに比べたら、大したことじゃない気がしてくる。俺はつくづく、有賀綾人じゃなくてよかった、と思うのだ。友人でさえ、里久がこんなふうに笑ってくれて、こんなふうに慕ってくれると心地よくて、手放すのが惜しく思えるのに。

恋人ならその感情はなおのこと。

——重たいもん背負っちまってるなあ、綾人。

と、思う。里久は甘露そのものだ。甘くて優しいから、独り占めしたくなる。

とはいえこの里久に、エッチな勉強をさせようとするのだから、綾人もまた毒みたいなものかもしれない。

「お似合いだよ、お前ら」

思わず呟くと、里久が首を傾げる。その無邪気な仕草に、俺は思わず苦笑した。

王子と天使のいけない決めごと

出張先で、綾人《あやと》は一ヶ月間同じホテルに泊まっていた。

ビジネスホテルのデラックスツイン。一人で使うにはやや広めの部屋だ。

自腹でなら、高級ホテルを使うこともできたが、基本は寝に帰るだけの場所なので、経費内で泊まれる場所にした。

ホテルのランクはどうでもよかった。綾人にとって譲れない条件はただ一つ。

ネット環境が整っていて、自宅から持ち込んだ大きめのノートパソコンを置く机があること。

ただそれだけだった。

クロオオアリの綾人が、グンタイアリの血を色濃くうけついだせいで「王」になれず、そのかわりに里久《りく》を手に入れてから五年。大学は三年前に卒業し、今ではアリガグループの子会社を転々としている。

本来なら本社の役員席に座れたはずだが、綾人はその立場を放棄するのと引き換えに、里久をパートナーにできた。ならば今の自分になんの不満もあるはずがない。

事情をよく知らない子会社の社員などからは、

「王の血筋に生まれたのに、冷遇されているかわいそうな人」

と言われているのを知っている。

けれど綾人は自分が、世界で一番幸せだと思っていた。

女王から課せられている綾人の義務は、経営不振の子会社を立ち直らせることだった。おかげでこの三年で、もう三社は渡り歩いている。綾人が上手《うま》くやらなければ、さっさと潰して人員整理をするとも言われており、毎回新しい会社に出向するたび、本社の手先、自分たちから仕事を奪うだろう悪の権化のような扱いを受ける。

しかし綾人は誠心誠意、どこの会社にいっても、まずは一人で奮闘し、少しずつ味方を見つけ、なんとか黒字に持っていった。経営再建の天才――と、本社で自分が言われているのを知ったのはつい最近だが、そういうわけではない。

綾人が人生で一番ほしかったものはもう手に入れている。

なのであとは、ただただその恩返しとして、全力で仕事に取り組むだけのことだった。

仕事先からホテルに戻ってきた綾人の口からは、自然と鼻歌が漏れる。デスクの上に置いた、ミニサイズのカレンダーを見ると、今日の日付には赤丸がついている。

ネクタイを解きながら、ノートパソコンの電源を入れ、スマートフォンを取り出した。

『帰ってきたよ。モニタを繫《つな》げるか?』

そう打って送ると、一分弱で『おかえりなさい。こっちもたちあげますね』という返信がある。

ひらがなだけの文章からは、メッセージの相手――黒木《くろき》里久の焦燥や恥じらいが垣間見《かいまみ》えて、綾人はついニヤついてしまった。

おっと、いけない、と思う。

なにしろパソコンの向こうにいる、里久はきっと緊張していて、そして真剣に違いないのだ――そんな里久の初心さが、綾人はたまらなく可愛い。

そもそも、里久は綾人がいなければ生きていけない体だ。

いやらしい意味ではなく、クロシジミという種がもともとそういう種なのだ。

クロオオアリは地味な種だが、その高度な社会システムにより、あらゆるムシの中でも上位に食い込む強固な生態系を築いている。強い生態系があれば、そこに依存することで生態を維持する種が出てくる。クロシジミは、クロオオアリに育てられなければ食事さえできないチョウなのだ。

――一ヶ月の出張ですか?

話が決まったとき、一緒に暮らしている里久は少し困った顔をした。

免疫力が極端に低く、通常の薬も効かない里久は、定期的に綾人とセックスをし、その精を体に取り入れなければすぐに病気になってしまう。

なので、三日以上の出張のときにはいつも、綾人は里久を出先まで連れていった。里久も、あちこち旅行ができて嬉しいと言い、綾人が仕事をしている間は宿泊地を散策してスケッチをしたり、趣味で陶芸をやっているので、近所の窯元に行ってみたりと、わりと楽しんでいる様子だった。

が、今回は少し違った。

『どうした？　気乗りしないか？』

今までは、長くとも期間は一週間程度だった。

里久は通信制の高校を出たあと、やはり通信制の大学でのんびり勉強をしながら、近所の陶芸教室に通い、週の半分はカフェでアルバイトをしていた。教室では頼られるようになり、ファンもいるらしい。初心者向けの講座の講師も、一年前から担当していた。

『……生徒さんたちの展覧会があって……』

そう言って里久が見せてきたのは、初心者教室の生徒たちが出品する、展覧会の案内だった。期日を見ると、ちょうど、出張が終わる日と重なっていた。

真面目な里久は、制作期間まるまる、いないとなると、講師としては申し訳なく思うようだった。

『でも、ついていかないわけにいかないですもんね。おれも淋しいし……生徒さんには悪いけど、今から他の方に指導を替わってもらえないか、相談してみます』

しょんぼりと肩を落として言う里久は、かわいそうだった。

きっと里久のことだ。こんな無責任を働いたとあっては、講師を続けられないと、完全に仕事を降りてしまうだろうと綾人には予想できた。陶芸教室の、初心者講座の講師など、綾人にはなんの興味もないが、里久が任されて楽しそうにしていたのは知っている。

狭かった里久の世界が広がり、そのことに焦燥も覚えたし嫉妬もしていたが、

――こうして毎日楽しいのは、綾人さんがいてくれるからですね。

なんて里久に言われると、その笑顔をできるだけ守りたいとも思ってしまう。

どうしたものか……と思いを巡らせたとき、ふと綾人は思いだした。前々から、里久と試してみたいこと

があったのだ。

『……いや、里久。長期間離れていても、なんとかなる方法が一つある。今回は生徒さんのために――それをやってみるか?』

綾人はごくごく紳士的に、優しく、そう提案した。


パソコンのモニターが映ると、綾人はインターネットで使えるテレビ電話のプログラムを起《た》ち上げた。

近年、こうした映像つきの通話ツールは格段に機能が向上している。

家のパソコンには、出張前、最新の高解像度のカメラを取り付けてある。ノートパソコンも、里久には内緒で、こっそり最新のものに買い替えた。しかもノートなのに大型だ。モニターは大きければ大きいほどいい。

通話ツールを起ち上げると、綾人は里久のアカウントに早速電話をかける。出張にきて、六日め。既に通話は三度めなので、里久も操作に慣れたのだろう。通話はすぐに繋がり、大画面に、恥ずかしそうな顔の里久が映った。

「ただいま、里久」

言うと、里久は『お、おかえりなさい』と震える声を出した。今からすることに、期待と恥じらいで、既に戸惑っている様子だった。

綾人は素早く、里久の位置を確認した。

家のパソコンは出張前、寝室に移したが、ちゃんとそこにあるようだ。里久の後ろにはベッドが見えている。

「……じゃあ、始めようか。ちゃんと見ていてあげるから、上手にできるかな?」

優しく言うと、里久はおずおずと立ち上がり、後ずさってベッドに座った。里久の顔が遠のいて、かわりにほぼ全身が見える。里久は綾人が「こうしたほうがいい」と教えたとおり、パジャマの上を着ただけの状態で、長めの裾からはすらりとした白い素足が伸びていた。

『お仕事で疲れてるのに……ご、ごめんなさい』

里久が言うのに、綾人は「そんなことないよ」と微《ほほ》笑《え》んだ。

「ちゃんと見ていないと、なにかあったときに心配だ。俺以外に、里久のこんなところは見せられないしな」

もっともそうなことを言うと、純粋な里久はすぐに信じてしまう。

顔をまっ赤にしながら『じゃ、じゃあ、しますね』と言って、あらかじめ用意してあった、小箱を引き寄せた。

小さな手で、里久はその小箱を開ける。開けると中には、十五本の、試験管状に凍らせた液体が、整然と並べてある。といってもうち二本はもう使用したので、使用済みのゴムが入っているだけだ。凍らせた液体はゴムに包んであり、ゴムの先はわざと切ってある。中の液体は白濁色。

小箱からまだ固形状のそれを一本とると、里久はもじもじと内腿《うちもも》を擦りあわせながら、

『あの……そういえば綾人さんから、今朝荷物が来てたんですけど』

と、言った。

綾人は内心、間に合ったのか、と思った。無垢な子どもを騙《だま》しているような気分になりながら、「前の二回で、里久が物足りなさそうだったから」と言い訳した。

「今回は、それを使ってごらん」

里久は見るまに赤くなり、けれど従順に、『どうやって使えば……』と言いながら、綾人が送った荷物を足元から膝に引き上げた。小さな桃色の段ボールから、里久が取り出したのは綾人が特注で作ってもらった、張り型——ようは、ディルドだった。

それは大きく赤黒く、嵩《かさ》もあって、先端は凶器のように太かった。手にしただけで里久は狼狽《ろうばい》し、かわいそうなほどまっ赤になって震えている。けれどその内腿が期待にか、もぞもぞと動き続けていることも、綾人には丸見えだった。

「先のところに、穴があるだろう？　俺の精を、そこに刺して」

と、綾人は指示した。俺の精。そう、凍らせておいたのは綾人の精液だった。中には里久の体に注がねばならない、蟻酸《ぎさん》の成分がたっぷり入っている。

蟻酸注射で、血液から抽出するぶんには鮮度が問わ

れるが、精液なら凍らせておけば一ヶ月くらい使える。古い時代、まだクロシジミを起源種にした人間が絶滅する前、有賀の家には何十人ものクロシジミがいた。

綾人のようにクロシジミのパートナーに選ばれた先人たちは、長期間離れるときには、凍らせた精液を相手に持たせて、二日に一度、秘部に入れさせていた。ディルドの特注だって、べつに綾人が最初ではない。クロシジミとのセックスは、甘い甘露そのもの。麻薬のようなものだ。クロオオアリは理性を奪われ、野獣になる。

より強く、相手を支配したい。

他の相手とのセックスなど、耐えられない。だから離れている間、欲求不満になったクロシジミが他のクロオオアリと性交しないよう、特別な「大人のオモチャ」を作って与えていた。

里久はおずおずと、綾人の指示どおり、ディルドの先端を見た。ちょうど尿道口にあたる場所に、穴が空いている。震える指で里久がゴムの切れめが外に出るようにして、そこへ凍らせた綾人の精を入れていくのを、綾人はじっと眺めていた。

スーツのズボンの下、里久には見えていないが、既に綾人の性器は張り詰めている。

かわいくて天使のような里久が、どぎまぎしながらディルドを持っているだけでも昂奮《こうふん》させられるのに、そのディルドは、実は、綾人の性器の形をそのままなぞらえているのだ。

我ながら、ものすごい変態だと思う。

思うが。

(作り物でもなんでも、俺以外の形を、里久の中に入れるのがいやなんだよ)

と、綾人は思ってしまうのだった。

『こ、これ、と、溶けるんですか?』

おろおろと訊いてくる里久に、綾人は大丈夫、と言った。

「いいから入れてごらん」

はい、と里久は消え入りそうな声で返事をした。細い足をベッドの上に乗せると、里久はそろそろと左右に開いた。

「里久、お尻を浮かして。パジャマのボタンを開けて。よく見えないから」

綾人の言葉に、里久はいちいち従順だ。パジャマのボタンをすべてはずし、小ぶりの尻を浮かすと、既に半分勃ちあがった里久の性器や、甘露で濡《ぬ》れ始め、ひくついている後孔、つんと上向いて膨らんでいる桃色の乳首までが、すべて見えた。

「もう濡れてる。……よく我慢したな」

入れていいよ、と言うと、里久は切なそうな顔をして、ふるふると震えながら、ディルドの先端を後孔に当てた。綾人はごくりと息を呑んだ。里久の後孔はひくつきながら、ぬるっと太いディルドを飲み込んでいく。

（俺のを入れる時、里久のあそこはあんなふうなのか……）

抱いている間は余裕がないので、ここまではっきり見たことはない。あまりにいやらしい光景だ。小さく慎ましやかに見えるくせに、極太の綾人の性器を、里久のお尻は美味しそうに飲み込んでしまう。

『あ、あん、あ……っ』

入れながら、里久はたまらないというように喘《あえ》ぎ、腰を揺らした。

「どんな感じだ？」

『どんなって……あ、あん……っ』

すべて入れ終わると、里久はびくん、と跳ねた。特注のディルドは、強く締め付けられると、自動で電源が入る仕様になっている。中を掻《か》き回《まわ》されて、里久はあんあんと喘ぎはじめ、腰を浮かして突きだし、耐えきれずに揺れ始めた。

『い、いやっ、綾人さ、これ、動いて……あ、あん、お尻、ゆ、揺れちゃうの、見ないで……っ』

恥ずかしさで、里久はまっ赤になって涙ぐんでいる。淫靡《いんび》な光景に見入り、綾人は気がつくとズボンのジッパーをさげていた。机の下で、自分の性器を取り出し、擦ってしまう。

「気持ち良さそうだな、里久。……そのディルド、気に入ったか？」

『あ、いや……やぁ、だって……これっ、綾人さんのと……形、似てて……っ』

里久の後孔が、きゅうっと締まって綾人の性器を絞っているのが見える。電源が入ると、それはある程度の温度になるよう設計されている。とたん、里久が『ひゃああっ』と感極まった声をあげた。

『あ、や、綾人さんの……っ、蟻酸が、入って……くるよぉ……っ』

どうやら凍っていた蟻酸が溶けたらしい。里久は我慢しきれないように、腰をうねらせ、尻を回してがくがくと揺れている。

その手が無意識にかディルドを摑《つか》み、引き抜いて、そしてまた中に差し込む。

「淫乱になったな……、里久」

仕方ないか。五年かけて、ここまで育ててしまったのは自分だと思いながら、綾人は自身を擦る手が早くなるのを止められない。

『あっ、や、あん、ダメ、み、見ないで……っ、ご、ごめんなさ、でも、これ……綾人さんのと、同じ……みたいで……あっ、あん、ほしく、なっちゃ……うぅ……っ』

蠢《うごめ》くディルドを自分のいいところで押し当てて、里久はもう感じすぎて、泣きじゃくっている。

『綾人さ……呆れ、ないでぇ……』

ぐすぐすと泣いている里久が、かわいそうで、可愛い。呆れたりなんかしない。なにしろそのいやらしいオモチャを与えたのは俺なのだから――とは言わない。

「可愛いな……愛してるよ、里久。もう、イっていいぞ」

そっと囁《ささや》くと、とたん、里久は『あああっ』と声をあげて背を反らした。その性器の先端から白濁が飛び散り、触られてさえいない乳首から、ぴゅうっと甘露が吹きこぼれた。ああ、あれを舐め取りたい――と思った瞬間、綾人もまた達していた。

精液はモニターに飛び散ったが、里久にはたぶん見えていないだろう。がくがくと足を震わせたまま、まだ中に綾人の性器と同じ形をしたディルドをくわえこんで、里久はベッドにくたりと横になった。ディルドが中で動いているので、里久は『あん、あ、やぁ……』と泣きそうな声をあげながら、小ぶりの尻を何度も跳ね上げている。

電源の切り方を教える前に、もう少しだけ、この姿を堪能するか……と綾人は思った。我ながら最低だと思うが、しかし、こんな素晴らしい機会は滅多《めった》にない。

映されている映像は、もちろんのように、毎回録画もしてあって――里久には内緒だけれど、通話しない日にじっくり見ているのだ。これは一生のお宝になりそうだった。

――ごめんな、里久。愛してるよ。

心の中で、綾人はそっと思う。こんな俺を許してくれ。

いやいやいや。いくらなんでも許されないだろうこれは。相手は清らかで可愛い俺の天使、里久だぞ……。

頭の中では、「まともな」綾人がそう言っている。けれどそれを綾人は押しのけた。

「……里久。よくできました。上手だったぞ」

二日後が楽しみだ。「悪い」綾人はそう思ってしまっている。

こんな俺が不幸なはずがない。そう思いながら、綾人は画面の向こうの里久に、にっこりと微笑んだ。

三国一の幸せもの

ハイクラスと一口にいっても、その中で階級はさらに細かく分かれているものだが、アリ種ほどそれが顕著な種もそういないだろう、と有村《ありむら》は思っている。

クロオオアリ、とくればアリの中でも特に大きく、もちろんハイクラス種に数えられるが、七百年の歴史を誇る名家有賀《ありが》家に連なる分家出身の有村は、末端も末端、いわゆる「働きアリ」の通常種であって、本家にほど近く、他のクロオオアリより体格も才能も抜きんでている王種とはまるで違う、冴《さ》えない人間だと自覚していた。

一応は、有賀筋の人間なので、お情けでアリガグループの子会社に入社し、とんとんと出世もした。しかし、クロオオアリの通常種は、王種に対するコンプレックスから逃れられない運命にある。

「まあ俺たちは通常種だからな」

という自虐ネタは、同じ分家の同僚と飲むと、必ず出てくる言葉だった。

そんな有村の会社に、この春から、王種の青年が一人、派遣されてきた。

有賀綾人《あやと》。

正真正銘の本家筋。本来なら地方の子会社になど、飛ばされてくる人間ではない。しかも少し前まで、有賀綾人は次期王だと言われていたはずだった。

「グンタイアリ化したんだと」

彼がやって来る前の飲み会で、有村は同僚からそう聞いた。

「噂《うわさ》じゃ女王に煙たがられて、業績の悪い子会社を転々とさせられてるとさ」

哀れなもんだね、と同僚はため息をついた。実際、有村たちの会社もここ数年経営が傾いており、あれこれと策を講じたがあまりよくなってはいない。今度来る、王種の有賀綾人も再生室長という肩書きをもらっているようだが、その実、乗せられる船は泥船だ。初めは有賀綾人一人でスタートする部署らしい。常務の話では、会社に慣れたころ、メンバーを選んでもらって……という話だが、泥の船に乗りたがる社員などいないだろう。有賀綾人の苦労は、見なくてももう予想できる。

（哀れなもんだなあ）

と、有村もその時は思った。

やって来た有賀綾人を目の当たりにすると、その思いはいよいよ強くなった。均整のとれた体格に、整った美貌。人当たりがよく物腰は柔らかいが、決断力があり、穏やかな話し声には頼もしさがある。若くして本社の役員に選ばれても、誰もが納得するだろうと思われた。これぞ王種、これぞ選ばれた人間だと、有村は感じたし、周りの者もみなそう言っていた。

誰もいない再生室の島で、有賀綾人は黙々と仕事をした。

協力者はほとんどおらず、誰もが彼を遠巻きにしていた。恵まれているのに、人生から落後したかわいそうな人間だと、会社中の者が思っていたのだ。

ただ有賀綾人は、ものすごく仕事ができた。

辛抱強く社内の人間とコミュニケーションをとり、協力してくれる人間を見つけ、かといって懐柔するわけではなく、適度に距離をとりながら計画を進めた。

気がつくと、有村をはじめ、何人もの人間が、有賀綾人のために働くようになっていた。

（いい人だな）

と、五歳は年下の相手に、いつしか有村は心酔していた。

一緒に働く一年あまりで、何度か窮地も救ってもらった。社内の休憩所でたまにコーヒーブレイクが重なる時、有賀綾人は静かな、けれど強い意志を秘めた声で言う。

「有村さんの力なしでは、なにもできませんから」

そう言われると、そうか、なら頑張ろうという気持ちにもなる。有賀綾人は、社員に夢を見せるのがうまかった。こんなことをできたら、仕事は楽しいと思いませんか、と笑いかけられると、みんな、自分の仕事の一歩先を想像するようになった。

仕事に希望と夢を。

いつかこんなことがやりたい、という思いが、今の仕事を充実させる。真摯に打ち込んだほうが、絶対に楽しいですよねと語られると、ハッとさせられた。

会社の業績が、五年ぶりに上方修正した時には、有村も嬉しかった。自分もこの結果に関わったのだと、そう思えたからだ。

「いい人だよな」

いつの間にか、同僚もそう言い始めた。

「いい人なのに、あの人が本社の役員じゃないのはおかしいよ。女王もなにがあったか知らないけど、あんな人を島流しにするなんて。グンタイアリ化してたって、いいじゃないか。なあ」

有賀綾人はいつしか、会社で悲劇のヒーローになっていた。

判官贔屓《ほうがんびいき》とでもいうのだろうか。ハイクラス種にはあまりない考え方だが、通常種として生まれながらに劣等感にさらされてきたクロオオアリには、わりと判官贔屓のきらいがあった。

かわいそうにかわいそうに、と飲み屋で繰り返す同僚を横目に、ちょっと前までそれに全面的な賛同を示していた有村は、

（そうでもないと思う）

と、今では考えが変わっていた。

有村はつい先日、見てしまったのだ。あれは出張先でのことだった。

有村と有賀綾人を含め、数名が、雪国の旅館に泊まった。金曜日に得意先へ行った帰りだったので、翌日土日は好きにしていいことになっており、有村は同僚一人と観光をして帰る予定だった。

綾人のことも誘ったのだが、予定があるからとやんわり断られて、有村は少し残念に思っていた。飲み会などでは気さくに話す綾人だが、もっとプライベートを覗いてみたいという好奇心があった。

「綾人さんて、結婚してないけど、恋人はいるのかな」

「いや、結婚してるって聞いたことあるけど」

翌日一緒に観光をする予定の同僚と、部屋で飲んでいるときそんな話になった。

マジか。相手はどんな人だ。きっと相当の美人だろう。

「でもまあ、あれだな、次期女王の婿の座を逃したんだ。それ以上の相手はいなかったろうしなあ……」

またしても、かわいそうな綾人、という話になっ

た。かわいそうだかわいそうだと話しながら、有村は一人露天風呂に行くことにした。もう真夜中だったが、ぎりぎり、あと一時間は空いているはずだ。この時間帯ならまず人はいない、と宿の亭主に聞いていた。

脱衣所で服を脱ぎ、半分酔っ払ったまま露天風呂に出て、有村はふと、不穏な声を聞いた。

「……あっ」

聞いた瞬間、ん？　と思った。

声は湯煙の向こうから、続けざまに漏れてくる。

「ん、あ、あっ、だ、だめ、綾人さん……」

艶《なま》めかしい声。

しかも、綾人さん、と聞こえなかったか？

突然心臓が大きく跳ね上がり、有村は慌てて、物陰に隠れた。このまま風呂を出ようかと迷ったが、好奇心に勝てずに、そうっと奥を覗く。四阿風《あずまやふう》になった屋根の下、露天風呂からあがる湯煙が、風にさらわれてさあっと晴れた。

有村はごくり、と息を呑んだ。

常夜灯の光に照らされて、有賀綾人が、見知らぬ青年とセックスをしていたのだ――。

（あ、有賀綾人さんが！　男と……セックス⁉　しかも、ロウクラス⁉）

腰まで湯につかった綾人の膝の上には、小柄な青年がまたがっていた。どう見ても入っている。対面座位というやつだ。

小柄な青年は白い体を桃色に染め、ふるふると震えている。綾人は満足げに眼を細めており、彼が動くたび、青年が「あっ」と声をあげて細い腰を反らせた。

「あ、綾人さ、ぬ、抜かないで……」

「どうして、里久《りく》」

里久と呼んだ青年の腰を摑み、綾人は意地悪するように腰を揺すった。里久と呼ばれた青年は、白い喉を見せて天を仰ぎ、「あんっ」と高く鳴く。

「抜いた、ら、お湯、汚れちゃう、っから、あっ」

「どうして汚れるんだ？」

耳元で囁かれ、里久は真っ赤な顔で腰をよじる。

「おれの、中、あ、綾人さんので擦られ、て、甘露でいっぱい、あふれてる、から……」

里久が言った瞬間を狙ってか、綾人がぐいっと腰を突き出す。里久はそれだけで「あんっあんっ」と喘いで、かわいそうなくらいがくがくと背を揺らした。

「大丈夫だよ、里久のお尻が俺のをがちがちに締め付けてるから、甘露が漏れる隙間もない」

興奮した声で言いながら、綾人は「それより」と、里久の胸に触れた。

「こっちから溢《あふ》れてるのは、いいのか？」

「あっ、やだあ……っ」

乳首をきゅっとつままれて、里久が真っ赤な顔でいやいやをする。

有村は思わず、眼を見開いてしまった。

里久という青年の乳首は、桃色で、美味しそうにぷっくりと膨れていた。驚くべきことは、その乳首から、とろとろとなにか透明な液体が、溢れてきていることだった。

「乳首はいじってないのに、こんなに濡らして」

綾人が下から突くと、里久の乳首からはぴゅ、ぴゅ、と甘露が飛ぶ。

「いや、やだ、見ないで」

恥ずかしそうに身もだえる里久の中心も、ぐっしょりと濡れてそそりたっており、綾人はそんな彼の痴態に、愛しそうに微笑んでいた。

「可愛い里久。お尻を突かれて、おっぱい出ちゃう、って言って」

「やだ」

とんでもないことを囁いている綾人に、有村は仰天したが、分かる、とも思った。泣き出しそうな顔で「やだやだ」と恥ずかしがっている里久には、そんな言葉を言わせたくなるなにかがある。

「言って里久。言わないと、擦ってあげないよ。里久が自分でお尻振る？　それでもいいよ。この前みたいに、お尻揺れちゃうって泣いちゃおうか」

里久の耳を甘嚙《あまが》みしながら、綾人が続ける。言われた里久の腰は、もうその時点で我慢できないようにうずうずと動いていて、快感に崩れた顔からは、理性が消えている。

「いじわる……意地悪です。綾人さん」

「うん。ごめん。でも仕事で里久となかなか抱き合えなかったから……」

淋しかったんだよ、と綾人は甘く囁いた。里久はとろんとした眼で綾人を睨み、「おれだって……」と呟いた。

「お尻、突いて……お願い。綾人さんので、おれのおっぱい、出して」

じゃないと、お尻、勝手に揺れちゃう。

恥ずかしそうに言う里久に、綾人が笑みを深くした。そして次の瞬間、里久の体を抱きかかえて大きく腰を突き上げた。

「あ！」

里久が眼を見開き、叫ぶ。綾人は巧みに体勢を変え、風呂の縁《ふち》に里久を捕まらせると、後ろから腰を持って動物のように激しく、己のものを出し入れしはじめる。

「あっ、あっ、あっ、あっ、あーーーっ」

里久は感じすぎて、ボロボロと泣いている。その乳首からも、ぴちゃ、ぴちゃ、と液体が溢れて湯面に飛んでいる。離れた有村のところにも、腰を疼《うず》かせる甘い匂いが漂ってきた。

「綾人さ、だめ、いっちゃう、お湯、汚れちゃ、あっ、あ、だめ、いく、いく」

里久は背を仰《の》け反《ぞ》らせて達した。同時に、一度先端近くまで出したモノを根元まで一気に埋めた綾人が、ぶるっと体を震わせて、あとを追った。

へなへなと風呂縁《ぶち》に突っ伏した里久の小さな体を、綾人が後ろから抱き込んでこめかみにキスをした。会社でも、穏やかな表情はいつも見ている有村だが、今の綾人はそれとは比べものにならないくらい甘い顔で、里久の胸元をさわさわと撫でながら、

「もう一回いいか？」

と、囁いていた。

「俺が放っておいたから、乳首張って痛いだろ？　甘露が溜《た》まって…明日は一日中、しような」

「ほんと、ですよ」

少しむくれたように、里久が返事をしている。

「毎晩、シャツに染みて……困って」

「三日分、搾ってやるから」

言いながら、綾人が里久の乳首をきゅっと搾ると、また透明な液体がとろっと溢れてくるのが見えた。湯の汚れを気にしていた里久も、もうこうなるとどうでもよくなったのか、「あ……」と甘い声をあげ、素直

に抱かれている。

　有村はそこで、そろそろと風呂場から引き上げた。

なんだかとんでもないものを見てしまった。有村の下半身は、下着がきついほどに反応していた。

（そうか……甘露……あの子、クロシジミか）

　風の噂で、有賀家にはたった一人だけ、クロシジミがいると聞いたことがある。クロシジミの甘露は、クロオオアリにとってはとんでもない催淫剤になるともいう。クロオオアリが、もし一度でもクロシジミとセックスをしたら、二度と抜け出せなくなるほどにハマるとも。世界で一番体の相性がいいのは、クロオオアリにとってはクロシジミなのだ。

（かわいそうな有賀綾人さん……か……）

　部屋にふらふらと戻りながら、有村は思わず「ははは」と笑っていた。どこがかわいそうなのか。三国一の幸せ者ではないか。この世の誰よりもセックスの気持ちいい相手と、愛し合っているのだから。

　女王が有賀綾人を島流しにしているのは、もしかしたら、クロシジミを手に入れるための交換条件だったのかもしれないとさえ、思う。


　その晩、有村は里久の痴態をおかずに、三度も抜いてしまった。

「なあ、せめていい女と結婚してほしいよな。それくらいの幸せ、綾人さんにもないと割に合わないよ」

　隣の席で、酔っ払って言う同僚に、有村は「ああ、うん」と生返事をした。そんな心配しなくても、あの人は毎晩のようにいい思いをしている、と言おうか迷って、言わなかった。

　それを教えると、白状しなければならなくなる。そんな気がしたからだ。

　露天風呂での情事を見てからというもの、有村の夜のおかずがずっと、有賀綾人の恋人だということを。

世はすべて事もなし

新幹線のアナウンスが、新大阪の駅まで残り十分であることを告げた。

東京からの出張帰り、今日は日曜日なので社には戻らず家に帰る予定の綾人《あやと》は、自宅で待っているであろう恋人のことを思い浮かべ、この三日で初めて心から頬を緩めた。

関西の大学を飛び級して二年で卒業し、アリガグループに就職して二年。綾人は二十四歳になっていた。

最初の配属は一応アリガグループ本社だったが、一日と置かずに関連の子会社に出向となった。出向先は大阪に本社がある中小企業で、ここ数年経営不振が続き、このまま赤字が出続ければ本社の介入で大がかりなリストラが行われることは一目瞭然だった。

本社から、再建室室長の肩書きを与えられて出向してきた綾人は、そんなわけで歓迎されるわけもなく、出向先の社員からは「これが俺たちの首切りをするヤツか」という顔で迎えられた。立派な肩書きとは裏腹に、再建室には人員も充《あ》てられず、味方など誰一人いない中での、社会人一年目がスタートした。

そして現在二年。

四年で結果が出せなければ、綾人自身もリストラの対象になる可能性があること、なにより綾人がリストラをしないですむように努力していることを、理解してくれる社員も少しずつ出てきて、協力者も現れるようになった。

とはいえ――。

経営の傾いた会社を建て直すのは、若干二十四歳の綾人にはとてつもない重責だった。なんといっても、本社に大したパイプもなく、協力してくれる者もいないのだ。内部が頼れないなら外部に味方を作るしかなく、綾人はこの二年、日本中を駆けずり回り、週に何日も出張に出たまま自宅に帰れないこともしばしばだった。

だが今日は、久しぶりに家に帰れる。仕事も、大口の契約を一つ取り付けた。

（やっと里久《りく》に会える……）

新幹線のシートに背中を埋めながら、綾人はこの三日、恋しくてたまらなかった里久の姿を脳裏に思い浮かべた。

◆

里久は綾人より二つ下のロウクラスだ。起源種はクロシジミチョウで、絶滅危惧種になる。白い顔に、大きな黒い瞳、黒い髪が印象的な幼げな容姿で、閉じ込められて育ったせいかすれたところがまるでなく、どちらかというと世間知らずである。

けれど綾人にはそんなところが可愛い——むしろ、もっとずっと世間知らずなままでもいい、と思っている。

綾人の入社をきっかけに、郁《いく》も今は大阪で暮らしている。今年ようやく通信制の高校を卒業し、近場の飲食店でアルバイトをしながら、以前通っていた陶芸教室の系列店で講師の見習いを始めた。本人いわく、陶芸家というほどではないらしいが、作った食器は市内のセレクトショップなどにも卸《おろ》しているらしい。

里久の世界はけっしてそう広いものではないが、仲のいい友人や自分で稼いだお小遣いなども増え、十代の頃に比べると格段に大きくなったと言わざるを得ない。

けれど——と、綾人は自分に言い聞かせる。

（里久のことを一番知ってるのは俺だ。まさか誰も、あのおとなしげな里久がベッドの上でどんな乱れ方をするかなんて、知らないだろうからな……）

こんなことを考えている自分が、本当に危ない、と思う。

思うのだが、綾人はそう考えて、広がっていく里久の世界に嫉妬しそうになるのをすんでのところで抑え込むのが癖になっていた。

綾人の脳裏には、出張に出る三日前の夜、里久にした様々な無体が思い出されてくる——。


仕事のせいで、週の半分を離れて暮らさねばならなくなったからかもしれない。

自分の里久の抱き方は、年々しつこくなるなと綾人も感じていた。

「……あっ、綾人さ、いやあ……」

電気を消していない明るい寝室の中で、里久が泣きそうな声でよがっていた。綾人はベッドの上に胡座《あぐら》をかいて、足の間に裸に剝《む》いた里久を座らせて、後ろからずっと乳首をいじっているところだった。

すでにもう二回、里久の中に入れて出した後だ。里久は四度は達していて、細い体を桃色に染め、全身から甘い匂いをムラムラと立ち上らせていた。

「いや、じゃないだろ？　里久の乳首からは、まだこんなに甘露が出るじゃないか……」

甘く囁きながら、うっすらと肉のついた里久の柔らかな胸をもみしだき、乳首をきゅうっとつまむ。

いじらしいほどにピンと突きたった乳首からは、そうするとトロトロの甘露が、ぴゅ、ぴゅ、と面白いように搾られて、里久の股の間で勃ちあがった性器の先端からも、つられたように白濁がこぼれてくるのだった。

「あ、あん……、だめ、胸、ドロドロになっちゃう……」

里久の胸元はこぼれた甘露でべたべたになっている。それが恥ずかしいのだろう、里久は可愛い顔を真っ赤にしていやいや、と首を振った。

それでも綾人が乳首を搾ると、「あっ」と甲高い鳴き声をあげて、細い背をしならせた。

「里久の体は、本当にやらしくなったね。ほら、見てごらん。窓に映ってる」

わざと意地悪く、綾人は言った。

カーテンを閉めていない窓が、外が暗いために鏡のようになっていて、里久のあられもない姿態を映し出していたのだ。

「や……っ、恥ずかし、綾人さ、カーテン閉めて……ぇ、あっ」

里久はいやがって少しもがいたけれど、綾人は大丈夫だよ、と微笑んだ。

「ここは九階だから、誰も見てない。里久の可愛い乳首、ぎゅって搾ったら窓まで甘露が飛んじゃうかな？」

「や、あ、やだ、あん、やめて……」

真っ赤になって恥ずかしがる里久を見ていると、綾人はたまらなくゾクゾクした。指の中で転がしている乳首からは、いやだという言葉とは裏腹にさっきよりずっと大量の甘露がこぼれてきたし、里久の小さなお尻は、綾人が意地悪を言うたび、ぴくぴくとうごめく。

（可愛い顔で、可愛い性格で、実はこんなに卑猥《ひわい》な体だなんて、誰が知ってる？）

俺しか知らない。

そう思うと、たとえようのない満足感が綾人を包む。

「三日間会えないから、里久のこと、もっと可愛がりたいんだよ――」

優しく打ち明けて、乳首を強く引っ張る。

「ああんっ、あーっ、あー……っ」

里久の乳首から勢いよく甘露がこぼれ、目の前の窓にかかる。同時に、性器からも白濁が吹き出し、それも窓をびっしょりと濡らした。

「あ……あ、あ……」

乳首で達した里久は、綾人の腕の中にへなへなと崩れてきた。小さな体を抱きしめ、こめかみに口づけながらふと、

（……やばい。やりすぎたかもしれない）

という思いが、湧いてきた。

「里久。辛かったか？　ごめん、もう……」

自分のモノはまだパンパンに張り詰めていたけれど、それでも「終わろうか」と声をかけようとしたとき、まだハァハァと荒く息をしていた里久が、綾人の腕を離れてそのままうつぶせになり、腰だけを高くあげた。

ちょうど綾人の目の前に、小ぶりのお尻を突き出すような淫猥《いんわい》な格好で――過ぎた快楽のせいで、半分理性を失った里久が、ぷるぷると震えながら言った。

「綾人さ……おねが……中が、熱くて」

泣きそうな声で、「中、こすって」と言われて、やめられる男がどこにいるだろう？

思えばこんな隠微な言い回しを教えたのも綾人なら、里久の体をこれほど感じやすくしたのも、たぶん綾人だ。

里久の小さな後孔は、いじらしげにひくひくと動い

て綾人を誘っていた。

頭の中でなにか、理性の糸が切れるのを感じながら、綾人は里久に覆《おお》い被《かぶ》さり、己の性器を挿入した。

「あっ、ああっ」

「里久。可愛い里久……」

たまらず名前を呼びながら、腰を揺らした。里久の乳首からは、いじってもないのに甘露がぴゅ、ぴゅ、と飛んで、シーツを濡らしていた。


そうやって激しく抱いて、気がつくと朝になっていた。

ベッドの上でぐったりと寝ている里久を見て、後悔しながら出張に出たのが、三日前。

新幹線に乗り込みながら、何度となく思った。

（ちょっとは手加減しないと、里久に愛想を尽かされるかもしれない）

大学時代には、毎日抱き合えたことや、里久への負い目もあり、今ほどしつこく抱いてはいなかったと思う。


もともと里久の体はクロオオアリとのセックスの相性が抜群で、王種である綾人は、通常種のクロオオアリより、さらに里久と相性がいい。

だから抱けば抱くほど、里久の体が感じやすくなることは、もう初めから分かっていたし、素直な性格の里久なので、綾人があれこれ教え込むと、どんな恥ずかしいことでもしてくれた。

（それを知っていたから、前は抱きすぎないように気をつけていたのに）

今では、数日会えないと思うと、なかなか抑制がきかなくなっている。

（里久が俺にだけ、あんな姿を見せるのは嬉しい。嬉しいが、やっぱり、やりすぎはよくない）

そうでなくとも里久は穏やかな性格で、およそ、セックスとは無関係のような無垢さなのだから。

（これ以上里久をいやらしくしないよう、今夜は我慢しよう）

内心、そんな決意をかためて、綾人はちょうど新幹線が滑り込んだ新大阪のホームに降り立ったのだった。

◆

「お帰りなさい！　綾人さん！」

玄関を開けると、すぐに里久が飛び出してきた。満面の笑みが可愛く、綾人は思わず里久の体をぎゅっと抱きしめていた。

三日ぶりの里久の匂いと、感触に、仕事の疲れもなにもかも吹き飛んでいく。

「ただいま。これ、お土産」

「わ、ありがとうございます」

差し出した紙袋を嬉しそうに受け取る里久は、エプロンを着けている。料理は綾人のほうがずっと得意だが、出張から帰ってきた日は里久がなにかしら用意してくれている。

二人一緒にリビングと続きになったダイニングに行くと、カウンターの上には綾人が好きな赤ワインと一緒に、酒のつまみになりそうなチーズやブルスケッタが並べられていた。

「ビーフシチューにしたんですけど、もう食べます？」

「ちょっとゆっくりしてからもらうよ。ありがとう」

ダイニングにはビーフシチューのいい匂いがしている。里久が作れる料理は、カレーやシチューなどの簡単なものがほとんどだが、一生懸命用意してくれたと分かっているので、それだけで綾人は嬉しくなる。

「じゃあコーヒー淹れますね。おれ、お土産ちょっともらっちゃおうかな……」

「いいよ。俺も一口もらうよ」

こんななにげないやりとりさえ楽しい。里久はニコニコしてコーヒーメーカーをセットし、綾人が土産に買ってきたクッキーとチョコレートを皿に出すと、エプロンを脱いだ。

そんな様子をほほえましく見つめながら、ネクタイをはずし、ワイシャツのカフスに指をかけていた綾人はふと、手を止めた。

里久は白い薄手のシャツを着ている。そのせいで、素肌がうっすら透けているのだが、胸元に妙な茶色のものが見えたのだ。

なんだろう、と思って近づいていき、里久の頭の上から襟元をのぞき込んで、綾人はぎょっとした。

両方の乳首に、里久が絆創膏《ばんそうこう》を貼っていたのだ。

「……り、里久。胸、どうした？」

訊きながら、嫌な予想が頭をかすめた。出張前の情事でいじりすぎ、里久の乳首を傷めてしまったのでは——と、思ったのだ。

もしそうなら、後悔してもしきれない。セックスはどれだけ激しくしても、傷をつけることだけは絶対にしないよう、いつも気をつけていたのに。

けれど綾人に指摘されたとたん、里久は顔をゆでだこのように真っ赤にした。

「あ、あの、こ、これは……」

慌てて胸元をおさえ、うわずった声で弁解する里久に、綾人は青ざめた。

「悪い。俺がひどくしすぎて、切れたとか？」

「え！　ち、違うんです！」

謝った綾人に、里久は慌てて首を振った。

「そうじゃなくて、あの……あの……」

うつむいた里久が、小さな声でしどろもどろに言う。

「里久、ごめん。俺に遠慮することないから」


思わず腰をかがめて顔をのぞき込んだ時、里久は赤らんだ顔のまま「甘露が」と呟いた。

「にじんじゃうんです。あの……三日も、綾人さんに吸ってもらえなくて。それで……胸が張って、シャツに触れただけで、甘露が出ちゃって——」

シャツが濡れちゃうから、絆創膏を貼ったんです、と言いにくそうに打ち明けてくれた里久に、綾人はかたまってしまった。

脳天を打ち抜かれたような衝撃。

今夜は里久を抱くまい、と決めてきた覚悟が、ぐらりと揺れるのを感じた。

「ご、ごめんなさい……」

もう恥ずかしくてたまらないのか、里久が謝ることではないのに謝る。

綾人はごくりと喉を鳴らし、「絆創膏、はずしてみていいか？」と、訊いていた。

赤い顔で小さくこくりと頷《うなず》く里久の、白いシャツの裾から両手を入れて、綾人は絆創膏に触れた。絆創膏越しに乳首をきゅ、とつまむ。

「あ……」

里久が困ったように喘ぎ、すると、絆創膏の下からとろっとしたものが溢れてきて、そこはあっけなく湿ってしまった。ちょっとずらしただけで、絆創膏もするりととれてしまう。

「里久。シャツの裾、引っ張ってみて」

おい、やめろ。

と、自分に思ったが、もう遅かった。里久のシャツから手を取りだした綾人は、そんなことを囁いていた。

素直な里久は真っ赤になり、震えながらも、綾人に言われたとおりシャツの裾を引く。シャツの胸元は濡れた乳首にぴったりと張り付き、白い布地の下から、淫靡な桃色が浮かび上がってきた。

里久の乳首はもう、突き立っている。

綾人の下半身には熱が集まり、やっとのことで、襲うのを我慢しているような状態だった。帰ってきてすぐ、寝室に連れ込むなんてしてはいけない。ついさっき、我慢すると決めたばかりじゃないか——。

頭の中で何度もそう言い聞かせる。里久が、もじもじと細い足を擦り合わせて、そんな綾人の顔を恥ずかしそうに見た。

「……お、お仕事で疲れてるのに、ごめんなさい。でも、綾人さんさえ、よかったら、あの」

おれの甘露、吸ってほしい。

愛しい恋人にそんなことを頼まれて、我慢できる男など、いない。いるはずがない。

(里久。お前は……どれだけ可愛くて、やらしいんだ)

再び理性の糸が切れるのを感じながら、綾人は里久の小さな体を抱き上げ、リビングのソファに組み敷いていた。シャツを脱がし、胸をもみしだいて乳首を口に含むと、甘い蜜が舌をいっぱいに濡らす。

「あ、あ……っ、綾人さ……」

綾人の首にしがみついてきた里久が、とろけるような声で「気持ちいい」と言う。

いつの間に、こんな体になっていたのか。

里久はたった三日でも、綾人に甘露を吸われないと、ダメだなんて。

(ああ、もう、我慢なんてできるはずがない)

里久をこんなふうにしたのは自分かもしれないと思

いながら、一方で、綾人は里久がこうなってよかった、と思っている自分に気づいてしまう。

(俺がいなきゃダメなように。もっと、俺だけをほしがるように。里久を可愛がりたい……)

危ない考えだと分かりながら、抑えられない。

そのかわり一生かけて、責任はとるつもりだ。

誰にともなく言い訳しながら、綾人は里久の衣服を脱がし、自分のパンツの前をくつろげた。

馴《な》らさなくても、もう柔らかくなっている里久の後孔に性器をあてがい、綾人は快楽に潤んだ里久の瞳をじっと見つめた。

「……愛してるよ、里久。三日分、取り戻すくらい、していいか……？」

里久が、綾人の頼みを拒むはずがないと知っているのに、それでも頬を染めて頷かれた瞬間、綾人の中には深い満足が広がってきた。

今日もまた結局、あとで後悔するほど抱いてしまうだろう。

その分、ぐずぐずに蕩けるくらい、優しくしようと決めて、綾人は里久に口づけた。


甘い蜜に酔うのでも、二人一緒に酔えるのなら、悪くないはずだと思いながら。

十年後の愛の蜜に酔え！

「久しぶりだな。堂々たる凱旋《がいせん》おめでとさん」

綾人《あやと》と同じくらいの長身に、やや長めの黒髪。甘いマスク。年は綾人と同じく二十八歳。

久々に会う親友、有沢《ありさわ》遙《はるか》は、しかし、最後に会った二年前の記憶からすると、少しばかり疲れているようだった。


有賀《ありが》綾人はかつて、クロオオアリを起源種とする名家、有賀家の次期王として、制限の多い暮らしを強いられていた。

状況が変わったのは、血族の中にひっそりと紛れているグンタイアリの血が、綾人の外見に現われてからになる。本来グンタイアリの遺伝子はクロオオアリのそれに比べて優性なので、喜ばれてもいいかもしれないが、七百年純血を守ってきた有賀家の王としては相応しくなかった。

家名に泥を塗ったと追放され、本来なら一族が経営する巨大企業の役員に席を用意されていたにも関わらず、綾人は大学卒業後、ひたすら地方の業績の悪い支社に飛ばされ続けて、経営改善をしてきた。

周囲から見ればあきらかに落ちぶれ、凋落《ちょうらく》した、という風情だったろうが、綾人はまったくそんなふうに感じていなかった。

なぜなら、王という立場を逃れ、本家から閉め出された結果、綾人は黒木《くろき》里久《りく》という——最愛のパートナーを手に入れたからだ。

飛ばされた会社で業績をあげると、すぐまた転勤という日々も、綾人にとっては都合がよかった。

（我ながら頭がおかしい……）

と、分かっているが、現在二十六歳になる里久は、綾人が転勤になるとぴたりと一緒にくっついてきて、新しい土地に引っ越す。

綾人さんがいればどこでも大丈夫、と里久は微笑《わら》うし、実際、体質的にも二人一緒にいなければならないのでそれは選びようがないのだが、転勤になるたびに、連れてってくれますよね？　と里久は訊いてくれる。その瞬間は、綾人にとって蜜のように甘いひとときだった。

ああもちろん、いつも悪いな……と口では謝りながら、里久がその土地その土地での人間関係よりも、真っ先に綾人を選んでくれるのがたまらなく嬉しかったし、優越感にもひたれた。

綾人は嫉妬深い自分をよく知っている。里久は新しい土地に行くと、大抵自分にもできそうなカフェの店員などの仕事を選んでやっていたが、もともと気立てがよく、愛らしい里久なので、気がついたらそれなりに友だちができている。それに、クロシジミという起源種なので、アリ種の男に異様にモテる。

そんなわけで、二年も同じ土地にとどまっていると不安になり、綾人は仕事を死ぬ気で頑張って、転勤を獲得していた。そうすれば里久の人間関係を、完全には無理でも——里久はよく、離れた友人とも手紙やメールでやりとりをしている——ある程度はリセットできるからだった。

（我ながら、病んでる……）

と、たまに思うが、里久はそうは思わないのか、とにもかくにも、同じ高校で再度出会いを果たしてから十年後の現在。里久は一度として、綾人と離れたい素振りを見せたことはない。

とはいえ——それは東京に比べて田舎で、選択肢が少なく、クロオオアリというと綾人しかいないような——そういう土地だったからでは……と思うことが少なくない。

本家の女王から、東京に戻り、企業の本社に用意した役員席へ座るよう命じられたときには、綾人は内心絶望し、なぜ今さら、と抗議したい気持ちになったのだった。

◆

「正直、納得してないんだが」

つい三日前にそれまで勤めていた会社を退き、女王からの特例辞令を携えて、東京に戻ってきた。おおよそ九年ぶりのことだ。

本家からは引っ越し先の家まで用意されており、それは本社に便の良い場所にある３ＬＤＫのマンションだった。

里久ももちろん一緒だけれど、とりあえず今日の顔出しはいいとのことだったので、綾人は連れてこなかった。もし連れてこいと言われていても、たぶん命令には刃向かったと思う。

予定のない里久は、長い間会えなかった友人の天野《あまの》に会うらしく、朝からうきうきと出かけていった。

あんまり舞い上がっているので、綾人は里久が風邪を引かないよう、マフラーを巻いてきれいに結んであげたくらいだ。

一人本家にやって来た綾人はというと、女王と数年ぶりに会った。

仕事の関係上、テレビ会議などはしていたが、面と向かう機会はこの九年の間ほとんどなかった。

女王はもともと多弁ではない。辞令に書かれた以上のことはほとんど言わなかった。

「お前にとっていた追放措置はすべて取り払います。本社の役員として来週からしっかりと働くように」

それだけ言われて終わった。里久のことは、一言も触れられなかった。

今現在有賀家には、次期女王である現女王の娘と、遙との間に生まれた次の次の女王がいる。三代先の女王はまだ二歳だ。

世継ぎが安泰となり、自分の役目も終わったと思ったから、女王は綾人を許したのだろうか？

真意は分からない。ただ、綾人は地方で働いていてもよかった……と思っているので、もやもやとしながら本家の玄関を出て、広い庭を歩いていた。

すると、その先で遙が待ち構えていたのだ。

ちょっと寄っていけと言われて、本家の離れに案内された。ひっそりとした小さな部屋は、普段遙が個人的に使っているらしく、画集や美術品が集められており、旧式のストーブの上でやかんがしゅんしゅんと湯気をたてていた。

「……学園の美術室を思い出すな」

「いいだろう、俺の隠れ家」

と言って、遙は縁側に並べた椅子の一つを綾人に勧め、自分も腰掛けた。やかんから湯をとってお茶を淹れてくれる。美術品のうち価値が高そうなものは、除けられて隣室で管理されているらしい。ここにあるのは俺の描いたものだから気を使わなくていいぞと言って、遙はタバコを取り出して吸った。

「納得もなにも、単に本社の業績が悪いだけだよ。お前に来てもらって、経営改善してもらいたいってだけさ」

「……本社にはお前もいるだろ」

言うと、遙は肩を竦《すく》めて「俺のやり方は手ぬるいんだと」と言った。

だがそんなことはないはずだった。遙がいかに優秀かは、綾人が一番よく知っている。それでも足りないほどに本社の経営状態が悪いという話だろう。

「なにかあったか？」

「女王の弟が金を使い込んでた」

なるほど、と綾人はため息をついた。

「お前は地方にいたかったろうな～、黒木を一人占めできたもんな」

遙にはっきりと言われて、ムッとする。だがバレているのなら好都合だと、遙を睨《にら》み付《つ》け「あんまり里久に近づくなよ」と釘を刺す。「俺より他に注意する相手がいくらでもいるだろ」と遙は笑った。

けれど実際、綾人が心配しているのもそこだった。

「……女王の用意したマンション、あまりにも会社に近い。本社にはクロオオアリがごろごろいるんだぞ。俺は初出勤までにべつの部屋を探すつもりだ」

「おっと、お前の病的な執着愛、まだ変わらなかったか」

当たり前だ、と綾人は唾棄した。王種の遙はまだしも、通常種のクロオオアリにとって、里久の体は麻薬同然だ。里久のことだから、また気に入ったカフェかなにかで働くだろう。もう転勤はないから、なにかない限りずっとそこで働くかもしれない。

場合によっては、会社のすぐ近くになってしまう。昼休みにクロオアリがうろつく店内で、里久を働かせたくない。

「会社の近くはやめろって言えばいいだろ？」

「そういう問題じゃないんだよ……」

綾人は大きく、ため息をついた。

里久はいつも働く場所を見て回って吟味して、ここがいい、と決める。経験もあるし、昔と違っておどおどした態度がなくなったぶん、面接の受けもいい。そもそも夜間以外ならいつでもどこでも働けると言われれば、大抵の飲食店は通るだろう。

だが里久が店を選ぶ決め手は、見た目がいいとか制服が好きだとかではなくて、近くに絵を描く環境があるかどうかだった。大抵は上級者向けの絵画教室とセットにして選んでくる。休日に教室に通い、大抵はすぐに教師側のアルバイトをしないかという話になる。グループ展にも誘われたり、働いている飲食店に絵皿を卸したり、個人で作っているものを売るような店から声をかけられて少しずつ作ったものを売ったりもする。最近は皿も碗《わん》も土から作っているらしいので、そういうことができそうな場所を探してから働く場所も決めるはずだが、そんな環境はあちこちにあるわけではない。

「……本当は、本気の陶芸家になりたいとか言い出して、土のいいところに引っ越すと言われないかとすら思うくらいだ。里久が選んできた店に文句をつけたら、あの子はきいてくれるだろうが……自由がまったくなくなるだろ……」

言いながら、苦い気持ちになってしまう。

里久に自由など与えたくない自分がいる。そのことを、強く感じてしまうからだった。だがそうなったらいよいよ病気だと思うから、縛り付けすぎないよう、綾人は細心の注意を払っている。

里久の世界は狭い。

それは大抵二年もしないうちに綾人が転勤してしまうから、広がり始めた矢先にぷつんと世界が途絶える、という感じだった。

だが本社に骨を埋めるなら、もう歯止めがきかない。里久はもしかしたらどんどん広い世界に出ていってしまうかもしれない——。

「……クロオオアリがうようよしてる店内にいてみろ。俺よりいい男がいることに気づかれるかもしれない……」

綾人が里久に対して持っているアドバンテージなど、蟻酸だけ。

そしてそれは、クロオオアリが起源種なら誰でも持っているものなのだ。

タバコをくゆらせて綾人の話を聞いていた遙は、やがて感心したように息をつき、

「十年経《た》ってても付き合いたてみたいだな。幸せそうで羨ましい限り」

と言う。

「からかってるのか?」

思わず睨むと、いいや、本音、と遙は返してきた。

「俺は来月離婚するんだ。妻とは最初から、娘が生まれたら別れる前提で結婚してたが……」

初めて聞く話に、綾人はびっくりして、遙を見た。遙は淡々と、「もともと、他に好きな男がいるって聞かされてたからな」と続けて、さらに綾人を驚かせた。

「女王はそのこと……」

「知ってる。分家の通常種だ。娘もまだ二歳だ。今俺が別れて、妻が本当に好きな男と再婚できれば、新しいパパを本当の父親だと思って育つだろ?」

「……」

綾人は言葉をなくして、黙り込んだ。そんなものは詭弁《きべん》だと思う。女王になるような娘なら、十三、四にもなれば、自分の父親が王種ではないと気づくだろう。そうすれば、誰が本当の自分の父親なのか、いやでも想像がつくようになる。

それでなくとも、遙のように性根の優しい男が、妻はともかくとして、娘を愛していないとは考えられなかった。二歳なんて、子どもがいない綾人にはよく分からないが、たぶん可愛い盛りだろう。その娘との生活を諦めて別れるなんて、遙には相当辛いことのはずだ。

「……思春期になったら、娘はきっとお前を恨むぞ」

だがなんと言えばいいか分からず、そんなことを言ってしまう。遙は苦笑し、「だろうな」と肩を竦めた。

「……それでいいんじゃないか。俺を憎めるなら……それはちゃんと両親に愛された証拠だろう。逆もまたしかりだな」

もう心は決まっているらしい親友に、これ以上かける言葉が見つからない。引っ越すにしろなんにしろ、家が落ち着いたら遊びに行かせてくれ、と言われても、ダメだとは言えなかった。

「里久に伝えておく」

とだけ言って、離れから出る。まだ慣れないマンションへの帰り道は、なんとなくぼんやりしてしまった。

（人の繋がりなんて脆《もろ》いものだな……）

里久に散々、人との縁を切らせておいてメランコリックな気持ちになるのは身勝手だと思いながらも、綾人はそんなことを考えてしまう。

王種と女王という、絶対的な婚姻の繋がりさえ、断ち切られることがあるのか。

親と子ですら、切れてしまうことがあるのか……。

（俺と里久も、一度どころか二度、縁が切れたしな……）

一度目は女王によって。二度目は、里久の記憶喪失によって離れた。

ふと、綾人は思う。自分は怖いだけなのかもしれない。

（またたやすく、俺たちの縁が切れてしまうのが……。もし次切られたら、それはきっと里久の意志だ……十年前と変わらない。俺はいまだに、里久が俺自身を選んでくれている自信が持てていないんだな……）

まだ車がないので、移動は電車だった。駅のホームに立つと、知らず知らずため息がこぼれた。冬の冷たい空気の中で、綾人の呼気は白く凍えていた。

◆

「お帰りなさい！　お家、どうでした？」

玄関口に立つと、先に帰っていた里久が中から出てきて満面の笑顔で出迎えてくれた。

「うんまあ、特に変わらなかった。これ、お土産だ」

途中で買ってきたシュークリームを渡すと、里久は眼を輝かせ、「お茶淹れますね！」と嬉しそうにダイニングへ引っ込んだ。

室内の家具は今のところすべて備え付けのものだ。

コートを脱ぎ、ダイニングテーブルに座りながら
「あー、里久……」引っ越さないか、と言いかけたところ、

「今日天ちゃんと一緒に行ったカフェがすごくいいと

ころで、明後日面接に行ってこようと思うんです」

と言われて、綾人は黙ってしまう。

（……もう見つけたのか。くそ、これじゃ引っ越せないぞ）

「……へえ、ちなみにどのへんなんだ？」

どうか、会社とは反対側であってくれ、と思ったが、その願いは裏切られた。

二つ先の駅前で、と言ったあと、里久は、「あ、そういえば綾人さんの会社の近所です！」と嬉しそうに続けたからだ。

「ああ……そう。そうなのか」

「それが、びっくりしたんですけど、隣に工房があって……前にお世話になってた先生が移ってきてらしてて……天ちゃんが行こうって言ってくれたから、先生のところにも顔を出したんですよ。そしたら先生の作品をそこのカフェに卸してるから、紹介してくださるって……」

工房にも来ていいって言われて、と、里久はうきうきしている。

黒い瞳をきらきらさせている、その顔はとにかく可愛い。カフェオレを二つ入れてきて、ニコニコとシュークリームにかぶりつきながら、カフェの店長さんも良い人そうでね、とか、天ちゃんったらおかしいんですよ、と話し続ける里久に、へえ……そう、なるほど、よかったな……と相槌を打ちながらも、綾人はどこか上の空になってしまう。

ああ……越してきて三日で、もう里久の世界が広がり始めている。

きっとこれからはもっともっと広がる。瞼《まぶた》の裏には妻と別れると話していた遙の姿が浮かび、俺もああなる前にどうにかしなければ――と遙には悪いが思い、かといって、その店で働かないでくれ、先生とやらにも会うな……と言ったら、里久はどれほど悲しい顔をするだろうと思うと、言えない。

（ああくそ、不祥事を起こして地方に飛ばされるしかないのか――）

そうまで思い詰めたときだった。

不意に喋り続けていた里久が黙りこんだので、綾人はあれ、と思った。

「……どうした里久？」

もしや自分の、変質的なまでの執着愛が漏れていただろうかと不安になって、少しうつむいている里久の顔を下から覗きこんだ。里久は頬をかあっと赤らめて、それから、あの、あのねえ……と何度か繰り返した。

「あのね、天ちゃんが……本家が綾人さんを許したんなら、やっとおれたち、結婚できるんじゃ……ないのーって言っててね」

　恥ずかしそうに言ったあとで、里久はますます顔を赤くして、「わ、今の聞かなかったことにしてください」と続けた。でもその顔は先の未来を想像しているのか、嬉しそうに笑み崩れている。

「おれってば舞い上がっちゃって……もしかしたら、もしかしたらけっこん……できるのかなーって……やだな、今のままで幸せなのに」

　一瞬ぽかんとしてからすぐ、胸に甘い気持ちがこみ上げてくる。甘い以上に幸福で、なぜか鼻の奥が酸っぱくなり、綾人は泣きたいような気がした。

　……ああ、この子は俺を愛してくれてるんだ。

　それが分かった。里久はちゃんと、綾人を選んでくれていると。

「……里久」

　気がついたら、名前を呼んでいた。そうして綾人は、今までどうして口にしなかったのか分からない、求愛の言葉を——一生をともに過ごす約束を願う言葉を、里久の瞳を見つめて、紡いでいた。

天ちゃんの十年後

『天ちゃんへ

お元気ですか？　俺は元気です。オーディション、受かったなんてすごいね！　端役でも関係ないよ。これから天ちゃんの活躍の場、絶対広がるはず。ところでもうすぐ東京に戻れるんだ。そうしたら、これまで行けなかった天ちゃんの舞台も観に行けるし、すごく楽しみ。早く会いたいな。

それもこれも、綾人《あやと》さんが頑張ってくれたおかげなんだ。綾人さんの仕事のこと、よく知らないけど、短期間で経営状態が悪い会社を建て直しちゃうから、魔法使いってあだ名があるんだって。

綾人さんって完ぺきすぎて、時々、どうしてこんなすごい人がおれの恋人なんだろう？　って不思議になる。綾人さん、他に好きになる人いたりしないのかな。なんて前は不安になったりもしたけど最近はあんまり考えなくなったんだ。だって仕事終わるとすぐうちに帰ってきてくれるし、お休みの日はずっと一緒だし。

だけど東京に帰ったら、いろんな人がいるから、目移りしちゃうのかな。それがちょとだけ心配です。天ちゃんに会えるのは楽しみだけど。あと、綾人さんがね──』


「相変わらず綾人さん、綾人さんだな里久《りく》は……」

アルバイト先の清掃事務所で、送られてきた手紙を読んでいた天野《あまの》は、思わずため息をついてしまった。

親友の里久とは十代のころからの付き合いだ。里久が恋人の綾人にくっついて、田舎を転々とする生活になってからは、メールもするが基本的には文通が続いている。里久は手紙を書くのが好きらしい。天野は筆まめなわけではないけれど、里久一人くらいなら、負担を感じずに手紙は書ける。

それにしても九年、いやほぼ十年近く、里久の手紙が綾人のことで埋まっているのはすごいと思う。里久はちっとも変わらないな、とここ数年顔を合わせていなくても思う。

出会ったころから里久が好きなものは綾人と絵を描くことで、それは今も同じだった。野辺で見つけたら可愛い花や四つ葉のクローバーを、隙あらば押し花にして手紙に差し込んでくるような「乙女ちっく」な趣味も変わらない。

変わらない里久にホッとしつつ、どこかで天野は、いいなあ……と思うのだった。

（自分の人生を使う場所がはっきりしてるのって、羨ましい……）

気がつけば、はあ……と、ため息が漏れる。

天野はこの十年アルバイトをいくつも掛け持ちしながら夜間の高校を出て、小さな劇団に入り、いつかは映画やテレビにも出られる役者に……と思っているが、なかなかそうはいかない。

フタツホシテントウムシが起源種のロウクラスの自分は、ハイクラスの役者に比べればきらびやかさに劣る。といっても、テレビの視聴者にはロウクラスが大勢いるから、当然ロウクラスが主役のドラマなどもたくさんある。テントウムシは大家族が多く、人口比率も高いので比較的優遇されやすいのだが、それを狙って演劇界に入ってくる者はたくさんいるし、なにより、

（どうしてもナナツホシテントウムシにはかなわねえんだよなあ……）

と、思う。

同じテントウムシ出身でも、ナナツホシテントウムシは起源種そのものが人間に人気なためか——見た目が華やかだし、七という数字は縁起が良い——なぜかずばぬけてスター性がある存在で、天野には勝ち目がないのだった。

（ここらが潮時なのかな）

清掃事務所は朝なので人がおらず、好きなだけぼんやりしていられる。所長が来て今日はあそこ掃除してきて、と言われるまでは待機だ。

この仕事ももう十年やっている。初めのころは最近、夢のほうはどう？　と訊いてくれた気の良い所長も、最近は気を使って聞いてこない。

二十六にもなって、定職につかず——もちろんアルバイトは真面目にやっているが——恋人もおらず、実

りそうもない夢を追っている自分は、たぶん世間的に見たら「イタイ」だろうなあと天野は思ってしまうのだった。

だからこそ、いつも変わらない里久の存在にホッとさせられたりもする。

脇目もふらず夢に向かってきて、舞台では時々主演をやれるし、テレビドラマの端役につけることもある。だがよくてセリフは一つか二つだ。

（……そろそろ諦めて、資格でもとって就職して）

恋人も見つけるべきかな、と思ったりする。

小さかった弟妹たちも大きくなり、とっくに天野を追い越して、きちんと正社員で働いている。長兄として模範的であらねばという想《おも》いもあったのに、結局は自分が一番夢見がちに生きてきてしまったなと考えると、天野はため息が出る。

里久はもうすぐ東京に帰ってくるらしいし、久々に会ったら盛大に励ましてやろうと思うが、そのあとはなんとなく、自分の進退も決めなきゃな……と、天野は考えていた。


――お前もうそれ、結婚しちゃえばいいじゃん。本家に綾人が許されたならできるだろ。

東京に戻ってきた里久と、早速会ったのは一ヶ月前。

ここにいたら、綾人さん、おれ以外に目移りしちゃうかな――と、ありえない心配をしている親友に、天野はそう言った。すると心配もどこへやら、里久は顔を真っ赤にさせて、あっ、あっ、そっか、もしかして入籍できるかな？　と初めて思い至ったらしく、興奮していた。

（幸せそうなことで……）

と天野は思い、羨ましいのと同時に、里久が愛しくもあった。

手の中に舞い込んできた幸せを、十年近く経ってもなお大事に愛《いつく》しめるのは、もはや才能だろうなと思う。

とにもかくにも、そんなやりとりをした一ヶ月後、天野は里久が綾人と暮らす新居に招待された。そこは今、里久がアルバイトをしているカフェにほど近い、都心のマンションだった。

「わあ、天ちゃん来てくれてありがとう」

純粋に、心からそう思ってくれているのが分かる。部屋に入ると里久がぎゅうと抱きついてきた。背丈が同じくらいで抱きつきやすいからか、里久はよく天野にくっついてくる。単に人なつこいとも言える。

「あー、招待ありがとな。お前の彼氏に睨まれるから放して」

言うと、里久は冗談だと思ったらしく、もう天ちゃんたらなどと笑っているが、いやいや本当にそうなんだってと天野は思った。綾人は実に嫉妬深いと、天野は知っている。幸いリビングから綾人が顔を出し、「よく来たな、天野」と声をかけたときには、里久は離れていた。

「あれ……ああ、えっと、テントウムシの」

里久に手土産を渡しながらリビングに入ると、綾人によく似た男が一人いた。といっても、グンタイアリの血が強く出て金髪に金色の瞳になった綾人と違い、その男は黒髪に黒い瞳だ。

「あ……有沢遙《ありさわはるか》」

覚えていた名前を言うと、遙は、「あっ、天ちゃんか」と思い出したように、ぽん、と掌《てのひら》を打った。綾人のかわりに王になったという遙とは、星北学園《せいほくがくえん》の清掃員をしていた一時期、里久を介して知り合った縁で時々口をきいていた。

だがそれは数ヶ月かそこらの話で、遙が卒業してからは会うこともなかった。それでも華やかな容姿と、ハイクラスのくせに偉ぶらない気さくな性格が印象的だったので、名前を覚えていた。

「天ちゃんってお前が呼ぶな。天野だ、天野」

一方の遙は、名前まではっきり覚えていなかったのだろう。ただ里久の存在を通して、うっすら記憶には残っていたようだ。

「そうだ、天野だったな。懐かしいな」

悪びれず笑っている。天野はそれには応えず、里久に案内されたイスに座った。ダイニングテーブルの上にはきれいに盛り付けられたサラダがあり、すぐに優しい香りのコンソメスープと、魚介がたっぷり入ったパスタが運ばれてくる。

「綾人さんが作ったんだよ。素材からなにから全部、綾人さんがきちんと選んでくれてるから、美味しいよ」

美味しいことは匂いからも分かる。たっぷりかかったトマトソースの中でふっくらと身が大きいえびやいか、二枚貝が輝いている。

なんでもできるやつだなあ、と感心して綾人を見ると、

「里久の体に不純物は入れられないからな」

と、恐ろしいことを口走った。天野はその一言に、綾人の里久への強い執着を感じてぎょえ、と言いたくなったが、当の里久はニコニコとして、「綾人さんは本当に優しいです」とでも言い出しそうな顔をしている。嬉しそうに自分を振り返る里久を見て、綾人はにっこりと笑む。一瞬で二人だけの世界ができあがるのを天野は「うわー」と若干「ヒキ」ながら見ていた。

「腹減ったから食っていい？　いただきます」

隣に座った遙はというと、眼の前の〝バカップル〟など意に介さない調子でさっさと食べ始め、天野もそれにならっていただきます、と手を合わせた。

結論から言って、食事はとても美味しかった。デザートには、天野が持ってきたケーキと、遙が差し入れた焼き菓子の詰め合わせが出され、四人で食べながら雑談しているうちに、里久がもじもじしはじめる。

頬を赤らめて、「あの……実は報告があって」と言ったとき、天野には大体話の先が読めた。

「おれと綾人さん、籍を入れようって話になったんだ」

「女王から許しももぎ取った」

幸せいっぱい、という顔で言う里久と、なぜだか得意げに自慢する綾人に、はあまあ、おめでとう、よかったなと天野は返し——だっていずれそうなると思っていたので、さほど感動はなかった。里久が嬉しそうでなにより、という感じだ——、遙はというと、

「もう幸せだろうけど、お幸せに」と天野よりは優しい笑顔でお祝いした。

（今まで入れてなかったのか？　ってくらいだけど……まあ、里久が喜んでるのは俺も嬉しい）

綾人さんが女王様に頼んでくれて、そのときの綾人さん本当にかっこよかったんですよ、と遙に話している里久は、十年前と変わらず世界が綾人一色という感じだ。

それはそれとして、カフェで働き、工房にも出入りして、自分の世界も持っている。そこに齟齬が生まれていないのが、里久のすごいところだと天野はぼんや

り思う。

　きっと里久は綾人と籍を入れたあとも、こんな感じで過ごすのだろうなと思いながら、天野は夕方になるちょっと前に遙と一緒に、愛し合う二人の部屋を退出した。


「天然で惚気《のろけ》られたって感じだったなあ、まあ綾人は確信犯だろうけど。俺たち、結婚の報告に呼び出されたんだろうけど、今さらべつにって感じだよな？」

　むしろ結婚してなかったんだっけ、って思った、と綾人と里久のマンションを出た瞬間遙に言われて、天野はつい吹き出してしまった。

「……しれっとお祝い言ってたから、そんなこと考えてるなんて思わなかったぜ……」

　思わず本音を漏らしたら、「いやもう十年以上、あのバカップルに付き合ってるとそうなるだろ」と遙は悪びれずに悪態じみたことを言った。だがまあ、気持ちは分かる。

「近くに車停《と》めてるから、送っていくよ」

　だからそう申し出られたとき、普段なら誰がハイクラスの車なんか……と思うところだったが、それもいいかなと思ってしまった。

　天野のハイクラス嫌いは単純に僻《ひが》みだという自覚はあるが、嫌いなものは嫌いだ。けれど遙が自分と似たような感想を胸に抱いている事実に、つい気が緩んだ。

　車はマンションの地下駐車場に停まっていた。外車だろうと思っていたら、意外にも国産車だ。高い部類だが、派手な車種ではない。

「意外。……有賀《ありが》家の王様なら、すっごい車だろうと思ってた」

「すっごい車って？」

「真っ赤で、ツードアで、オープンカー……みたいな」

「冬にオープンカーなんか乗ったら凍えるだろ」

　遙は屈託なく笑いながら、天野がシートベルトを締めると、ゆっくりと発進した。運転は意外にも丁寧で乗り心地がいい。住所をそのまま教えるのはいやだったので、最寄りの駅を伝えた。それにも、しつこく訊いてはこない。

（昔から思ってたけど、悪いやつじゃなさそう……）

と、思う。ハイクラスと関わることなどそうないのでよく分からないが、劇団にたまに来るハイクラスとは全然違う。珍しいタイプなのでは、と思った。

「そういえばさっき有賀家の王様って言ってくれたけど、俺もうその役目からは解雇されてるんだよ。今はバツイチで、ただの有沢遙」

信号待ちのとき、なんでもないことのように言われて驚く。有賀家には清掃員として一時期派遣されていたから、なんとなくお家事情を知っている。だから、離婚になったということは――。

「む、娘さんいるんじゃねえの？」

訊くと、案の定「いるよ。二歳。でも、娘がいるからお役御免なんだ」と返事があって、天野は悲しい気持ちになった。自分の家は大家族で、天野も年の離れた弟妹のおむつを替えたりしていた。

「二歳って、めちゃくちゃ可愛いときじゃん……」

けれど、世話をするほうは覚えていても、子どもの記憶には残らない時期でもある。

「うん。可愛い。……可愛かった。一生忘れないと思う」

しみじみと呟く遙の横顔を見ると、遙は黒い瞳を、ほんの一瞬だけ揺らした。けれどそれも一度きりで、あとはもう、取り乱すこともない。それでも一生忘れられないくらい愛するものと、離れる気持ちはどんなものだろうと思うと、切なくなった。

（まあでも……俺にはそんなものも、ないんだけど）

里久の嬉しそうな笑顔がふと脳裏をよぎり、消えていく。制限の多い暮らしだろうが、里久は幸せそうだ。大きすぎる夢など見ず、ただ眼の前にあるものを慈しんで生きていられることが、羨ましいなと思う。

「天野は演劇やってるんだっけ。俺も劇団とか入ってみようかな」

そのときなぜか遙が言い、天野はぎょっとした。

「なんで？」

「娘に使ってた時間がぽっかり空いたから、なんか趣味でも見つけようかと」

「あんた、美術関係好きじゃなかったっけ？　里久から聞いたことあるけど」

「あれはほとんど収集と鑑賞目的だよ。これ以上のめり込んでやると、ビジネスになるからな」

そこまではしたくない、と言われて、よく分からないがふうんと応える。数秒考えたがべつに親しくもない自分が、遙の趣味にあれこれ言う筋合いもないと思う。

「まあ……あんたなら、顔いいし、どこの劇団でも事務所でも喜ぶんじゃねえの」

俺んとこには来てほしくないけど、と付け足すと、遙はなんで？　とおかしそうに笑った。

「やだよ、あんたみたいなの入ってきたら、俺の影、さらに薄くなるじゃん」

遙は天野の本音に、ケラケラと笑うだけだった。やがて天野の最寄り駅が、フロントガラスの向こうに見えてくる。都心からはずれた住宅街の駅前は、道が狭くてごちゃついている。目的地です、というカーナビを切って、遙が「俺さ」と呟いた。

「この十年、幸せだったような気もするけど、まあほとんどはそうじゃなかった気もする。綾人が羨ましいと思ったよ」

愛せる人がいて、これからも愛していけて、そのために生きていることが。

と遙は言い、それは天野も里久にたびたび抱く気持ちだったので、ドキリとした。

「天野は十年演劇やってるんだろ。それはそれで一つの愛だよな。それもすごいと思う」

尊敬すると言われて、頬にかあっと熱がのぼってきた。さらりと言われただけに、本音だと思ったせいかもしれない。

そんなことない、俺だって本当は、もう変わらなきゃって思ってて——。

言い訳するのも違う気がして、ぐっと飲み込んだ。車が駅前に停まる。

遙が、話せてよかったと言う。送ってくれてありがと、とだけ言って、車を降りようとした天野は、不意に遙を振り向いていた。

「……なあ。連絡先、教えて」

友だちになろうぜ。

という言葉は遙に言えなかったが。

なれたらいいなと、このとき天野は思ったのだった。

愛の裁きを受けろ！
EXTRA

収録作品

Included works

春の二人
（初出：2013年　WEB小説花丸）

四度めの夏がすぎたら
（初出：2015年　ムシシリーズ・愛の小冊子）

裁きはまだやって来ない
（初出：2016年　ドラマCD「愛の裁きを受けろ！」コミコミスタジオ特典小冊子）

底のほうには、あるかもしれぬ
（初出：2010年　同人誌「愛の巣へ落ちろ！ Extra」）

愛するために必要な、すべてのこと
（初出：2011年　同人誌「わたしのした、なにか善いこと」）

それがわたしのお気に入り
（初出：2011年　同人誌「わたしのした、なにか善いこと」）

愛の裁き
（初出：2011年　同人誌「わたしのした、なにか善いこと」）

最初のキスを笑いながら交わして
（初出：2013年　同人誌「Re Collect Insects」）

十年後の愛の裁きを受けろ！
（書き下ろし）

春の二人

桃の節句だな、と陶也《とうや》が言った。

ちょうど、近所を散歩している時だった。

三日前に降った雪がまだ建物の陰になる道路の隅っこに残っていたが、三月に入り、風も少し暖かくなってきた。その日は休日で、朝から気持ちいいほどよく晴れたので、郁《いく》は陶也と二人で近所に散歩へ出掛けた。

家を出て、駅とは反対の方角へ行くと川沿いの道に出る。道なりに桜並木が続き、葉を落とした枝の先にはちらほらと膨らんでいるつぼみが見えた。

二人で迎える、初めての春だった。

一緒に暮らし始めたとき、郁は陶也との生活がどんなものになるのかとても想像がつかなかった。弁護士の陶也は忙しい。家でわずかな仕事をしているだけの自分とは、時間が合わずにすれ違うのではないか、という不安もあった。

それでも、陶也とだったら、なにか問題が起きても相談し合って乗り越えていける。そんな自信もどこかにあったから、陶也から一緒に暮らそうと言われた時、躊躇《ちゅうちょ》せずに受け入れた。

そして今のところ、自分たちはごく自然に生活できている、と思う。

自然にというのは、努力がない、という意味ではなく、一緒にいることに違和感を覚えずに暮らせているという意味だ。

陶也は多忙のようだが、いつも仕事を家に持ち帰るので、帰宅自体はわりと早い。郁と一緒に食事をし、話し、郁が布団に入ってから書斎で残りの仕事をやっている。

休みの日には、よく、近所を散歩する。

川沿いを歩いて、広い公園まで行く。

今日は簡単なサンドイッチを作り、果物を切って魔法瓶の中に温かなカフェオレを詰めてきた。芝生の上にブランケットを敷き、お弁当を食べて昼寝をしたり、本を読んだりして思い思いに過ごしたあとは、スーパーマーケットに寄って帰るのだ。

郁はこうした時間を、ただゆっくりと陶也と過ごせるのが好きだった。

公園までの道は人気《ひとけ》が少ない。幅広の川の沿道は視界が開け、青い空を飛んでいく鳥の群れが見える。

行く道々、郁はいつも、陶也に手を握られて、少し恥ずかしいのだった。

『男同士で手をつないでいると、おかしくないですか』

人に見られて、自分はいいが陶也は気にならないのかと訊《き》いたこともある。けれど陶也はあっさりと、

「つなぎたいんだから、おかしくたっていいよ」

と、言う。

そんな些細《ささい》なことも、郁には嬉《うれ》しく、くすぐったかった。

空にはすじ雲がかかり、川の向こうに淡い靄《もや》がかかっている。

『すっかり、春の空ですね』

と、郁が言ったら、陶也が「そういえば今日は、桃の節句だな」と応じた。

『忘れてましたね』

「うちには女はいないからなあ」

『あ、そんなことないですよ』

ぼやいた陶也に、郁は思い出して言った。不思議そうな顔で振り返ったパートナーへ、郁はおかしくなって笑った。

『うちにも女の子、いますよ』

公園帰りに寄ったスーパーマーケットで、郁と陶也はちらし寿司《ずし》の材料を買った。

酢飯を炊き、レンコンや錦糸卵、いくらやエビを散らし、きれいなちらし寿司を作った。貝のおすましと、菜花《なばな》のおひたしも添え、食卓はとても華やかになった。

飼い猫の「いく」が、興味を示したように鼻をひくひくとさせて、並んだごちそうの匂いを嗅いでいる。

『いく』

と、郁はでっぷりとしたその体を膝に持ち上げた。

『お前がうちの女の子だから、これはお前の節句だよ』

といっても、ちらし寿司も貝のおすましも、菜花の

おひたしも「いく」にはあげられないので、スーパーで一番高価なキャットフードの缶詰を買ってきた。

膝に乗せた「いく」はちらし寿司にのったエビをじっと見ている。郁が笑っていると、陶也がカメラを持ち出してきて、郁と「いく」を写真に撮った。

『なんで撮るんですか』

郁は恥ずかしくなり、頬《ほお》を赤らめて少し責めるように言った。陶也は笑いながら、

「春の郁だなあと思って」

と、悪びれない。

一緒に暮らすようになってから、陶也はよく郁を写真に撮るのだけれど、正直、陶也のように美しい容姿をしているわけでもないから、郁は困っている。

『おれだけ映しても意味ないのに』

「俺が見るからいいんだよ」

満足そうにしている陶也を見ていると、この人は本当に自分のことを好きでいてくれているのだなあ、と感じられて、郁は嬉しいような恥ずかしいような、落ち着かないような気持ちになる。どうして陶也のような人が、郁を好きでいてくれるのだろう……と思ってしまう。

「それより食べよう。美味《おい》しそうだぞ」

ちらし寿司も、おすましも、菜花のおひたしも、どれもたしかに美味しかった。

◆

郁が入院したのは、それから五日後のことだった。

三月に入ってから続いていた陽気がふっと途切れて、冬の寒さが戻ってきたあたりで、軽い風邪をひいたのだ。微熱が出たので、主治医の澄也《すみや》から念のためにと入院させられた。命に関わるような大事ではないけれど、陶也が仕事でいない時に容態が悪化しては困るから、という理由だった。

「ただの風邪だから、すぐ治るさ」

完全に治って退院するまでの二週間、陶也は毎日お見舞いに来てくれ、何度もそう言ってくれたし、郁もそうだと思っていた。

ただ一つ、気がかりがあるとしたら陶也が郁の入院を気に病んでいないか、ということだったけれど、見

舞いに訪れる様子を見ている限り、その心配はなさそうだった。

いつも仕事の合間に病室へ立ち寄る陶也は、その日にあったことをかいつまんで、面白く話してくれた。郁は家で過ごしていたときと同じように、さほど不安もなく日々を送ることができた。

退院した日は、陶也が休みをとってくれたので、久しぶりに二人でゆっくりと過ごした。夕食を終え、並んで布団に入り、他愛《たあい》のない会話をしているうちに気がつくと郁は眠ってしまっていた。

眼《め》が覚めたのは、夜中の何時頃だっただろう？

深い夜の闇の中、不意に眠りから覚めた郁は、隣に寝ているはずの陶也がいないことに気がついた。

（仕事かな……？）

枕元の目覚まし時計を引き寄せて、時間を見ると真夜中の二時だった。

今日は仕事は持ち帰っていないと言っていた陶也だが、なにか急に片付けねばならないことを思い出したのかもしれない。

喉が渇いていたので、郁はのそのそと布団から出て、台所へ行った。と、廊下の途中で立ち止まった。陶也の書斎のドアが細く開き、そこから灯《あかり》が漏れていたのだ。

（陶也さん、やっぱり仕事だったんだ）

忙しい中を無理してくれたのかもしれぬと、申し訳なくなりながら、こっそりと中を覗《のぞ》いたときだった。

思わず、郁は息を止めた。

こちらに背を向けて、書斎机の前に座っている陶也は、手に写真を持っていた。机の上にも、数枚の写真が広がっている。

それは郁の写真だった。普段陶也が、恥ずかしがる郁にかまわず、撮り溜《た》めているものだ。写真を見ながら、陶也はうなだれている。その頬から一粒だけ、光るものが落ちていくのが、郁にもはっきりと見えた。

「郁……」

小さな声で呟《つぶや》く陶也の背中は、わずかに震えている。

郁は足音を忍ばせて、その場を離れた。台所へは向かわず、寝室に戻って布団の中へ潜り込むと、心臓がドキドキと鳴っているのが分かった。

――春の郁だなあと思って。

陶也の言葉が、耳の奥に蘇る。

付き合う前、いつだったか、陶也に言われたことがあった。

季節の一巡りを、一緒にいたかったと。春と夏と秋と冬と。

すべての季節の郁を思い出せたら、それだけで一生幸せだろうと。

そう言われたときに感じた、胸を締め付けるような切なさが今また郁の中にこみあげてきた。

陶也はとっくに、覚悟しているのだと思った。

郁がいつか先立つこと。春の郁だなあと思いながら写真を撮り、それを慰めにして覚悟もしている。そして一人で、その重さに耐えている。

ただの風邪だからすぐに治ると郁には笑ってみせた陶也は、一人になると泣いていたのかもしれない。

（孤独だなあ……）

ふと、そんなふうに思う。

郁への不安を見せずに一人抱えている陶也と。

陶也の孤独を知っても、どうすることもできない郁と。

寄り添って暮らしてきて、幸せだけれど、その幸せにはいつも淋《さび》しさがついてまわる。相手の淋しさをどうにもできないことに痛みを感じるのは、そこに愛があるからだろうか。

愛することは痛くて切ないことだと、今さらのように思う。

眼を閉じると、胸の奥で気持ちがしんと静かに沈んでいく。

陶也を苦しめながらも一緒にいつづけることを選んだ自分にも、覚悟が必要なのだ。

もう迷わない、と決めているから、陶也の痛みごと、変えられない現実を受け入れて、それでも明日はまた笑っていようと決める。

そう決意することで、郁の心も深い深い孤独を知るのだ。

◆

翌日、郁は入院している間にため込んでいた仕事を片付けることにした。

筆耕《ひっこう》のアルバイトはまだ続けている。といっても地域の学校の賞状書きや、つてをたどっての宛名書きなど、量は少なく急ぎのものもなかった。

その日はホテルから依頼された招待状十数枚の宛名を書いた。

一区切りついたところで、夕飯の買い出しに行こうかと外へ出て、家の前に見知らぬ女性が一人、立ち尽くしているのに気がついた。

彼女は表札を眺めて、なにか迷っているように立ち往生している。

陶也の知り合いだろうかと不審に思い、郁は持っていたノートに文字を書き付けた。

『なにかご用ですか？』

すると彼女はようやく郁に気がつき、顔をパッと赤らめた。

『ごめんなさい。ここは陶也先生のお宅でしょうか？』

年は二十歳そこそこだろうか。若く、少女のようなあどけなさの残る彼女は、手話で話しかけてきた。自分と同じで、口がきけない人らしい、と知り、郁は驚きながら手話で応えた。

『はい。おれは同居している者です。陶也さんは、今は仕事で外出していますが……』

相手のほうも、郁が手話を使ったことに驚いたようで、眼を瞠《みは》った。

『違っていたらごめんなさい。もしかしたら、あなたは郁さんでしょうか？』

彼女に訊かれ、郁はこくんと頷《うなず》いた。なぜ名前を知られているのだろうと戸惑っていたら、彼女は嬉しそうに笑って言った。

『じゃあ、陶也先生の願いは、叶《かな》ったんですね』

部屋に通し、詳しい話を聞いてみると、彼女は陶也が大学時代にしていたボランティア先で知り合った人だった。

（そういえば、聾唖者《ろうあしゃ》の方々のボランティアをやってたって、言ってたっけ……）

と、郁は思い出した。

『私は高校生のころ、陶也先生に勉強をみていただいてたんです』

他にも何人か、陶也は勉強を教えていたらしい。

『社会人になられてからも、ちょくちょく来てくださいました。だから短大を出ることもできて』

なんとか就職もし、先月、結婚が決まったのだという。

『すごくお世話になったから、そのこと、伝えたかったんです。でも連絡先が分からなくて、つてをたどってここの住所を知って』

手紙を書くつもりだったが、たまたま近くを通ったので確認に来てみたと彼女は話し、また改めて連絡すると言った。

それから優しげに眼を細め、『昔』と、付け足した。

『好きな人ができて、陶也先生に、よく相談にのってもらってたんです。いつも親身になってくれたから、一度どうしてそんなに優しくしてくださるのか、訊いたんです。そうしたら、恩返しをしたい人がいるからだと仰《おつしや》ってて』

それが郁のことだったと、彼女は言った。

『自分が誰かの役に立てたなら、巡り巡ってあなたに返っていく気がするって。だから変わりたいって。そうして、あなたのために必要な存在になれたら、また出会えるはずだからって。私はそれを聞いて、愛するってすごいことだなあと思いました。……それから、すごく怖いものだって』

彼女はその時の気持ちを思いだしたように眼を伏せ、少しの間、唇を噛《か》んだ。

『音をたてるみたいにすごい勢いで、一人の人を変えてしまう力なんだって、知ったんです』

でも、陶也先生が郁さんに再会できて、本当によかった。

彼女はにっこりし、郁も微笑み返した。

陶也の次の休みの日を伝え、互いの連絡先を交換すると、彼女は帰っていった。

一人になった郁は、いつの間にか西に傾きはじめた陽の中を、改めて夕飯の買い出しに出掛けることにした。

町並みは昼下がりの光に染まり、のどかな雰囲気だった。商店街はまだ人通りも少なく、温かな路地には野良猫が寝ている。

いつも行くスーパーへの道の途中に、ひっそりと立っているお地蔵さんがあるが、今日は近所の子どもが手向けたのか、道ばたの野花が活《い》けられていた。

郁は立ち止まり、ちょっとだけそのお地蔵さんに手を合わせた。

その時不意に、胸の奥から自分でも驚くほど熱く、強い感情が、堰《せき》を切ったようにこみあげてくるのを感じた——。

泣きだしたいような叫びだしたいような、激しい感情だった。胸を締めつける切なさ、息苦しさ、けれどそれは苦しみではなく、陶也への深い愛情だった。

自分を想《おも》って泣いたり、生きたりしている陶也の愛情の強さに、打たれたような驚きだった。同じだけのものを返したいという、強い願いだった。

(神様)

と、郁は胸の中で祈るように思った。

この世界に神様がいるかどうかは分からないが、もしいるのなら聞き届けてほしい。

(おれはきっと、自分が思うより、長く生きていけますよね?)

郁のためではなく、陶也のために。

(陶也さんへのご褒美に、おれの命を使ってくださるでしょう?)

目尻にじんわりと、涙がにじんだ。

陶也が郁のために善いことをして生きているというのなら、郁の善いことはすべて、陶也に返っていくはずだ。そのためなら、郁は長く、生きていける気がした。

郁の命は郁のためではなく、陶也のために続いていく。

そう信じられる気がした。そうしてこの気持ちはきっと、自分でも驚くほど生きながらえた後でしか、陶也には話せないだろう。

陶也はこれからも、一人で郁を思って泣くだろうし、郁も陶也を慰められない孤独を抱えていくかもしれない。

だがいつか郁の幸せのために再会できる日がくると信じていた陶也と同じように、郁も信じてみたかった。

こんなに長く生きられるなんて、と、季節の一巡りどころか、もう忘れてしまうくらい何度も春や夏を迎えたあとに、二人一緒に笑える日が来ることを。

その晩、郁は春野菜を天ぷらにした。

なんだか見ただけで、元気が出る食事にしたかったのだ。

「珍しいな、揚げ物なんて。郁がこんなの作るの、はじめてじゃないか？」

陶也は驚いたが、熱々のかき揚げや鶏の天ぷらをみて、嬉しそうでもあった。

『天ぷらを揚げる郁、ってお題で写真撮らないんです？』

郁はちょっと悪戯《いたずら》っぽく笑って、油鍋から菜箸で取り上げた天ぷらを持って、ふざけたポーズをとってみた。それに、陶也はおかしそうな顔をした。

『あとで一緒に撮りましょうね。おれだけじゃなくて、二人で映ってるほうが、将来見た時に楽しいですもん』

そうだな、と陶也は小さな声で返事し、それからもう一度大きく頷いて、

「そうだな」

と同意した。

いつか二人して、郁が信じたい未来を信じられる日が来ますように。

それまではただ、少し切なく、けれど幸福な日常を重ねていけますように。

心の中でそう願い、郁は揚げたての香ばしい天ぷらを、大皿にきれいに並べた。

四度めの夏がすぎたら

郁《いく》と暮らしはじめて四度めの夏を迎えたころ、陶也《とうや》はそれまで住んでいた家を出て、引っ越すことにした。

「なんだってこんな暑いさなか？　もうちょっと涼しくなってからでもいいのに」

その日遊びに来たのは、翼《つばさ》とその息子、翔《かける》だった。翼は陶也のいとこ、澄也《すみや》のパートナーで、性モザイクという特殊な体質だった。

二人の間には男の子が一人いて、それが翔だ。

今年八つになる翔は、陶也のことは「とうやくん」郁のことは「いくちゃん」と呼んでいて、とりわけ郁になついている。

「翔くん、いくちゃんとけっこんする」

というのが、幼いころの翔の口癖だ。さすがにもう言わなくなったが、今も遊びにくると、陶也には「おっす！」と挨拶をするだけで、あとはずっと郁にまとわりつき、ああだこうだと学校の話を聞かせているので、贔屓《ひいき》は一目瞭然だった。

「習字教室を開こうと思うんだよ」

台所から、麦茶を四つ持ってきて言うと、「ありがと」と受け取った翼は、うちわでパタパタと顔を扇《あお》いでいた手を止めた。

「習字教室って、郁さんが？」

「そう。郁さんが」

陶也の言葉に翼が振り返る。膝に翔を乗せて話を聞いていた郁は、翼の視線に気づくとにっこり微笑んだ。

口のきけない郁だが、筆耕《ひっこう》としてはわりとキャリアを積んでいる。去年くらいから書道展にも作品を出しており、ときどき入賞するようになった。

三十歳の誕生日を迎えたが、まだ郁は生きていた。カイコガとして生まれた郁は、極端に体が弱い。そもそもが、家畜化されたムシが起源種だから、普通には生きられないのだ。

生まれたときから、三十歳まで生きられればいいほうだと言われてきた。陶也はそれを知りながら郁を選び、この四年ずっと一緒に生きてきた。郁は何度か入院し、ときには危ないときもあったが、陶也はなるべく死を無視しないようにした。

怖くなかったわけではない。いつも恐ろしかった。二十代の初めに郁と出会い、愛してから、陶也の世界はずっと郁を中心に回っていた。

郁のために、郁が幸せでいられるように、郁が長く生きていられるように、陶也は善いことをしようとしてきた。

陶也のした善いことが、巡り巡って郁の幸せになるはず……。そう信じていたからだ。

高校生のころの自分が今の自分を見たら、ぎょっとするだろうと思う。当時の陶也は、ロウクラスや弱い存在が理解できず、いる意味などないと傲慢に決めつけていた。

どうしてそんなふうに思っていたのだろう？

思い当たる原因は一つ。

二十歳のころに死んだ陶也の父親が、そういう考えの人だった。

排他的で、血族至上主義。ハイクラス以外は認めない。息をするように差別をする。

末っ子で、一人だけ年の離れていた陶也は、その父にやたらとかわいがられて育った。

家の中にはいつも人がおらず孤独だったが、時折帰ってくる父は、陶也にあらゆるものを買い与え、お前は素晴らしい血をひいている、ハイクラスを体現したわたしの理想そのものだと褒めそやした。

今思えば——陶也は淋しかったのだろうと思う。

父の理想であり続ければ、父に愛される。子供心にそう思いこみ、陶也はより傲慢に、冷酷になっていったのかもしれない。ロウクラスのことも、弱いということがどういうことかも、よく知らないまま。

郁は陶也の知らない弱さそのもの、不条理そのものだった。けれどその弱さがなければ、陶也がこれほど郁を愛したかは分からない。郁の命の脆《もろ》さに、陶也は何度救われたかしれない。

父親が教えてくれた傲慢さと強さでは、けっして埋まらなかった孤独は、郁の弱さと愛で埋まったのだ。

そうして陶也が実践してきた、長い長い「善いこと」が実を結んだのは、つい最近のことだった。

『海外の医療チームがきて、おれの治療はほぼ成功してるって』

全世界でも稀《まれ》な例だ。郁の治療は今後の医療に大きな影響を与えるだろうと注目され、国から支援されることが決まった。

「二十六番目の染色体を動かすってやつ?」

紙に書いた郁の文字を読み、翼はぱちぱちとまばたきしながら、郁に訊いた。

翼の、こういうところがとても助かる、と陶也は思う。郁はカイコガで声が出せないので、会話は筆談か手話、あるいは読唇《どくしん》になる。陶也は手話も読唇もできるし、郁の義弟である篤郎《あつろう》などは、陶也よりなめらかに読唇で郁と会話をしてしまう。

が、普通の人間はそこまでできない。大抵筆談になるので、無意識に郁ではなく隣にいる陶也に質問することが多いのだ。

けれど翼は、郁が書いたことには、必ず郁に訊《たず》ね返す。無意識なのは分かっているが、こういう些細なところに、翼の優しさが出ていて、郁も翼と一緒にいるのが楽らしかった。

「にじゅうろくばんめのせんしょくたいってなあに?」

郁の膝に乗っている翔が――もうお前、結構デカいんだから乗るなよ、とたまに陶也は思うが、大人げないので言えない――不思議そうに首を傾《かし》げた。

「俺たち、ムシを起源にした人間には、染色体が二十五個あんの。二十五番目が、起源種由来の染色体なんだって。でも、郁さんには二十六番めがあって、そこが作用……っていうか、まあ動いたら、病気が治せるかもって言われてたの」

子ども相手に、翼はあまり噛《か》み砕《くだ》かず説明したが、さすが医者の息子だからか、レッドニータランチュラという屈指のハイクラス種として生まれたせいか、翔はあまり疑問に思わないようで、「へー。それで動いたの?」と訊き返している。

『動いてたんだよ。一年かかったけど……』

それで、病気が少しずつ、自分でも治せるようになってきたの、と、郁は書いた。

もちろんそれはまだ研究段階で、今後どうなるかは分からない。

死ぬだろうと思われていた三十歳を越えたからといって、郁が陶也より長生きすることはまずないだろう。陶也はそう覚悟している。

けれどそれでもなんでも、とにかく郁は三十一歳になったのだ。

その誕生日は、二人きりでひっそりと祝った。古い家の中で、いつも食べているような食事を用意して、ちょっぴりのお酒を飲んで。

そうしてそのとき郁が言った。

『書道教室をね、やれないかなあと思って』

小さな子どもたちに、教えられないだろうか。細々とでもやれないだろうか。

もちろん自分は話せないので、教えるのは難しいだろう。だが、どうにかしてやってみたい。

『自分の力で……やってみたいんだ』

初めてその話を聞いたとき、ほんの一瞬、陶也は答えに迷った。

三十一を越えるまで、郁がそのことを言い出さなかった理由は痛いほど分かった。


教室をやれば、多少なりとも人を集める。集めれば集めるだけ、郁はこの世界に、関わりのある人を増やしてしまう。

もし自分が死んだら……それだけ、誰かを傷つけるかもしれない。

郁は心のどこかで、そんなふうに考えていただろう。体が弱いぶん芯は驚くほど強い郁は、けっして口にはしない。しないけれど、陶也には分かっていた。

それが三十一をすぎてやってみたいと言ったのは、きっと郁の気持ちのなかに「生きていけるかもしれない」「生きてみたい」という思いが、強くあふれてきたからだろうと思う。

治療がうまくいっていることや、体調がいいこと、三十を越えたことで郁は自信をつけ、前を向き始めている。欲張っていいのではないか。そう思い始めている。

陶也には郁のそのささやかな願いが切なく、愛《いと》しく映った。きっと一緒にいた四年のうちに、やってみたいなあと思いながら、これまで我慢して言わなかった郁の心を思うと辛くもなった。

だから一瞬、答えられなかったが、すぐにやろう、と言った。少しずつ準備をして、秋ごろから始めてはどうだろう。そのためには、どうもこの家では手狭だし、やりにくい。近所にもう少しいいところがないか、探してみよう……と、そういういきさつで、引っ越すことになったのだった。

「ふうん。書道教室かあ。翔も通わせようかな」

「いくちゃんがやるなら、やる！」

翔は二つ返事だ。

「週に一回か二回？　俺、手伝いにこようか？」

翼が訊いてくれたが、郁はにこにこして首を横に振った。

『最初はなるべく、自分だけの力でやってみたいんだ』

生徒は小学生以上の子どもにするから、あいうえおくらいは分かる。筆談とジェスチャーで、なんとかやってみて、それでもしんどければ、人を雇うことを考えてみると郁は説明した。

「大丈夫だよ、いくちゃんのいうこと、ぼく分かるもん」

翔がすぐに口を挟んだ。

「いくちゃんの字、読むときもちいいもの」

「郁さんの字は見てると気持ちが落ち着くよなー」

不思議、と、翼も同意した。

郁は嬉しそうに笑っていた。


「へー、郁ちゃん、書道教室！」

「場所が決まったらチラシ持ってきてよ。うちにも貼るから」

「郁ちゃんくらい字が上手《うま》くなるなら、アタシも通おうかしらね……」

陶也は町の弁護士で、二人はしょっちゅう商店街で買い物をしているので、八百屋にも魚屋にも知り合いがいる。

今度書道教室をやりたいのだが、いい場所を知らないかと相談すると、みんなわいわいと応援してくれた。自分の子どもを通わせるとか、自分が通うという人もいる。

これならなんとか、少しは生徒も集まりそうだった。

しかしなかなか、いい場所がない。できれば慣れ親しんだ商店街の近くで開きたかった。郁の事情があるので、まずは口がきけないことを分かっている人に、生徒になってもらいたかった。

「なにも家を引っ越さなくても、教室だけ借りるんでもいいんだろ？」

「いやでも、郁ちゃんの通勤がなあ。炎天下の日なんかは、俺たちでも外に出るとへばっちまう」

八百屋の主人も肉屋のおばさんも、みんな親身に考えてくれた。

夕方買い物をしていると、よくばったりと会う中華料理店のおかみさんが、だったらあそこがいいわよ、と耳寄りな情報を教えてくれたのは、家を探し始めて一ヶ月経《た》ったころだった。

「うちの近くに、中古の売屋が出てるの。大きいわよ。古いけど、リノベーションっていうの？　したら、きっと使いやすいと思うわよ」

借家暮らしが長かったので、陶也も郁も買うことや建てることをすっかり失念していた。

実をいうと陶也には父親の遺産で、不動産が残されている。それらはすべて人に貸して、毎年税金をとれている。とはいえ株式も為替も不労所得はたっぷりあるので、陶也は金には困っていない。

中華料理屋のおかみさんに勧められ、陶也と郁は、八月のある日、その家を見に行った。

商店街の真ん中から路地に入って少しいったところにある家は、広々としているし、隣は小さいが児童公園だし、保育園や学校に囲まれて、のどかでなかなか良さそうだった。リノベーションでいくらでもきれいになるとそうだ。建屋は古いが、基礎はしっかりしているそうだった。

不動産屋に説明された。

『共働きのご両親が、安心して預けられる場所になりそうですか？』

手話で郁が訊いてくるのに、陶也はふと微笑んだ。

郁は教室を開いていない日でも、子どもたちが好きに来ていい場所にしたい、と話していた。

小さな子どもを預かる場所にすること考えているようだった。お人好《ひとよ》しだなあと思いながら、この町にはロウクラスが多く、貧困家庭も多いので、町の弁護士

として働いている陶也もしょっちゅう、

「安心して子どもを預けられるところは、一ヶ所でも二ヶ所でもあったほうがいい」

とこぼしていた。

保育園、幼稚園、学童保育、塾、習い事教室。

選択肢は多いほうがいい。そしてできればあまりお金がかからないこと。子ども自身が居心地のいいところへ行く選択をできればいい。

一人の人間が育っていくとき、親だけではどうにもできない場面というのは――ある。

陶也は自分には、余裕があると思っている。金に困ってはいない。郁のことは心配しているが、一から十まで世話を焼かねばならない相手ではない。余裕のある自分が、余裕のない人を助けるのは当然だと思ってきた。きれいごとのようだが、実際にやってみなければ善行にはならない。

そして今まで自分のことで精一杯だった郁が、他の誰かのためになにかできないかと考えている。

それだけでも、陶也には嬉しかった。

「そうだな。環境は良さそうだ。駅から近いし、仕事帰りにも寄れるだろ」

『親御さんが遅くなる子たちに、補食くらい、出してあげたいんです。教室だけど、親戚の人の家みたいに……』

やり過ぎになるかなあ、と郁は言った。

「一つ一つ、相談して決めていこう」

バランスは難しそうだが、問題が出るのは当然だ。だが、一つ一つ解決していけばいいだろうと、陶也と郁は決めた。

見に行ったのは夕方だったが、暑い日で、しばらく歩くと汗だくになった。

その日の夕飯は、売家を紹介してくれた中華料理店でということになり、冷房のきいた店内に入ると、一気に汗がかわいていった。

「あら、あの家、見てきたの？」

おかみさんが厨房《ちゅうぼう》から出てきて言う。陶也は汗を拭きながら「いいとこでした」と報告した。

かき玉のスープとユーリンチー、エビチリと麻婆豆腐を頼み、お通しが運ばれてきたところで、郁がおかみさんと話しはじめた。

『平日はいつでも来ていいことにしようかと思ってるんです。どうせおれは家にいるし』

「そりゃお父さんお母さんは大助かりだわ。でも、郁ちゃんが大変じゃないの？　仕事は他にもしてるでしょ」

学校の賞状書きとか、とおかみさんが言う。

『子どもが遊んだり練習している横でも、できますから』

ああ、それはいいわね、とおかみさんは笑った。

「世の中いろんな人がいて、いろんな仕事があって……ま、そんなこと、教えられるよりもよく分かるようになるわ」

賛成してもらえて嬉しそうにしている郁を見ていると、陶也も満足した。

なにかあったらいつでも相談に乗るわよ、手助けだって、みんなでしあえばいいわ、とおかみさんが言う。心配事が一つずつほどけていくようで、郁もホッとしているようにみえた。

食事を終えて、手をつないで帰る道々、

「あそこにするか？」

と、訊いた。

郁は『はい』と頷いた。不思議と高揚する温かい気持ちで、陶也も郁の手をぎゅっと握りしめた。

買う気になっていた家が、ほんの十分の差で他の人に契約されていたと知ったのは、翌々日のことだった。

不動産会社に連絡し、あそこを買いたいのですが、と言うと、「あっ、すいません。実はたった今、買い手が決まりまして……」と言われた。

陶也は眼を丸くし、「あ、そうですか」と言った。しばらく不動産屋と話し、電話を切る。

居間で隣に腰を下ろしていた郁が、眼を丸くしている。陶也は郁を振り返り、小さく苦笑した。

「買われてた。十分の差だったみたいだな」

そんなこともあるのか、という顔を、郁もした。それから、

『なにか建つんです？』

と、訊いてきた。

「アパートだって。結構広かったろ。今ある家をつぶして、三階建てのワンルーム。軽量鉄筋で、各階に三部屋だとさ」

それはそれは、と郁は頷いた。

残念だが、ご縁がなかったということらしい。

「探し直しだなあ。昨日電話すればよかった。悪かったな」

思わず、陶也はため息が出た。なにもかも上手くいっている気がしていたのに。なんだか、足をすくわれ、肩すかしをくったような気分だった。

郁を見ると、どうしてか急に、くすくすと笑い出した。

「……どうした?」

眼を瞠ると、郁は『いえ』とまだ笑っている。

『なんだかおかしい。すっかりその気になってたのに』

「……ほんとだな」

俺なんて生徒が集まってからの生活をいろいろ想像していたよ、と言うと、郁が『おれもです』とこたえる。

『でも、なんか、もう少し想像していられると思うと、それも楽しいかも』

と、郁は呑気《のんき》に続けた。

『陶也さんと二人で一緒に……未来のことを考えて、話し合って……そういうの、なんか楽しい』

郁の大きな黒い瞳に楽しそうな光が踊っている。見ていると、陶也もそうだなと思った。

(……ずっと今しか、見れなかったもんな)

ずっと今のことだけを考えていた。今日一日を生きていこう。どうか明日がありますように。

そんな気持ちで、この数年を生きてきた。それが今は未来のことを想像している。いつになるか分かりもしない先のことを、自分たちだけじゃなく、自分たちに関わるたくさんの人に、あてもなく話してもいる。

そのことの、なんと贅沢《ぜいたく》なことか――。

「……焦らなくてもいいか。納得いくところを、二人でゆっくり探そう」

そう言うと、郁は迷うこともなく頷いてくれた。

愛しさが胸にこみあげてきて、陶也は微笑みながら、郁のおでこに口づけた。瞼《まぶた》に、頬に、そうして唇へも。

　土地が買えなかったのだ。今日はもう一日、郁とべたべたくっついてすごそう。

　そう思いながら、細い体を畳の上に押し倒す。

　郁はくすぐったそうに笑い、陶也の首に腕を回した。飼い猫の「いく」が、涼しい場所を探して、のっそりと二人の横を通り過ぎる。

　庭では蟬《せみ》が鳴き、空は青く高く澄み渡っている。旺盛な緑も、もくもくとたちあがる入道雲も、夏の暑さも、どれも生命力をはらんで見えた。

　郁がこぼす笑い声にも、今はその力を感じられる……。

　そう思いながら、陶也は郁の唇に自分の唇を重ねて、ゆっくりと味わっていた。

裁きはまだやって来ない

俺はなにをやっているんだろう――。

七雲陶也《なぐもとうや》は大学の池端に佇《たたず》んだまま、悶々《もんもん》としていた。

季節は十二月にさしかかり、晴れればそれなりに暖かいが、曇ると一気に冷え込む。今日は薄曇りで、雲間からは時折陽が射《さ》すが、吹く風は冷たい。

チッ。自然と舌打ちが出る。

（本当に、俺はなんだってこんなこと……）

陶也はだんだんムカついてきながら、上着のポケットに手をつっこむと携帯電話を取りだした。メールが来ていないかチェックをするが、新着はない。

最後に届いたメールは三時間前、十二時ごろのものだった。

『陶也さん。今日は二時に授業が終わるので、終わったら池のところへ行きます。ボートに乗せてくれるって本当ですか？　楽しみです。郁《いく》』

開いて見ると、そこにはそう書いてある。

ただのメールの文章なのに、どうしてか陶也にはその文面が、郁のきれいで丁寧な文字に見えてくるから不思議だった。

七雲陶也が蜂須賀《はちすが》郁とつきあい始めたのは、つい二週間ほど前のことだった。

理由は単に気まぐれだった。従兄弟の澄也《すみや》がロウクラスと結婚したので、それに対する当てつけも含まれていた。すぐに別れるつもりだったし、実際一度は別れようとしたのに、どうしてかまだ交際は続いている。

といっても、陶也にはこの付き合いになんの意味があるのか分からない。

ただの暇つぶし。他にやることもないから続けているだけの、退屈しのぎ。

そうとしか思っていない。

思っていないはずなのに、約束の時間から一時間経ち、昼の三時を過ぎても、陶也は冷たい吹きさらしの中で郁を待っていた。

（くそ、なんだってあいつ、来ない？　この俺を待たせやがって……）

ふざけるなよという気分になる。イライラしてタバコを取り出し、口にくわえて火を点《つ》けようとしたが、ライターがオイル切れで点かなかった。

「チッ、なんなんだよ」

陶也はとうとう口に出して悪態をついていた。

やっぱりダメだな、あいつとは合わない。どうしても合わない。もう終わりにするか。一時間も待ってやったんだ。これ以上尽くしてやることもない。

改めてそう考え、

「もう行くか。遅れてきたあいつが悪いんだからな……」

言い訳のように独りごち、歩き出そうとすると、陶也の瞼の裏にチラチラと郁の顔が浮かんでくる。

小さく丸い頭。短い前髪の下の、大きな黒い瞳。それはいつも潤んで、話せない郁の心の声を、雄弁に陶也に訴えかけてくる――小さな体の中に秘めた、芯の強さを。

口づけると、わずかに震える赤い唇のことも……。

「くそ」

結局立ち止まり、何度か同じ場所をぐるぐると回った挙げ句、携帯電話を取り出す。相変わらず新着のメッセージはないが、郁のメールを開いて、返信ボタンを押した。

『なにやってんだ？　もしかして怪我《けが》したのか。どっかで倒れてるのか？』

そう書いてから、「いや、これはないだろ」と呟いてしまった。

（なんで俺が、あいつを心配してるようなメールを、打たなきゃならないんだ）

しかも今まで、一度も返信などしたことないのに。まるで自分がこの場所で、すごく郁を待ちわびているように見える。

（そういうわけじゃない。ただ、あいつは体が弱くて、どっかで倒れてるかもしれないだろ。じゃなきゃ俺との約束に遅刻なんて……べつに心配はしてねえけど）

自分の心の中で、ごちゃごちゃと言い訳が浮かぶ。面倒くさくなり、陶也は書いたメールを消した。こんな女々しい文章を送りたくない。なにしろ自分は、べつに郁がどこでどうなろうが知ったことではないのだ。

（知ったことじゃない。だけど一応、付き合ってるのに、倒れてるかもしれねえのを放置ってのはそれで死なれたら寝覚めが悪いし……）

もう一度ぐるぐると同じ場所を歩き、陶也はタバコを取り出した。

火を点けようとして、ライターのオイルが切れていたことを思い出す。

（なにをやっているんだ俺は……）

ほとほと嫌になり、ライターを池端のゴミ箱に力任せに投げ捨てる。

ライターはゴミ箱の中へ落ちていき、気がつくとため息が出ていた。顔をあげ、ぐるりと見回したが郁の姿はやはりない。

携帯電話をまたもや取り出して、陶也はのろのろとメールを打った。

送信相手は兜《かぶと》。郁と親しく、陶也とも昔からの腐れ縁である、ハイクラス種の男だ。

『郁を知らないか？　約束の時間なのに来ない』

兜はいくつか、郁と同じ授業をとっている。それに弱い者を守るのが好きな兜は、郁のことを陶也よりよっぽど気にかけ、大事にしているように見える。郁が陶也を好きだと知り、付き合ってあげてよ、と言ってきたのも兜だ。

しばらく待っていると、兜からはすぐにメールが返ってきた。

「……郁ちゃんなら、一時間前まで一緒の授業だったけど。きみと待ち合わせしてるって嬉しそうに出てったよ。まだ行ってないなら、どこかで怪我したかな……？」

文面を読んでいた陶也の耳に、不意に遠くで鳴っている救急車の音が聞こえてきた。

気がつくと、陶也はその音の方向に向かって駆け出していた。

「おいっ、誰が運ばれた！　見てたんだろ⁉」

大学正門のところに人だかりができていて、陶也はその中を掻《か》き分《わ》けて走り去っていった救急車を見た。

近くにいた学生を捕まえてどやしつけると、相手はぎょっとし、怯《おび》えたような顔で「え、あ、いえ、えーと」と口ごもった。

「白い小さいヤツだったか⁉」

「あ、い、いえ。あの、わりと大きめの、たぶんクワガタとかあのへんの。髪も黒かったですし」

「本当だろうな⁉」

「ほんとです、ほんと、ちょっとした接触事故だったみたいで……」

ちらりと見ると、路上には警官が来ていて、自転車が倒れていた。少し離れた場所に、スリップしたように不自然な形で停まった車が見えた。郁は自転車には乗らない――。

郁じゃないと思うとホッと体から力がぬけ、陶也は捕まえていた学生の胸倉を解放した。

「行っていい。悪かったな」

解放された相手はホッとしたように、急ぎ足でその場を離れた。

陶也は小さく舌打ちすると、今度は元の場所へととって返した。気がつくと全力疾走になっていた。

走りながら、電話をかける。コール音が途切れて繋《つな》がると、

「おい、クソ兇。二時まで郁と一緒だった教室は何号棟だ――」

そう言いかけて止める。池端に、頼りなげに立っている小さな影が見えた。陶也は電話を切っていた。

「郁！」

気がつくと、大声で呼んでいた。

所在なさげにしていた郁が、その声に顔をあげ、パッと笑顔になった。柔らかな表情で、どこも悪そうには見えない。

「……っ、ざけんなよ、お前！　何時間経ってると思ってんだ！」

無意識にそう怒鳴っていた。郁がびくっと震え、息を呑《の》む。

ああ、違う。怯えさせるつもりはないんだ。

頭の隅でそうぼやいたが、口が勝手に動いてしまう。

「二時にって言ったろうが！　三時半だぞ！　お前み

たいな弱いヤツが来なきゃ、なにごとかと思うだろうが！　クソ、おい、後ろ向け！」

陶也は郁の肩を摑《つか》み、くるりと反転させた。もう一度前を向かせ、全身くまなくチェックする。

（髪がちょっと乱れてる……でもどこも……怪我はないな？　いや、見えないだけか？）

「痛いところは？　ないのか？　嘘《うそ》つくなよ。すぐ分かるんだからな」

郁はないです、と口を動かしながら首を横に振る。

「じゃあなんで遅れた？　メールも寄越《よこ》さず……おい、髪に落ち葉が絡まってる。なにしてた。まさかそのへんでぶっ倒れて寝てたんじゃないだろうな」

郁の頰にはどうしてか、血の気がのぼってきている。熱でもあるのだろうか？

ふと思い、額に手を当てると、ひゃあ、と言うように郁が息を吐き出した。

「熱はないな。なんだよ、なにしてんだ、くそったれ」

郁の目はなにかを伝えようとしていた。恥ずかしそうに、少し慌てたように、けれどどこか嬉しそうに――陶也を見つめ、郁はすうっと両手を持ち上げた。

そうされて、ようやく陶也は郁がなにか小さいものを抱えているのに気がついた。

「……猫？」

郁の手には、子猫がいた。雑種なのか、茶トラに少しぶちが混ざっている。小さな顔に似合わない、大きな瞳で陶也を見つめ、子猫はぶるぶると震えながら、にゃあ、と悲しそうに鳴いた。


――カラスにいじめられてたんです。捨て猫なのか、親猫も探したけどいなくて。なんとか助け出したんですけど、カラスに追いかけられたので、時間がかかって。

ベンチに座り、郁はノートを取り出すと、片手で猫を抱きながらそう書いて見せた。

「はあっ？　カラス？　襲われたって、お前は大丈夫なのかよ、引っかかれたりしてないだろうな」

身を乗り出して陶也が言うと、郁はどうしてか目を細め、嬉しそうにニッコリした。

『大丈夫です。でもこの子の飼い主を、探さなきゃ……』

「お前ん家《ち》はダメなのか？」

訊くと、郁の瞳にすうっと、悲しげな色が射しこんだ。

『うちは……父が心配性で、小動物は病原菌を連れてくるって言い張るんです』

書きながら、郁は唇を噛んだ。父の言葉とはいえ、腕の中の子猫にひどいことを言ったのを、悔いているような顔だった。

陶也はため息をついていた。猫になどなんの興味もないし、飼うことはできないが、郁が飼い主を探すというのなら、助けてやる以外ないのだ。

放っておけば、またいつどこで郁が無茶《むちゃ》をするか気が気ではない。

陶也は電話を取りだし、発信履歴をたどってかける。

コール数回で、目当ての人物に繋がった。

「ああ……刺野《しの》か？」

名前を呼ぶと、郁がハッとしたように陶也を見上げた。少し不安そうなその眼を、心配するな、とじっと見つめる。

「子猫を飼えるか？　あ？　だから子猫だ。違う、人間じゃなくて本物の子猫だ。大学で拾った。雅也《まさや》兄さんは猫、好きだったろ」

電話の向こうで、冷静な兄の秘書は、はあまあ飼えるとは思いますが、理由次第でしょう、と訝《いぶか》しげな様子だった。

――一体どうして捨て猫など？

「だから」

と、陶也はいくぶんイライラしながら言葉を接《つ》いだ。

「あれだ、俺じゃなくて、郁が拾ったんだ。だから……分かるだろ」

陶也は立ち上がり、郁から少し離れて、声を低めた。あまり郁に聞かれたくなくて、電話口に手を当てる。

「郁の家では飼えないんだと。飼い手を探すと言ってる。あいつがまた倒れたら……面倒だ。お前ならどうにでもできるだろ。あ、実家じゃなくても、ちゃんと飼えるところにしてくれよ。郁が途中で会いたがったときに、無事じゃなかったら……分かるよな？　お前だって、あいつの性格は……」

電話の向こうで、刺野がふっと小さく笑った気がした。

陶也はムッとし、「さっさと返事しろ」と言ったが、まるで幼い子どもが年長者に照れ隠しをするような声になって、自分でもモヤモヤした。

——ええ、分かりました。すぐにでもお猫様をお迎えにあがります。

刺野は言い、電話を切った。なぜだか少し安心し、陶也もふーっと息をつく。

「今から来るとさ。そのまま病院につれていくから、とりあえず温めておけって」

郁のところへ戻りながら言うと、郁は大きく眼を見開いた。それから首を大きく振って頷き、自分のマフラーを解いて子猫をくるもうとした。

「あー、いい。いい。俺のを巻く。俺は寒くないし、大体お前がマフラーなくして帰ったりしたら、親父《おやじ》さんが騒ぐんじゃねーのか」

心当たりがあるらしく、郁はぴたりと動きを止めた。陶也は首に引っかけただけで巻いていなかったカシミヤのマフラーをとると、郁の手の中で震えている子猫を抱き上げ、そっとくるんでやった。

「震えてるな……カラスが怖かったのか？　それとも寒いのか？」

思わず、猫に訊く。もちろん猫はなにも言わない。自分をじっと見ている郁に気付き、陶也は「ん？大丈夫だって」と声をかけ、ベンチにどさっと腰を下ろした。子猫は着ているコートの中へ入れてやった。

「たぶん、俺の一番上の兄貴が飼ってくれる。猫好きなんだよ。実家は広いし、使用人も大勢いる。刺野は何回か拾った猫を面倒《めんどう》みてるから、慣れてる。見たとここの子猫、傷も病気もなさそうだし、ちゃんと食べさせて眠らせれば、すぐ回復するだろ」

言うと、郁はやっと息をつき微笑んだ。

よかったねお前、と言うように子猫を覗《のぞ》き込《こ》んで撫でている。郁の気持ちが分かるのか、子猫は可愛《かわい》い声でミイ、と鳴いた。

やがて刺野がやって来て、マフラーでぐるぐる巻いた子猫を引き取ると、ご心配なく、と言いのこして去っていった。時刻は四時を過ぎ、外はもうすっかり薄暗くなっている。

「……帰るか」

ぼそっと陶也が言うと、裏門で刺野の車を見送っていた郁が、くしゅんとくしゃみをした。

「冷えたな。ウチに寄ってけ。あったまってから帰ったほうがいいだろ」

ちょうど、すぐ近くの駐車場に車を停めてある。キーを出しながら言うと、ちょこちょこと郁がついてきた。駐車場の脇にある自動販売機で陶也は「ちょっと待ってろ」と言って、温かいミルクティーを買った。

助手席のドアを開け、郁を座らせる。運転席に回って中へ入ると、急いでエンジンをかけ暖房をつけた。

「車の中はすぐ暖まる。これでも飲んでおけ」

買ったばかりのミルクティーを渡すと、郁は驚いたようにペットボトルを見た。

「……嫌いだったか？　ホットのミルクティー」

その表情を不思議に思いながら、ライトを点ける。すると郁はぶんぶんと首を横に振った。そのわりに一向に飲もうとせず、ペットボトルを両手で持ってさすっている。陶也はこいつ、手がかじかんでて開けられないのかなと思い至り、ひょいと取り上げ、蓋を開けてやった。

郁が顔をほころばせ『ありがとうございます』と、ゆっくり口を動かした。最近、ありがとうくらいは、口の動きだけで陶也にも分かるようになってきた。

「やっぱり真《ま》っ直《す》ぐ家に帰るか？　もし、風邪ひきそうなら……」

ふと訊くと郁は微笑して、首を横に振る。なんだか少しおかしそうに、くすくすと笑っている。

「なんだよ」

怪訝《けげん》に思って眉根を寄せても、郁はまだ小さく笑っていた。

ペットボトルを脇のホルダーに入れると、郁はまたノートを出して、そこに文字を書いた。

『陶也さん、優しいなあと思って……。ごめんなさい。ボートに乗りたかったのに……ダメにして』

「べつに」

――優しいなあと思って……。

郁の一文に、どこが、と思ったが、なぜか無性に照れくさくなり、同時に気まずくもなって陶也は素っ気ない声を出した。

「べつに……またいつでも乗れるだろ」

そう言うと、郁は頰を染めて嬉しそうにした。

『子猫のこと、ちょっと羨ましかった』

と、少し恥ずかしそうに、郁は書き足した。

「……羨ましいって兄さんが？　子猫を飼えるからか」

よく分からず訊ねると、郁は違いますよ、と首を傾げて苦笑した。

『子猫が羨ましかったの。……陶也さんに抱っこされて、温めてもらえてるのが』

なんだそれは。

陶也は一瞬固まった。自分ではあまり意識していなかった。けれど、たしかに子猫をコートの中に入れて暖めてやったことを思い出す。恥ずかしそうに微笑している郁の顔を見ると、胸の中から言葉にならない妙にこそばゆい気持ちがこみあげてくる。

陶也の中を揺さぶる衝動――郁を押し倒し、烈《はげ》しく抱き締めて唇を奪いたいような――そんな欲求を覚える。

陶也はそれを抑えこんで、「そうかよ」とだけ、言った。

陶也はゆっくりと手を伸ばし、郁の頰に手の甲で触れた。ひんやりと冷たい。

「冷えてんな……」

囁《ささや》きながら、陶也は体を横に傾けた。郁の手首をとると、そこも冷たい。優しく引っ張り小さな体を胸に抱き寄せると、短く白い前髪をかきあげて、形のいい郁の額に自分の額を押しつけた。額も陶也より冷たい。

「ん……」

口づけると、郁は息を漏らした。

ぞくっとしたものが陶也の背を駆け抜けていく。体の奥に熱いものが灯《とも》り、

（今、シートを倒してこいつを、抱いたら……）

と、ばかげた考えが頭をよぎった。

まさか。なぜそんなことを思うのだろう？

（こいつを抱きたいなんて、俺は少しも思っていないはずなのに……）

——そんなこと、少しも思っていない。それなのにどうして——あの子猫のように、郁を温めてやりたいと思うのだろう。

その答えを、陶也はあまり考えたくなかった。

誤魔化《ごまか》すために唇を無理矢理《むりやり》離し、「家、寄ってけるか……？」と訊ねると、郁は満面の笑みで頷いた。

白い頬には少しだけ赤みが戻っていて、それを見た陶也はホッとし、郁を抱いていた手をほどくと、ハンドルを握り直した。

底のほうには、あるかもしれぬ

そのころ、七雲陶也《なぐもとうや》はカイコガの蜂須賀郁《はちすがいく》と気まぐれに付き合い始め、そうしてほんの少しだけ彼を愛し始めていた。

とはいえ長い間心を凍らせ、従兄弟の七雲澄也《すみや》以外を愛したことのなかった陶也の心は、まだ愛に不慣れだった。

そのため陶也は自分が郁を愛し始めていることに気がついてはおらず、ただその生態の物珍しさに心惹《ひ》かれているだけだと思っていた。

実際郁は、珍しかった。

まずタランチュラの陶也からすれば、信じられないほど弱かった。

口がきけず、足腰も弱く、すぐに風邪をひき、擦り傷でも高熱を出す。

蜂須賀郁の起源種が、カイコガだったからである。

カイコガは、家畜化された唯一のムシで、人の手がなければ生きていけないと言われている。

成虫の口は退化し、ものが食べられない。翅《はね》は小さすぎて飛べない。足は弱すぎて木に摑まってもいられない。

野生の環境におかれれば、一昼夜を待たず死んでしまうとも言われる。そうして、飼われていたとしても、十日で死んでしまうのである。

今の人類がムシと融合し、その能力を受け継いで発展してきたのは、ひとえに生命を滅ぼす氷河期をなんとかして生き残ろうとしてきたためだ、と伝えられている。

その理屈からすれば、生命力の弱いカイコガが生き残るはずがないのだ——。

カイコガは一種の、遺伝子の奇形だと言う。

生まれるはずではない、生きていけないはずの、弱い種なのである。

三時限目の授業が終わった後、陶也は大学内に設立されている図書館へ急いでいた。

冷たい風が、陶也の頬を打つ。構内を黄金色に彩っていた銀杏《いちょう》の葉もあらかた落ちて、季節は冬支度を始めている。

今日、陶也は図書館で恋人の郁と待ち合わせしていた。付き合い始めて三週間ほどが経つ。一度は別れようともしたが、結局続いている。

そもそも、陶也が郁と付き合った理由は〝退屈しのぎ〟〝暇つぶし〟にすぎなかった。

ハイクラスの陶也は、昔からロウクラスにはまるきり興味がなかった。弱い相手など、組み敷いてもつまらないと思ってきた。

家柄、血筋、能力、容姿、すべてに秀でているからこそ、陶也は人生に倦《う》み飽きていた。セックスは退屈しのぎ。恋はどれもまねごとでしかなく、本気になったことはなく、それというのも人生のすべてが暇つぶしだったたからだ。

それが、どうしてロウクラスの郁と付き合うことになったのか——。

とにかく、陶也は郁が待つ図書館へ急いでいた。郁の授業は午前中で終わったらしい。こんなふうに互いの時間がずれている時は、大抵、図書館で待ち合わせていた。

実をいうと、陶也が初めて郁と会ったのも図書館だった。

（だからってどうってこともねえけど）

初対面の郁を脳裏に思い浮かべた後、陶也はいくぶん自分の考えに不愉快になった。

郁との思い出など、べつにそれほど大事にしているわけではない。

それなのに図書館というと、本棚の前で真剣な顔をして背伸びしていた郁を思い出してしまう自分が、なんだか陶也は腹立たしかった。

俺が郁と付き合っているのは、珍しいからだ。

べつに好きなわけじゃない。

と、陶也は思う。それは一日に何度となく、陶也が考える言い訳だった。そして実際のところ、陶也には自分がロウクラスのカイコガを愛しているなどとはとても思えなかったのである。

図書館に入ると、暖房がきいた室内は温かだった。

閲覧室を見回して、陶也は郁の姿を見つけた。しかし、一瞬、近づくのを躊躇《ためら》ってしまう。

というのも、郁の傍らに兜甲作《かぶとこうさく》の姿を認めたからだった。

兜は、いわゆる幼なじみというやつだ。出身種はヘラクレスオオカブト。カブトムシというのはとかく大らかな性格をしており、兜もその例に漏れず細かなことは気にしない質《たち》をしている。そして、どうしてか郁のこともずいぶん気にかけているのだ。

もとはといえば、陶也も兜から郁を紹介されたようなものである。

兜と郁は並んで閲覧机に座り、二人でノートを囲んで筆談しているようだった。カイコガの郁は、口がきけないから、陶也ともほとんど筆談になる。

筆談をすると、自然と互いの体が密着してしまうものだ。兜と郁も、頭を寄せ合い、交互にノートへ書き込みながら、ひどく親密な空気を醸し出していた。

そのことに、どうしてか陶也はムカムカしてくるのだった。

「あ、陶也くん。お疲れー」

陶也が閲覧机に近づくと、いち早く気がついたらしい兜が顔をあげて、にやっと笑ってきた。

その笑みに、陶也は腹の中の苛立《いらだ》ちを見透かされたような気がして嫌な気分になる。しかし、遅れて陶也に気づいた郁が、ぱっと花を咲かしたように笑み、頰を紅潮させてうれしそうにしているのを見ると、陶也は苛立ちが失《う》せていくのを感じる。

「お前、授業はどうしたんだよ」

と言いながら、陶也はごく自然に——見えるように——兜と郁の間に割り入った。兜はおかしそうにニヤニヤしながら、

「休講になったの。図書館来たら郁ちゃんがいたから。これからデートでしょ？　よかったねえ、郁ちゃん」

後半は郁に言葉を向けながら、兜がノートをカバンへしまいこみ、立ち上がった。

郁は頰を染めて、嬉しそうに首を傾げている。その幸せそうな様子に、陶也はなんだか兜が邪魔に思えてきて、「さっさと行けよ」と顎をしゃくった。

兜は「ぷっ」と小さく噴き出すと、おかしげに眼を

細め、小さな声で耳打ちしてきた。

「陶也、ほんとに郁ちゃんが好きなんだね」

「はあ？　なに言ってんだ」

陶也は苛立ち、兜を睨《にら》みつける。兜は「怒らない、怒らない」とふざけた調子で言い、図書館を出て行った。

（勝手なこと言いやがって）

陶也は舌打ちした。自分がロウクラスを好きになるはずがないのだ。

「なんの話してたんだ？」

陶也は振り返って、郁に訊ねた。郁は口はきけないが、耳は聞こえるという。恥ずかしそうに微笑むと、細い指でそうっと陶也の手の甲へ、文字を書いてきた。

『ないしょです』

そう書かれたようだ。

その答えが陶也は気に入らずムッとしたけれど、なぜ気に入らないのかよくわからなかった。

（べつに、兜と郁がなにを話していようが興味ねえよ。どうせくだらないことだろう）

そう思うのに、同じくらい、

（俺がお前の彼氏なんだろ？　なんで内緒なんだよ）

とも思う。

けれどこんな考えは陶也にとって馴染《なじ》みのない、違和感のある感情だった。

セックスの相手はごまんといても、本気の恋愛をしたことがないからだ。

なにか胸の中はもやもやとしたが、陶也はその感情を無視して郁を促した。

「移動しようぜ。公園でも歩くか？」

郁は嬉しそうに頷いた。


もやもやはまだ残っていたが、大学キャンパスからほど近い公園まで歩く途中で、なんとなく霧散してしまった。

（妙なもんだな……）

自分の隣を歩く郁をちらっと見下ろして、陶也は内心独りごちた。

そもそも、付き合いはじめたばかりの頃、陶也は郁にいらついてばかりだった。

感覚が違う、というのだろうか。郁は陶也がそれまで付き合ってきたハイクラスの連中とまるで違っていた。

（この俺が、図書館で待ち合わせて公園でおデートだぞ。本当なら、そんなだるいことやってられるか。面倒くせえ）

陶也がこれまでハイクラスと繰り返してきたデートといえば、それはすべてセックスのおまけでしかなかった。

高級外車でドライブをし、有名ブランドの店でアクセサリーやバッグをプレゼントし、ホテルのレストランで食事をし、最上階スイートで朝までセックスをする。

夜が明けるのと同時に、魔法も終わる。朝がきたら相手も自分もあっさりと別れて、さようなら。

互いに金も余裕もあり余っているハイクラス同士。選ばれた人間と人間だからできる遊びだと、陶也は思っていた。

ところが、郁ときたら、高級外車よりも在来線の電車に乗る方を面白がり、有名ブランド店や高級レストランよりもスーパーマーケットや自炊に興味を示し、最上階スイートより陶也の自宅マンションを喜ぶ。

大体、セックスなどしていない。

（それがまず、おかしい）

付き合って三週間。陶也は郁とキスはするが、セックスは一度もしたことがなかった。

自分らしくない、と思っている。

（いや。俺はたんに、こいつみたいなガキっぽい相手には欲情しねえんだよ……）

と、陶也は言い訳した。もとより、陶也の好みは背が高く、ほどよく引き締まったハイクラスの男か、グラマラスな女である。郁はというと、カイコガだからか、小さく華奢《きやしや》で、どこをとってもほっそりと頼りなく、セックスの匂いなどまるでしないのだ。

（ガキを抱いてもつまらないから、やってないだけだ）

郁が喜ぶからという理由で、ここ三週間喫茶店や公園で筆談をしたりして、ぼんやりして過ごしているのも、陶也の部屋でふたりで料理をして食事をとったりしているのも、すべて陶也にとっては気まぐれなのである。

（退屈しのぎには、なってるだろ）

今まで経験していないことばかりだ。

郁なんかと三週間も付き合いが続いているのだって、たぶん、こいつが他の相手と違って変わっているからだ。そうに違いない。その証拠に自分はセックスしてないんだ、と陶也は思っていた。

自分らしくない振る舞いをするたびに、陶也はついつい、そう言い訳をしていた。

公園の入り口につくと、紅葉した銀杏の葉がまだすべて落ちきっていないようだった。郁も見ているだろうかとふと隣を見た陶也は、ハッとした。

郁がいないのだ。振り向くと、かなり後ろのほうから郁が小走りに近づいてきているのが見えた。

（しまった）

物思いにふけっている間に、ついいつもの調子で歩いていたらしい。

カイコガで、足の弱い郁は極端に足が遅く、そもそも背丈の違いもあって、陶也がいつもどおり歩くと決まって数メートル遅れてしまうのだ。

走ってくる郁をみて、陶也は考えるより先に体が動いていた。

（バカ、走ると転ぶぞ）

ひやりとしたものを感じ、気がつくと陶也は大股で郁のもとへ戻っていた。以前、転んだ郁が足をすりむいて高熱を出したことを思い出したのだ。

「いいって、走るな。お前また怪我したらどうすんだ」

気がつくと、陶也は郁のその小さな体を抱き止めていた。走ったせいで息を荒くしている郁が、そんな陶也を見上げてうれしそうに微笑んだ。

とたん、陶也は腹の底がきゅっと引き絞られるような気がした。

郁は小さな唇を動かして、「ありがとう」と言ったようだった。桃色の薄い唇の間に、赤い舌がちらちらと覗いている。急に口づけて、その舌を思うさま吸ってやりたいような欲求がわいたが、陶也はそれをおしのけ、郁を離した。

「ほら、もうフラフラ走るなよ」

ぷいっと顔を背け、できるだけ素っ気なく言う。郁はそんな陶也の態度には慣れているからか、気にした様子もなくにこにことついてきた。

その姿に、陶也の胸の内は妙なほど騒いだ。

（ああ、うっとうしい。面倒なやつ）

陶也はそう思った。けれど、公園に向かう足の速度は、郁にあわせてかなり落としていた。

公園の入り口にさしかかると、冷たい風が一際強く吹いてきた。陶也は思わず、郁を振り返った。

郁は分厚いウールのコートに毛糸のマフラーをしている。これなら寒くないだろう、とほっとしながら、陶也は、

「手袋持ってねえの？　しろよ」

と言っていた。郁がニコニコとポケットから毛糸の手袋を出す。言った後で、陶也は後悔がわきあがってくるのを感じた。

（俺は、こいつに気を使いすぎだろ……）

ふと頭に、図書館で別れた兜の声が浮かぶ。


兜は陶也が郁を好きなのだ、と言った。そんなわけがないと、陶也は知っている。

（俺がロウクラスを好きになるはずがないだろ）

「ちょっと煙草《たばこ》吸うから。お前は適当にしてろ」

池沿いの小道で立ち止まり、陶也は煙草を取り出した。池の畔に灰皿が置いてあった。郁は陶也の隣で池の手すりにつかまり周囲を眺めている。

陶也は風下へ立って、煙草を吸った。広い公園には緑も多く、野鳥もずいぶんいるらしい。

ふと、陶也は郁がさっきから同じところばかり見ているのに気がついた。

どうやらそれは、自分たちと同じ大学生カップルのようだった。違っているのは、あちらはロウクラス同士のカップルで、男女であること。彼らは手をつなぎ、身を寄せ合って歩いている。

郁はどこか羨ましそうにそれを眺めている。

（なんだよ……？）

郁の視線の意味がわからず、陶也は首を傾げた。

煙草を消して、「おい」と声をかけると郁がハッと顔をあげた。目が合うと、にっこりと微笑む。

「行くぞ」

先に歩き出せば、郁は小走りについてくる。その視線が、ふと陶也の手を見つめた。

（あ、手がつなぎたいのか？）

陶也はやっと、郁の視線の意味に気がついた。

いつの間にか、さっきのカップルは陶也と郁の目の前を歩いていた。

寒いね、と言い合いながら、けれどちっとも寒そうじゃなく、楽しそうに歩いていく。

郁はまた、羨望の眼差《まなざ》しを向けている。

（冗談だろ）

陶也はうんざりした。

ハイクラスの自分が、ロウクラスの郁と、男同士で手をつないで公園を歩くだなんて。ありえない。

（こんなままごとみたいなデート、我慢してやってるだけでもありがたいと思え）

口には出さないが、そんな気持ちもある。陶也は郁の視線を無視し、ベンチのところまで先に立って歩いた。

公園のベンチで三十分ものんびりしていると、急に雨が降り出した。

「予報と違うじゃねーか」

陶也は悪態をつきながら、郁を促して公園を出た。そして大通りに出ると、タクシーを拾った。

雨は激しく、タクシーのフロントガラスを曇らせるほどだったので、陶也も郁もすぐにずぶ濡《ぬ》れになってしまった。

「さっさと乾かしたいから、一番近くのホテルに行くぞ」

と、陶也は言い放ち、運転手に手近な高級ホテルの名前を告げた。車が走り出すとすぐ、カード会社のコンシェルジュサービスを呼び出し、目的地であるホテルに部屋を用意させた。

自宅まで帰っていると時間がかかるし、体の弱い郁には、そのほんの数分が命取りなのだ、と陶也は理解していた。郁には言わなかったが、一番近いホテルを選んだのは、郁の体を早く乾かしてやりたかったからだ。

もちろん、ホテルでは風呂に入って着替えたら終わり。それ以上のことをするつもりなんてなかった。

(俺は、こいつには欲情しない)

と、陶也はまだそう思っていた。


「陶也？　陶也じゃない？」

ホテルに着き、フロントで手続きをしていた時だ。陶也は不意に名前を呼ばれ、顔をあげた。高級ホテルのロビーを、ゆったりとした様子で歩いてくる背の高い男に見覚えがある。陶也は「黒川《くろかわ》」と呟いた。

「久しぶり。陶也もここのホテル使うんだね？」

眼も髪も真っ黒なこの男は、黒川というハイクラス種だった。陶也は高校が同じだったので、知り合いである。甘いマスクで、物腰が柔らかく優雅な男だ。

「あれ。珍しいタイプの子連れてるね」

ふと、黒川が郁に眼をつけた。端整な顔に甘やかな微笑を浮かべると、黒川は郁に首を傾げた。

「こんにちは。かわいいね、陶也の恋人？」

郁はうっすらと頬を染め、小さな頭をぺこりと下げた。陶也はその瞬間、黒川の眼の中に好色そうな色が浮かんだのを見逃さなかった。

「……郁、先にエレベーター待ってろ」

フロントで受け取ったカードキーを郁の手に押しつけ、陶也は促した。

「そんなに急いで隠さなくても、とって食ったりしないよ」

黒川はおかしそうに肩をすくめたが、陶也は信用ならないと思っていた。

世の中のハイクラス種の中には、時折ロウクラスをやたらと好むタイプがいる。黒川もその一人で、高校の時からなにが楽しいのか、ロウクラスばかりつまみ食いしていた。

「かわいいじゃない。珍しいね、陶也がロウクラスの子連れてるなんて」

「気まぐれだ。どっちにしろ、お前に周りをかき回されるのは気に入らない。妙な気起こすんじゃねえぞ」

小声で釘《くぎ》を刺すと、黒川は肩を竦《すく》めた。

「気まぐれだって言うなら、お裾分けしてくれてもいいんじゃないの？　ね、三人でやるのってどう？」

「お前とエサを分け合う趣味はない」

「独り占めする気？」

「そんなんじゃねえよ。俺はべつに、やるためにここに連れ込んだわけじゃないから、勘違いするなよ」

陶也が言うと、黒川は心底驚いたように眼を瞠《みは》った。

「じゃあなんのためにホテルなんかにつれてくんの？　それも――あれ、カイコガでしょう。あんな珍しい子、味見もしないなんて惜しいよ」

陶也はぎくりとした。

カイコガ。さすがに、ロウクラス好きを豪語するだけあってか、黒川はいとも簡単に郁がカイコガだと分かったようだ。

「俺はお前と違って、ロウクラスには興味ねえんだよ」

「ふうん……。じゃあいいじゃない。こっちに回してくれても。カイコガの子なんて、初めて見た。どんな味がするのか食べてみたいなぁ……」

黒川の言い方が気に入らず、陶也は眉を寄せた。

「お前に贈り物をする趣味なんてないからな。もう行く」

踵《きびす》を返そうとしたところで、黒川が陶也の首に腕を回してきた。

「ねえ、いいじゃない。カイコガってさ……長生きしないらしいよ。死んじゃう前に食べないと。そもそも、生まれてくるのが間違いみたいな種なんだから」

陶也は急に、息が詰まったような気がした。心臓が摑まれたようにドキリと音をたてた。

生まれてくるのが間違い。

その言葉が、まるで矢のように胸に刺さった。気がつくと黒川の腕を振り払い、足早に郁の待つエレベーターホールへ向かった。

イライラし、むかついていた。もう一度黒川の顔を見ると、殴ってしまいそうだった。しかしなににこれほどむかついているのか、陶也にもよくわからなかった。

郁が弱い種なのも、本来なら生まれるべきではない種なのも陶也はとうに知っていたはずなのに。

それにしても、他人にそう言われるのはどうしてこうも腹立たしいのだろう。

エレベーターの前では、郁が待っていた。陶也と眼があうと、郁は頬を緩めて、そこだけ春の陽が射しこんできたような柔らかな笑みを浮かべている……。

陶也は胸の奥がちくんと痛むのを感じた。

郁の微笑みを見ていると、得体の知れない切ない気持ちがこみ上げてくる。駆け寄って、抱きしめてやりたいような気持ちになった。

「先に乗って行ってりゃいいだろ。風邪ひいたらどうすんだ」

それなのに陶也は、きついことを言ってしまう。待っていてくれてありがとうと言う気にもなれない。

(なんでハイクラスの俺が……)

再びイライラしながら、陶也は郁をエレベーターに押し込み、最上階のボタンを押した。

◆

(もういい、別れるか)

翌日の昼、陶也は大学構内の喫煙所で煙草を吸っているうちに、唐突にそう思った。

前日、陶也は雨に濡れた郁をホテルに連れて行き、温めてから家に帰した。もちろん、それ以上のことはしなかった。最初から、そんなつもりはまるでなかった。

(俺は暇つぶしにあいつと付き合っているだけで、欲情はしない)

と、陶也は頑《かたく》なに思っている。

ロビーで黒川に会い、郁の素性についてあれこれと言われた後、陶也はずっとイライラしていた。いつもなら二人きりになるとキスくらいはするが、昨日はそれもしていない。

むしろ郁にわざと素っ気なくしてしまった。風呂上がりの郁からは石けんの匂いにまざって、ロウクラス特有の甘いフェロモン香が匂ってきたが、陶也はそれも無視した。

そして早々とホテルを引き上げ、郁を自宅へ送り届けたのである。

しかし夜が明けても、まだ陶也のイライラはおさまっていなかった。

「あれ、陶也くん。まだこんなとこいんの？　郁ちゃんが図書館で待ってるんでしょ」

声をかけられて、陶也は顔をあげた。

見ると、兜が喫煙所への階段を下りてくるところだった。眼鏡の奥で、兜はアーモンド型の眼を細め、おかしそうに笑っている。

「うるせえな、なんでお前が俺や郁のスケジュールを知ってんだよ」

陶也は忌々しく思いながら、新しい煙草を出して火をつけた。

「……あら。不機嫌ね。郁ちゃんとケンカした？」

「するかよ。ならねえよ、あんな、いつでもどこでもへらへらしてるやつと」

「かわいいじゃない。そういうとこが好きなんでしょ」

兜の軽口に腹が立ち、陶也は舌打ちをした。

（好きなわけがあるか）

好きなわけがない。相手はロウクラスだ。

ばかばかしい。

無視して煙草を吸っていると、兜は呆《あき》れたように肩をすくめてきた。

「……なに。行かないつもりなの？」

「……いいだろ、ほっとけよ。面倒になったんだよ。もう十分だろ、三週間も付き合ってやったんだ」

イライラした口調で吐き出す。すると兜は引き留めるでもなく、ため息をついた。

「まあ……長く続いたほうだよね。ふうん、そっか。やめちゃうんだ。じゃあ郁ちゃんも晴れて独り身ってことだね」

陶也はじろっと兜を睨んだ。

「気に入ってんならお前にやるよ」

「そりゃどうも。なんなら、なんで今このタイミングで別れたいのか訊いてもいい？」

「むかつくから」

陶也は一言で応えた。それって、郁ちゃんに？　と兜が訊いてくる。すると陶也はそうだ、と言おうとして言えなくなった。実際には、郁にむかついているわけではなかった。むかついているのは……。

（……そもそも、俺はなににむかついてんだ？）

自分で、自分の苛立ちの正体がわからない。陶也は今さらのように、そのことに気がついた。

「……陶也くんはさあ、自分で自分をもてあましてんじゃないの」

兜が肩をすくめ、陶也のジャケットの胸ポケットから勝手に煙草を取り出して一本くわえる。

「……もてあますって、なにが」

「だからさ、郁ちゃんみたいな子が今まで周りにいなかったから」

「あんなやつが何人もいてたまるか」

「そうだろうね。本当に珍しい存在だと思うよ」

煙草の煙を吐き出しながら、兜がしみじみ言うので、陶也はカチンときた。

「カイコガだってことなら、あいつのせいじゃないだろ？　生まれなくてよかったとは俺は思ってねえよ」

気がつくと、そう口走っていた。兜が眼を丸め、陶也も数秒後になってハッとした。今自分は、なにを言ったのだろう？

「……珍しいって言ったのは、そういう意味じゃなくてさ」

兜が、にやりと眼を細め、持っていたカバンの中からノートを取り出した。

ここ見てよ、と言って、兜は開いたページを差しだしてくる。

陶也はどきりとした。そこには、見覚えのある美しい字が並んでいた。――郁の字だった。

『郁ちゃんは、陶也ってどんな人だと思ってるの？』

そう書いてある、大きな字は兜のものだ。その横に、美しい郁の字が答えを書き添えている。

『優しい人です』

言葉はまだ続いている。

『優しい人です。そしてきっと、さみしい人です。さみしさがわかる人です。だからとても優しい』

兜が大きな字で『うっそー。そんなふうに見えるの？　奇跡だね』と返している。それに郁は、

『いつも、優しいですよ』

と応えている。

『おれが歩くの遅れると、待ってくれます。速度も落としてくれます。時々、おれの体を気遣ってくれているのがわかります。とても優しい人です』

（そんなたいそうなことしてねえよ）

むしろ時折は、文句を言うくらいだ。優しくした覚えなどない。

『陶也くんのこと好きなんだね』

『はい。とっても。大好きです』

郁の言葉は、いつでも誰にもとてもストレートだ。

そしてそれはまっすぐに、陶也の胸にも迫ってくる。

好きですと書いた郁の顔が、陶也には見なくてもわかるような気がした。頬を淡く染め、真っ黒な瞳に温かな愛情を忍ばせて郁は微笑んでいただろう。

そうだ、昨日ホテルで郁を見ないようにしていたのは、見れば欲情すると知っていたからかもしれなかった。

そして苛立っていたのは——郁に優しくできない自分がむかついたのと、黒川の一言に郁の存在が傷つけられたような気がしたからだった。

手ぐらい、つないでやればよかった。

不意に後悔する。

間違って生まれたと言われたのは郁だったのに、その言葉がなぜか陶也の胸をも傷つけていたことにもようやく思い至る。

間違ってなんかない。

生まれなくてよかったなんて、俺は思わない。


「陶也くんみたいな我《わ》が儘《まま》でどうしようもない男をこんなに愛してくれるのなんて、郁ちゃんくらいだよ。そういう意味で、珍しいって言ったの」

兜がニヤニヤ笑い、ノートをしまった。陶也はまだ半分も吸っていない煙草を灰皿に落とした。

「あれっ、別れるんじゃなかったの」

「うるせえ、気まぐれだよ」

揶揄《やゆ》してくる兜に怒鳴り、陶也は喫煙所の階段をあがった。気がつくと、駆け足になっていた。郁が図書館で待ちくたびれていると思うと、一刻も早く行ってやりたかった。

（くそったれ、なにも兜にあんなこと言わなくてもいいだろうが）

どうせなら、好きだとか優しいとかは自分にこそ言って欲しい。もう十分言わせているのに、陶也はまだ郁の気持ちを聞きたがっている自分を知って、戸惑った。

陶也はこの時、心の奥底では本当はとっくに気がついていた。

どんな苛立ちや怒りも、郁にたった一言〝好き〟と伝えられれば、消えてしまうのだ。

それくらい、郁の言葉には力がある。自分の心が硬く冷たくなっても、郁の笑顔を見ると……。

（俺は、癒《いや》されるような……）

その先を考えるのは、今はしばらく置いておきたかった。

そんなことより図書館についたら、郁を誘って外へ出よう。そうして今日は、あの小さな手を握りしめて、公園の中をぐるっと一回りしてもいい。

そうすることが本当は、ちっとも嫌ではない――。

そんな自分に気がついて、陶也は妙に気持ちが落ち着かなかった。

このとき陶也の愛は、もう心の底にはあったのかもしれない。

あるいはまだ、なかったかもしれない。それは誰も知らなかった。

愛するために必要な、すべてのこと

「なにかの映画の曲でしたっけ。懐かしいですな」

帰り支度をしていた陶也《とうや》は、同じ弁護士事務所で働く十歳年上の先輩弁護士に言われて、思わず眼をしばたたいた。

「今、七雲《なぐも》さんが歌ってたやつですよ。なんといいましたっけね……」

十一月、事務所の外では風が強いらしく、さっきから黄金色に色づいた銀杏の葉が、窓の向こうにハラハラと散っている。暖房を入れて、事務所の中は暖かいが、今日は依頼者も少ないのでどこかしら眠たげな空気が漂っている。そして陶也は、午後から休暇をもらっていた。

「七雲くん、こないだの安手《やすで》さんの件なんだけどね……」

事務所の奥から分厚いファイルを両腕いっぱいに抱えたこの事務所の所長弁護士、有沢《ありさわ》が出てきたが、彼は途中でハッとしたように、

「あ、今日きみはパートナーが来る日だったか。や、明日で大丈夫だから。お疲れさん」

と言い直す。それに陶也は微笑み、すみません、と頭を下げた。

事務所を出ると、思ったとおり風が強い。しかし気温はわりと高く、事務所前の商店街を歩く人の数も多い。車を停めてある駐車場へ向かう足もついつい急いてしまう中、ふっと陶也は、自分が小さく鼻歌を歌っているのに気がついた。

（なんだ、俺は相当浮かれてるらしいな）

知らず知らず鼻歌を歌うなんて。

きっと先ほどもそうだったのだろうと思いながら、唇の端にニヤニヤと笑いが浮かんでくる。

嬉しくても仕方がない。今日から、陶也は郁《いく》と暮らせるのだから。

◆

ハイクラス屈指のタランチュラである陶也の恋人は、カイコガの郁である。四年かけてようやく手に入れた最愛の人は男であり、ロウクラスであり、しかもものすごく体が弱い。それは先天的な、郁の起源種の運命だ。寿命はひどく短いと言われており、郁も、明日をも知れない身ではある。

そのうえ口がきけず、厄介な家庭の事情や陶也のこれまでの悪行への報いもあって、郁と結ばれるまでの時間は陶也にとってはとても長かった。とはいえそれもすべて、愛など知らなかった自分が変わるために必要だった時間だと思えば、仕方のないことと思える。

そのために郁を苦しめたのではないかと思うと、ただただ、胸が痛むけれど——……。

今は郁と一緒にいられるのだ。

陶也は先の未来を思って落ち込むより、今の幸福を噛みしめるようにしていた。

一生は短いのだから、今たまたま一緒に生きていられる幸福に感謝しようと。

郁と再会し付き合いだしてすぐ、陶也は一緒に暮らそうと話していた。カイコガの郁にはいろいろと準備も必要だったので、それを一つずつ一緒に片付けてきたのだ。

まず、郁の仕事のこと。

郁は口は聞けないが眼と耳は使える。なので、デパートで筆耕《ひっこう》のアルバイトをしていた。ただそれは意外にハードな仕事で、通うだけでも体に負担がかかり、忙しい時期になると上司に逆に気を使わせてしまう。そこでデパートの仕事はやめ、人を介して紹介をうけ、在宅の請け負いで仕事ができるよう環境を整えさせた。賞状や招待状の宛名書きなど、仕事は少ないが、郁にはそのくらいでちょうど良いし、実入りはあまりないものの、人に喜ばれるよい仕事でもある。

次に、郁の両親に許しを得る必要があった。一番心配なところだったが、郁の実家である蜂須賀《はちすが》の家は、七雲家と交流があり、郁をもっとも可愛がっている郁の養父は陶也の従兄弟である七雲澄也《すみや》とも懇意にしている。

そのおかげで、思ったよりスムーズに話が進んだ。いずれはきちんと届け出をして家族になりたいと話したとき、さすがに驚いていたが、郁も同じ気持ちだと聞いて、郁の養父は理解してくれた。

陶也が郁と家族になりたいのは、病気で郁が入院などをしたときのためだ。

幸い、ムシ社会の今は、文明滅亡前、まだ人類がムシの特性を持っていなかった頃より、同性同士の恋愛がオープンになっているという。――もっとも、文明滅亡前のことなど想像するしかないのだが――とにかく、日本でもかなり以前から同性同士のパートナーシップに関する法案がある。

そして最後に陶也がしたのは、郁の主治医を変えてもらうことだった。

郁の主治医は単に長年郁を診《み》てきたというだけに過ぎない、とある総合病院の医師で、親身ではあったがカイコガの病に造詣《ぞうけい》があるわけでもない。

郁のカルテを引き継ぐ形で、陶也が郁を預けたのは従兄弟の澄也である。

澄也は自身の父が経営する総合病院で医師をやっているが、長い間、一銭の金にもならない、性モザイクの治療研究をしていた。

カイコガの郁のことを話したら、性モザイクであるパートナーのために進めてきた研究が、郁にも役立つかもしれないと言ってくれた。運命の悪戯のように生まれてくるロウクラス稀少種《きしょうしゅ》の治療には、似通ったところがあるのだという。

郁の延命治療に消極的なこれまでの医師より信頼して、従兄弟の澄也に郁を託したのにはそうした背景があった。

一分でも一秒でも、郁と一緒に生きていきたい。そのための自分の人生だと、陶也は思っている。

ロウクラスからの依頼を専門とする弁護士になり、安い給与で朝から晩まで懸命に働いているのも、結局は郁のためだ。多くの人に親切で、誠実であることが、まわりまわって郁の幸福につながると陶也は信じているのだった。

そうやって郁の環境を整えている間に、季節は夏から秋に変わっていた。

その間にも、体の弱い郁のために、陶也は今住んでいる木造平屋をリフォームし、断熱材を増やしたり、段差をなくしたりして、見た目は古くとも住みやすい家に変えたりもした。庭を造り直し、小さな家庭菜園も作った。

野のものを食べる生活が、郁の体にいいだろうと思ったからだ。飼い猫の「いく」も、ペットの美容院に連れて行って念入りにノミ消毒のシャンプーをしてもらい、すっかり毛並みのきれいな白猫になった。

そして今日、いよいよ郁がやって来る。今ごろはもう、先に家に着いているだろう。鼻歌も出ようというものだ。駐車場に停めていた車に乗り込みエンジンをかけると、陶也はまた自然と歌い出していた。

(……映画の曲か)

そういえば、そうだった気がする。

けれど歌詞までは思い出せず、陶也は歌いながら、家に向かって車を走らせた。


『お帰りなさい』

車を駐車場に入れて玄関へ向かうと、陶也の帰宅に気づいたらしい郁が、玄関先で待っていた。出ない声で、少し恥ずかしそうに口を動かす郁の姿を見たとき、陶也は胸の奥がじんと熱くなり、一瞬言葉が出なくなった。

引き戸を開けてそっと立っている郁の風情が、まるで美しい人形のように可愛らしく、愛おしい。

その足下にでっぷりと太った白猫の「いく」がじゃれついているのもまた、可愛らしい。

これが自分の家族だ、と思うと体中を歓喜と感動が駆け巡り、

「ただいま」

そう言って陶也は郁の小さな体をぎゅっと抱きすくめていた。

腕の中におさまるほっそりとした華奢な体が愛しくて愛しくて、胸が痛いほどだった。それが伝わるのか、郁も陶也の背中に腕を回してくれる。そっと鼻の頭にキスをすると、郁は嬉しそうに微笑んでいた。

部屋に入ると、ほんのりと緑茶の匂いがする。どうやらちょうど淹《い》れて飲んでいたらしく、居間に入ると陶也の分も湯呑《ゆの》みが置いてあった。

「引っ越し、疲れなかったか?」

訊くと、郁は手元にノートを引き寄せて書いてくれた。

『荷物はもう送ってあったし、身一つでしたから……』

陶也は郁の唇もかなり読めるし、手話もできる。だが郁は字を書くのが好きで、陶也も郁の字が好きなので、急いでいないときはノートを使って会話することも多い。

陶也は昔から、郁とこうして話すのがとても好きだった。

郁は口が使えないぶん、言葉を弄するようなところがない。文字で書かれる言葉はどれも素直で率直で、それでいて優しい。

郁が書いているのを待ち、それを読んで自分も言葉を返す。するとまた、郁が字を書く。普通の会話と違って、時間のかかるやりとりだけれど、その分一言一言が深く、まるで郁の言葉の優しさが陶也にもしみこんでいくようにとても落ち着いた、静かな気持ちになれる。

もしかすると、と陶也は思う。

人を愛することなど知らなかった自分が郁を愛せるように変われたのは、郁が話せなかったからかもしれないと——そう思うことが少し申し訳ないような気持ちになりながら、口のきけない郁を、やっぱり愛しく思うのだ。

「今日から、二人一緒だな」

そう言うと、郁は首を傾げて、はにかんだように微笑った。

『はい。よろしくお願いします』

「……こちらこそ、末永く」

陶也は郁の手を握りしめ、そっと、郁の肩を抱いた。

普通のカップルなら向かい合って座るが、陶也と郁はノートで会話するのでいつも隣同士だ。これも、陶也にとって気に入っていることの一つだ。

（……郁といると、俺は好きなことがどんどん増える）

この世の中には、愛すべきことしかないような、そんな豊かな気持ちにさえなる。

それは、陶也にとっては他の誰からも与えてもらえなかった無上の喜びだった。

◆

晩ご飯は、寒くなってきたので鍋ものにすることにした。簡単なのが寄せ鍋である。まだ日があるうちに、陶也は郁と二人で商店街に鍋の材料を買いに出た。

町の弁護士をしている陶也は、顔が知られている。そこで行く先々で、郁を紹介した。

「まあようやく一緒に暮らせるの。郁ちゃん、よかったわねえ」

といっても、付き合いだしてから郁は毎週陶也のところに通っていたので、既にどこの店にいっても知られている。郁が男だということは置いておいて、特に女性はみんな、郁の無害な容姿と口のきけないことに愛情を寄せてくれるらしい。魚屋、八百屋、肉屋と回ったが、どこでも郁は歓迎されて嬉しそうだった。それを見て、陶也もホッとした。およそ人に嫌われることなどないだろう郁だが——もっとも、この商店街に住まうのはロウクラスばかりだからかもしれないが——これから先、陶也が仕事で家にいない平日の昼間に、郁の人間関係が良好であるようにするのは、一緒に暮らそうと言った陶也の責任だった。それに、

(幸せにしたい……)

好きな人にそう思うのは、ごく自然な感情だろう。

白身の魚はまだ旬がきていないということで、鶏鍋にすることになった。寄せ鍋のよしあしは出汁で決まる。陶也は先週末、郁が来る日のことを考えて、実家の執事である刺野《しの》に頼み、鰹節《かつおぶし》と昆布でたっぷりとった出汁を、家の台所から分けてもらっていた。

『よもぎ麩《ふ》も買っていいですか』

珍しいものだけど、そこのお店にこないだあるのを見て、と郁が手話で訊いてくる。

鶏肉《とりにく》を買った後、手をつないで商店街を歩いているときだった。

「いいよ。鶏にはよもぎ麩なのか？」

『はい。それに、かぶら』

「ちょうど旬だな。鶏にはかぶらか」

などと、どうでもいい会話も楽しい。これからは平日は難しくとも、週末ごとに二人でなにげなく過ごせるのだと思うと、幸福で胸がいっぱいになる。

商店街を一通り回ったあとは、足りない物を買い足しにスーパーへ寄った。

『明日は、陶也さんお仕事ですよね。お夕飯なにがいいですか』

「なんでもいいよ。作らなくてもいいし……ちゃんと、あの約束だけは守ってくれよ」

一緒に住むにあたって、陶也は郁に一つだけお願いをしていた。それは絶対に無理をしない、ということだ。

郁は愛情深い。

陶也のことを心から愛してくれているし、陶也のためになにかしてあげたいと、いつでも思ってくれているようだ。

そしてそれは陶也も同じだった。

日中家にいるからといって、陶也は郁に家事をしてほしいとは思っていない。細々とでも郁にも仕事があるし、なにより体に鞭打《むちう》ってほしくない。

そのほうが張り合いがあって元気になれる、というのならいいが、無理に頑張ってほしくはない。陶也が一番心配しているのはそのことだった。


「今はネットでなんでも頼めるし、いざとなれば出前をとればいいんだから、家のことしなくていいからな。そのへんだけは忘れないように」

『分かりました。もう、分かりましたってば』

郁は耳にたこができるほど聞いているからか、くすくすと笑い出した。この様子なら本当に分かっているのだろうと、陶也はホッとした。

──ただとてもシンプルに。

郁には分かっていてほしいのだ。

陶也が郁を愛するのに、必要なことはなにもないのだと。なにがなくても郁を想っていることを、分かっていてほしい。郁が郁でさえあれば、陶也は愛している。それを理解してくれていればきっと、無理はしないですむだろうと陶也は思っていた。

そもそも愛とは、与えるのに理由のないものだと今の陶也には分かっている。それは自然に、とめようもなく胸から溢《あふ》れてくるものなのだ。

家に帰ってから、二人は寄せ鍋を食べた。猫の「いく」がこたつの前に座って、濃いめの金色のスープの中でくつくつと炊ける鶏肉をじいっと見つめている前で、彩りよく並んだ具材を順番よく炊いていく。時折なまこ酢などの食感を楽しみ、口の中を冷やしながら、食べてゆく喜びといったらない。食事は好きな人ととると、より美味しく、贅沢だ。

『お出汁が美味しいですねえ』

「うちの実家のなんだ。鰹節からひくから。煮干しはから煎りして、粉にする」

『贅沢ですね。でも、とっても美味しい』

ニコニコと、二人で食事について話す。

食べる営みの他愛なさ。

けれど美味しいものを美味しいと言いながら食べ合うことが家族のなりたちの、中心にあるような気がしてくる。こんなことを陶也に再発見させてくれるのも、いつも郁なのだ。

「昔……大学生のころ、付き合ってたときによく一緒に食事作ったろ」

当時の陶也にはさっぱり面白みが分からなかったが、郁は外食よりも陶也の部屋で一緒に調理することを喜んだ。

『はい。陶也さん、あのころからお料理上手だった』

「お前は、包丁もロクに使えなかったよな。米も洗剤で洗いそうな勢いで」

『やめてください、恥ずかしいこと』

郁が頬を染め、ちょっと恨めしげに陶也を睨んでくる。それが可愛くて笑うと、郁も笑った。

「でももう、危なげなくなったな。……人は変わる」

『四年ですもん……陶也さんも変わりました』

陶也が黙ると、もう、静かな食卓だった。

鍋の炊ける音だけが、部屋に聞こえる。

テレビもついていない静かな居間の障子の向こうから、草葉の陰で鳴く虫の声がしていた。

郁が風呂に入っている間に、陶也は寝室に布団を並べて敷いた。

入れ替わりに風呂に入ってあがってくると、郁は寝間の文机に座って日記をつけていた。それが毎日の習慣なのだという。

「……本当に、一緒に暮らしてるんだなあ」

ぽつりと言うと、郁がおかしそうな顔をする。

『なんですか、いきなり』

「これまでも泊まりに来ることはあったけど、そういうときは日記をつけてなかったろ。翌日家でまとめて書くからって」

『はい。それが？』

「ここが家になって、これからが日常になるから……お前はもうこの家で、俺のそばで、日記を書いていくんだなと思ったら、なんかまだ信じられなくて」

『……それはおれもです』

そっと唇を動かし、郁は日記を閉じた。

先に寝そべっていた陶也の隣の布団へ、するりと横たわってくる。陶也は電気を消した。枕元のあんどん風の柔らかな明かりだけが残って、郁の優しい顔を照らす。

布団の下から覗いている郁の小さな手を、陶也はそっととった。

郁の手は陶也の手の中で、ほのかに温かかった。これが郁の命の証だと思うと、それだけで愛しさが湧いてくる。

気持ちは心から溢れて、陶也は郁の眼をじっと見つめて、もう抑えきれずに「好きだよ」と言った。

好きすぎると、言葉にせずにはいられなくなるのだということも、陶也は郁を愛して初めて知った。そして好きすぎると、言葉では足りなく思えるのも。

郁は黒い大きな眼を潤ませて、微笑んでいる。そして恥ずかしそうに、『今日、しますか？』と訊いてきた。

陶也はそう訊いてくれる郁が可愛くて、眼を細めた。

「……疲れてるだろ？　週末にゆっくりしよう。俺はこうしてるだけで……」

と言って、郁を自分の布団のほうへ引き寄せ、抱きしめる。

「これだけでも、死ぬほど幸せだ」

若いころと違い、今では間近にいるだけで、セックスをしなくても十分、郁を感じられる。そして幸せでいられる。もちろん郁には欲情するし、いつでも抱きたい。けれど抱けなくても、愛する気持ちになんの揺らぎもない。

「……郁」

名前を呼ぶと、答えるように郁が陶也の腕を撫でる。

二人の体温で布団の中は温まり、時計の秒針の音がしていた。

「……あのな、今まで訊かなかったけど、訊いておきたいことがある。俺と会えなかった四年間、お前は、どうしてた？」

あれから、と陶也は言った。

大学生のころ、一冬を一緒に過ごした後、郁は血の繋がらない弟のせいで陵辱を受けて、陶也の前から姿を消した。

今でも瞼の裏に蘇《よみがえ》ってくるのは、散々になぶられた後、床の上でぐったりとしていた郁の無残な姿だった。それを思い出すたび、陶也の体の奥深くにある、深い深い傷が開く。

あれからの四年、陶也は必死だった。郁にふさわしい人間になれるよう、郁への罪悪感を償えるよう、ただ誠実に生きようとしてきた。

それでも夜になると涙がこみあげてきて、とめどなく泣いた。

祈るような気持ちで、今郁が幸せでいますようにと願い続けた四年間。

郁が生きていてくれますようにと、祈り続けた四年間だった。人が神さまを頼る気持ちを、あれほど思い知った日々もない。己の無力さを思い知る時、人は祈るしかないのだと。

再会し、付き合うことになって、郁の四年間はどうだったろうと陶也は気になったけれど、訊いたことがなかった。郁に訊くのには、準備が必要だったのだ。

郁はこれが、陶也にとって重要な問いかけなのだと察してくれたらしい。そっと顔をあげると、しばらくして上半身を起こし、文机の上からノートを引き寄せてきた。

うつぶせになって陶也にも見えるようにノートを広げ、

『陶也さんのいない四年間……』

と、美しい字で書くと、郁は少し考えこむような顔をした。

『陶也さんのことを、よく考えました』

郁がそう書き、陶也は「どんなふうに？」と訊いた。

『今、どうしてらっしゃるだろうって。とても傷つけてしまったって。でもきっと……他の方をいつか見つけられるはずだと……』

「そうなれば、いいと思ったか？」

郁は少し、淋しそうに笑った。そうして、『はい』と、書いた。

『おれはきっと、すぐに死んでしまうからって……』

喉の奥につんとすっぱいものを感じたけれど、陶也はそれを飲みくだした。

『でも、そう考えるといつも淋しかった。……いつも淋しかったです。四年間、陶也さんに会いたかった。……でもそれは無理だと思って、だから、少しずつ勉強をしました』

筆耕《ひっこう》の勉強のことだろう。

別れたばかりのころの郁は家の中に閉じこもり、しばらくなにひとつ手につかなかったという。篤郎《あつろう》のことも気がかりだったし、自分はもう生きていなくてもいいかとも思った、と郁が書いた。

『もう……生きていないほうがいいのかもしれないって』

自分がとても、嫌いでした。

そう書いた郁の気持ちを思うと辛くて、陶也は思わず唇を噛んだ。

広い家。庭が見えるという実家のベッドの上で、美しく咲く花々を眺めながら、自分は生きていなくていいと思っていたという、郁。

想像をしてみた。

ベッドの上でそう考えて過ごしている郁の辛さを。

そして本当に、そのままはかなくなってしまう郁を。

とたんに眼の裏が痛み、陶也は涙ぐんでいた。想像上の郁の痛みはただ陶也の痛みになって、言葉もなく苦しかった。悲しかった。

ぽろぽろと涙が頬にこぼれ、郁が驚いたように陶也を見た。

『陶也さん、なぜ泣くんです？　泣かないで……』

ペンを置き、少し慌てたように郁が陶也の頬を両手で挟んでくれる。

陶也は眼をつむり、郁の両手に手を重ねた。

「……お前が辛いとき、誰かそばにいてくれたのか？」

そっと訊くと、郁は優しい眼をして、微笑んだ。

『もちろん。父も、母も』

いや、それでも郁は孤独だったろうと、陶也は思った。

できることなら時間をさかのぼり、一人孤独の中で耐えている郁のそばに行きたいと思ってしまう。

そばにいって、抱きしめて、お前に生きていてほしいと言ってやりたい。生きていていいのだと言ってやりたい。その孤独をまるごと、もらってやりたい……。

けれどあのころの自分に、それはできなかった。

やるせない気持ちが胸に満ちてくる。

愛とは傲慢で、我儘《わがまま》なものなのかもしれない。できもしないことを望み、相手の痛みまるごと、引き受けたいと思ってしまう。その苦悩の先に今があり、郁の成長があったのだと頭では分かっていても、過去の郁さえ、助けてあげたいと思うのは、どうしてなのだろう。

その時そばにいて、支えてやれなかったことが、悔しいというよりもただただ悲しく、泣けてくる……。

『……もう、全部思い出なんですよ』

子どもをあやすように言う郁が、陶也の頭をよしよしと撫でてくれた。そういえば郁は、陶也より一つ年上なのだった。

『陶也さんも、年をおとりになったんですね』

「バカだな……」

悪態をつきながら、そうか、年のせいかとも陶也は思った。こんなに素直に泣けるのは。

年をとると、自分のことでは泣けなくなるかわりに、人のことでは簡単に泣けるようになるのかもしれない。

陶也は郁の小さな体を、そっと抱きしめた。

郁は陶也の頭を抱いて、まだ撫でてくれる。

日本人形のように清潔で、可愛らしい郁の顔を覗き込みながら、陶也は訊いてみた。

「今、幸せか……？」

『はい。このうえなく』

それなら、いいのだろうか？

これから先も長い間、一生、幸せにしてやりたいと思う。自分のできる範囲のことで、精一杯に。

けれどたとえそれでも、郁の過去のことを思うたび、俺は泣くだろうなと陶也は思った。

それでいいのだ。たぶん。

なんの後悔もないから、郁を愛しているわけじゃない。

同じように陶也も、郁を愛して苦しんだ過去がある。愛さなければきっとその苦しみもなかった。しかし苦しんでも、郁を愛したほうがずっと幸せだったことも知っている……。

郁がそっと眼を閉じたので、陶也はキスをした。

（生きていてくれて、ありがとう）

そう、思った。

――神さまも、もしもこの世にいるのなら、ありがとう。

郁を、生かしておいてくれて。

◆

翌朝、陶也は通常どおり眼を覚ました。今日は出勤日なのだ。

郁も眼を覚まし、二人で並んで朝ご飯を作って食べた。弁当も、一緒に作った。

「今日はちょっと遅くなるから、夕飯は先に食べておいて。無理して俺のまで用意しなくてもいいから、帰る前にメールするから、どうしたか教えてくれ」

『はい』

郁は、猫の「いく」を膝の上で撫でながら、おかしそうに頷いている。この話も、もう耳にたこができているのだろう。

スーツの上着を着こんでいる間、不意に陶也は鼻歌を歌っていた。

『なにか善《よ》いこと、ですね』

と、郁が唇の動きだけで言ってくる。

「なにか善いこと？」

『陶也さんの歌です。映画の歌でしょ？』

また歌っていたらしい。なんだか照れて、笑い、陶也は時計を見た。もう出勤ぎりぎりの時間だ。慌てて玄関へ行き、郁に口づけると車に乗り込んだ。

公道に走り出てしばらくすると、気がつかないうちにまた、同じ曲を口ずさんでいた。

とたんに、忘れていた歌詞が浮かんでくる。

英語の歌詞が頭に蘇ると、その意味も思い出して陶也はハッとした。

……あなたが私を愛してくれるのは、きっと私が、なにか善いことをしたからでしょう……。

その歌詞は、そんな内容だった。

郁と会えなかった四年間。

(俺も、なにか善いことをしたんだろうか……?)

愛する人がそばにいて、その人に愛してもらえる。この奇跡のようなできごとは、もしかしたらなにかのご褒美かもしれない。そうとしか思えない。でなければ、泣きたくなるほどの幸福が、あるはずがない……。

あまりいい人間ではなかった自分に、どうして郁が与えられたのだろう。

不思議だけれど、今はただ運命に感謝するだけだ。

郁を愛するために、愛されるために。

(俺は今日も、なるべく善いことをしよう)


そのご褒美に、愛が与えられ続けるのならば、それでいい。

愛するために必要な、すべてのこと。

そのために陶也は、生きていくのだと思えた。

それがわたしのお気に入り

翼《つばさ》は上機嫌だった。

テレビＣＭなどでよく耳にする、古い映画の、可愛い曲をずっと鼻歌で歌っている。

「それがわたしのお気に入り……」

歌いながら、焼いたばかりのスポンジケーキにクリームをのせていく。

お菓子作りはあまり得意ではないが、スポンジケーキは材料さえ間違えなければ炊飯器で炊けるし、生クリームも混ぜればできる。あとは、イチゴをカットしてのせていけばいいのだ。

この、手軽なレシピは十年来の親友である央太《おうた》から教わった。最初に作ったのは息子の翔《かける》が一歳の誕生日を迎えた日で、毎年作っている。

今日は翔の誕生日ではない。

けれど、翼にとって大好きで大事なある友だちが、ついこの間誕生日だった。家族に囲まれての誕生会はもうやったようだが、翼と澄也《すみや》と翔とではまだ祝っていない。

「ばかに嬉しそうだな」

隣で来客用のカップとグラスを拭いている、澄也が言う。

「当たり前だろ。郁《いく》さんの誕生日なんだから。それにあの二人がようやくちゃんと家族になれて、最初に来てくれる日なんだから。今日のケーキには気合いも入る」

翼は自分のことのように、得意な気持ちで言う。

すると澄也も、「そうだなあ」と分かっているのかいないのか、適当な返事をよこしてくる。

七雲陶也《なぐもとうや》は、翼の夫である澄也の従兄弟にあたる。

二人は仲がよい。一時はいがみあっていたこともあるが、郁を愛したおかげで陶也のほうが変わり、それからは昔と同じく兄弟のような関係に戻った。

それは喜ばしいことだと──翼は思っている。自分と違って、澄也はあまり他人を必要としない。へたをすれば自分と翔だけで世界を完結してしまう。一人でも二人でもいい、澄也の世界が広がるのを見ていると、翼も安心する。

一方の陶也は、愛する郁を失い、四年もの間苦しんでいた。当時はよく翼と澄也の家にやって来て酒を飲んでは、落ち込んでいた。

探しにいけばいいだろう、と言う澄也や翼の言葉にも「俺の罪が許されたら自然と会える。会えなかったら仕方がない」と言うばかりで、頑なに郁を捜さなかった陶也だったので、きっともう郁と陶也が出会えることはないだろうと翼は思い込んでいた。

「それがさ、会えたんだぜ。すごいよな。俺、自分のことみたいに感動しちゃったもん」

「お前、陶也が報告に来た日、いきなり寿司をとったものな……」

「取り乱してたんだよ」

恥ずかしくなって翼は澄也を睨むが、それも仕方なかったのだ。郁に会えた、運命が味方してくれた、と言って陶也がこの家に駆け込んできたのは一年ほど前の夏だった。

陶也は玄関に突っ伏して、泣き出したのだ。


それを見て翼も泣き、気がついたら特上寿司をとっていた。

そこからしばらく紆余曲折《うよきょくせつ》はあったものの、やっぱり郁も陶也を愛し続けていたらしい。

二人は去年の秋に一緒に暮らし始め、今年の初めに、パートナーとして正式に国から認められて、家族になった。姓は別姓のままだが、法的には夫婦と同じ権利が認められている。

「郁さん、嬉しかっただろうなあ……」

「まあ、そうだろうな」

ため息をつく翼に、澄也もうなずく。

「でも、たぶん陶也のほうが嬉しかったんじゃないか」

「涙ぐんでたもんな。報告のときの、電話の声」

陶也は年々涙もろくなっている。

あるいは、澄也以上にいい変わり方をしたと言ってもいいかもしれない。

弁護士という職業柄もあるだろうし、地域に密着して仕事をしているせいもあるだろうが、陶也は町の人との交流も多く、郁も巻き込んで、なかなか賑《にぎ》やかな日々を送っているらしい。

そのへんは、澄也にはないところだ。もっとも澄也は医者なので、患者との付き合いはあるが、翼たちはマンションに住んでいるので、近所付き合いが狭まるのは必然だった。

「ママー、いくちゃん、くるの？　なんじにくるの？」

そのとき、リビングで子ども向けのテレビを見ていた翔が台所に入ってきて、翼の腰にまとわりついてきた。

郁と陶也はもう何度かこの家に遊びに来ていて、郁は一人でも、翼と翔に会いにきたりもする。

お茶をして、適当にだらだらとすごすだけなのだが、郁と一緒にいると翼でもなんだか穏やかな気持ちになる。

翔も、自分のお気に入りのオモチャで延々遊んでもらったりする。郁はまったく嫌がらずに長々付き合ってくれるので――正直、翼はいつも途中で面倒になるので、郁の忍耐力はたいしたものだと思うのだが、郁は苦ではないらしい――翔は郁が大好きなのだ。

それに子どもというのは不思議なもので、郁がなにを言っているのか、手話ができなくても大体分かるらしい。時々、翼に郁の言葉を翻訳してくれたりする。

だがそれとはべつに、翼が郁のなにが好きかというと、とりわけ書き文字が好きだった。

素直な言葉と美しい字は、見ているだけで心地よく、翼はいつも気持ちが落ち着く。

陶也と郁の住まいも、翼は訪れたことがある。見かけは古いがよく手入れされた古民家で、庭に四季折々の花が見られる。青いい草の匂いが心地よい居間の座敷で並んで座り、ノートを挟んで静かに会話しているのだろう陶也と郁の日常を思うと、なんとも豊かなものに感じられた。

「郁ちゃんはねえ、もうあとちょっとしたら来るよ」

「ほんと？　ほんと？　翔くんのねえ、あたらしいね、車せっと持ってこよかなあ」

まだ幼稚園の翔は、最近気にいっているオモチャをリビングに出そうとしているらしい。

「それは後でね。ケーキ食べたら、パパが持ってきてくれるって」

「そう？　いくちゃんぜったいみたいと思うな」

「郁ちゃんも、後で見たほうがお楽しみになっていいと思うよ。それより翔くん、プレゼント用意した？」

「うん。つくったよ。いくちゃんがよろこぶの」

巨大な車のオモチャセットをリビングにばらまかれることをなんとか回避し、澄也に目配せすると、澄也が翔を連れてリビングへ行く。

と、そこでインターホンが鳴った。

「あ、いくちゃん！　とうやくん！」

翔が叫び、玄関のほうへダッシュする。翼はエプロンをはずしながら、くすくすと笑った。

◆

「すごいな、ご馳走《ちそう》だ」

リビングのテーブルに並んだランチを見て、陶也が嬉しそうに言った。

「サラダは澄也のお手製だから、食べてみて。ドレッシングは、市販のだけどね」

「それ、ほとんど作ってないじゃないか」

からきしやらない澄也と違い、料理もかなり本格的にできる陶也が笑う。澄也は憮然《ぶぜん》として、

「レタスをちぎった」

と、言ったりしている。

郁のほうはもう、翔に捕まっている。

翔は郁の膝に座り込んで、最近あったことを話している。郁もにこにこと聞いてくれている。

郁には悪いが、郁が来ると本当に翔の世話が減って助かる──と内心、翼は思っていたりもする。

（ごめん、郁さん……でも翔の相手しなくていいから、ほんと家事がラク……）

「でね、ようち園でね、翔くんのおよめさんは、ママといくちゃんにするって言ったの。そしたら先生が、およめさんはひとりなんだって」

「翔、いくちゃんはもうおじさんのものだぞ」

「ママはパパのものだけど」

大人の男二人が、翔の言葉に茶々を入れている。

「とうやくんとパパは、いっしょに住んでもいいよ」

「澄也、お許しが出たぞ」

「複雑な気分だな」

郁がくすくすと笑い、翼も笑った。

「さ、食べよ食べよ。まずは、郁さんの誕生日を祝って、乾杯」

和やかな雰囲気の中、昼のパーティが始まった。

食事があらかた終わると、今度はケーキを持ってくる。お誕生日おめでとう、と書かれたケーキを見て、郁はいたく感動していた。

それから、澄也と翼二人で選んだお祝いの品を渡す。なんにするかは悩んだが、持っていないと言っていた圧力鍋をあげた。なんだか所帯じみている気もしたが、実用品のほうが嬉しいだろうと思ったのだ。

『牛すじ煮込みがラクになります』

郁は嬉しそうだ。牛すじなんて普段煮込まない翼は、ついつい、

「あ、そういうの作るとき、俺も呼んで。食べに行く」

などと言って、郁を笑わせた。

翔が郁にあげたのは、幼稚園で作った折り紙の……犬だか熊だかよく分からない代物《しろもの》で、うしろに「いくちゃんへ」と書いてあるところに、リボンがついてネックレスのようになっている。

折り紙はへたくそだが、字はまあまあ書けていて、親バカかもしれないが、こういうところで翼は翔がハイクラスなんだなあ、と感じさせられる。

翔が通っているのはハイクラス、ロウクラスが半々いる珍しいタイプの幼稚園だが、ハイクラスの中でもトップ層にいるタランチュラのせいか、翔は運動も知育もずばぬけている。字にしてもなんにしても飲み込みが早く、すぐに覚えて使いこなしてしまうのだ。小学校一年生程度の算数なら、もう、できてしまう。

その点では手間がかからない反面、優れた子どもを持つプレッシャーは、やはり翼にはある。いずれは自分より身体的にも能力的にもずっと大きくなってしまうような子どもを、自分に育てきれるのか、と思うこともあり、どこかの段階で、やっぱりハイクラスだけの学校に入れなければならなくなるだろう、とも考えるのだ。それは翔のためでもあるが、周囲のためでもある。

そうでなくとも既に、翔は幼稚園でだんだん周りから浮き始めていると、担任の先生から聞いていた。

悲しいことだが、それがタランチュラ種の持つ特異

性なのだ。澄也も陶也も、きっとそうした道を通り、大人になってきた。

（でもそのことで、翔が、出会ったころの澄也みたいになったら……）

翼にはそういう危惧もあるが、郁と一緒にいる翔を見ると、その不安は薄れる。少なくとも翔は、ロウクラスとかハイクラスとか関係なく、ただ郁が好きなのだ。それならきっと、大丈夫だろうと。

「いくちゃん、これね、翔くんがつくったの。先生にほめられたの」

もらった郁は嬉しそうに眼を輝かせて、早速首にかけている。翔が可愛くて仕方ないように、抱きしめて頬ずりしている。翔もきゃっきゃと声をあげ、見ているだけで翼もニコニコした。

あの変なネックレス？（メダルかもしれない）に心から喜んでくれる郁に、思わず感謝してしまう。

（子どもはそういうの、分かっちゃうからなあ……）

相手が自分を好きでいてくれるかどうか。

翔が郁を好きなのは、郁が翔を好きだからだ。

そのうちに、陶也と澄也は酒を飲みはじめ、ベランダに出て仕事の話をしはじめた。

すると翔は翼に、車のオモチャセットを出してこいとせがみだす。

「いくちゃんに見せるの。翔くん、新しいくるまかいぞうしたんだよ」

「はいはい」

よっこらせと立ち上がってオモチャ部屋に行き、リビングにそのどでかいセットを出す。

ミニカーが数台に、プラスチックで作られた道路のセットで、もうこれで何度も遊ばされているので、郁もかなり組み立てに手慣れていた。

翔が改造した車というのは、ミニカーの一台で、それにクレヨンで色を塗っただけだ。そんな子どもだましを「かいぞう」と言って喜んでいる我が子は、なんだかんだいってもまだまだ可愛い。それに付き合ってくれている郁が、やっぱり翼は好きなのだった。

やがて翔が車のオモチャに熱中しだし、そこでやっと、翼は郁とゆっくり話ができるようになった。

「もうすぐお中元の時期だから、郁さんも忙しくなるの？」

在宅で筆耕《ひっこう》の仕事を続けている郁に訊くと、ノートに、『そんなでも。おれ、宛名書きが多いから』と返ってくる。

「なんか手伝い必要だったら行くからさ」

郁はニコニコしながら、ありがとうと唇を動かした。

『ケーキ美味しかったよ。教えてもらったからこないだ作ったんだけど』

「ほんとに？　俺、料理苦手だから芸がないんだよ。友達に、お菓子作りはプロ級のがいるから、今度会ってみない？」

『央太くんでしょ。会いたいな』

「あれ、知ってる？」

『翔くんがよく話してくれるから。央ちゃんのクッキー美味しい、って』

まいったな、と翼は笑ってしまう。翔のほうが、翼より情報通だ。

他愛のない会話をしばらく続けていると、ふと、郁がノートに『あらためて、翼くんにお礼言いたくて』と、書いてきた。翼は不思議に思い、首を傾げる。

『もう大分前のことだけど……陶也さんと付き合う前に、病院で会ったでしょ。あのとき、おれの背中押してもらえたこと、今も、すごく感謝してる』

「ああ、あれ。びっくりしたけど、すぐ郁さんだって分かった。すっごい感動したなー」

一年ほど前、入院していた郁を最初に見つけたのは翔だった。口が聞けないことと、郁の白い髪と大きな黒い瞳とで、翼は郁だと感づいた。ちょうど数日前に陶也が家に来て、郁に告白したけど返事がないと落ち込んでいたので、翼はそんな話をした覚えはある。

背中を押すとかそんなつもりはなく、ただ、翼にも少しだけ、郁の気持ちが分かる気がした。

自分も、いつ死ぬだろうかと怯えている。そんなところは、郁と同じだと思ったからだ。

けれど踏み出すには、勇気がいる。命はいつ尽きるか分からない。どちらにしろ、自分の生き方を選ぶのは賭けのようなものだ。

「……郁さん、今、幸せなんだな」

そう言うと、郁は恥ずかしそうに微笑んだ。

「さて、そろそろおいとましようか」

夕方近くなった頃、陶也が言って郁を立たせた。翔は「えー」と不満顔だったが、郁がまた来ると言うので、落ち着いてくれた。

郁を立たせる時の陶也の手つきはとても優しい。郁を見つめる時の陶也の眼も、とろけるように優しく、慈愛に溢れている。見つめ返す郁の眼もまた、同じだ。

（可愛いなあ……）

見送りながら、しみじみ、そんなことを思ってしまう翼だ。

二人がいなくなると、

「いくちゃん、次いつくるの？　いつ？」

まとわりついてくる翔に、「またすぐ来るよ」と返事しながら、翼はベランダに出た。

ベランダのテーブルに置かれた澄也と陶也のグラスを回収するためだ。その時ひょい、と下を見ると、ちょうど、駐車場のほうに郁と陶也が歩いて行っていた。

二人とも寄り添って、なにか話して笑っている。その姿が自然で、こうして見ていると、声を出しているようだ。だが実際には唇を動かしているだけで、陶也がそれを読んでいるにすぎない。

（愛だなあ……）

と、翼は感心する。

会話するように自然に唇を読めるようになるまで、陶也はよほど努力したに違いなかった。

部屋の中に戻ると、遊び疲れた翔はさっきまで、いくちゃん、いくちゃん、と騒いでいたのに、ソファで寝こけてしまっている。

澄也がひとりで、オモチャやテーブルの上の皿を片付けてくれていた。

「こないだの検査の結果が、ちょっと悪いんだ」

台所へ二人で入ると、ちょっとトーンを落とした声で澄也が言った。

翼は急に緊張し、思わず澄也を見上げた。

「検査って……郁さんの？　なにか、悪いところがあったの？」

「免疫力が低下してる。……もう一回検査してもらって、それでも戻ってなかったら、しばらく入院してもらおうかって、さっき陶也と話してた」

「そんな……」

声が震え、翼は自分の心臓の上をぐっと押さえた。

それを見た澄也が、肩を抱き寄せてくれた。

「大丈夫。それほど心配なわけじゃない。用心のためだ。免疫力を正常値に戻せるまで、集中的に治療したいだけで……」

「正常値には、戻せそうなのか？」

「前回の入院のときに使った薬が、一時的に免疫力を高めてたようだから、そのデータをもとになんとか治療してみる」

「そっか……」

澄也も怖いのかもしれない、と翼は思った。

陶也の大切な人の命を預かっているのだ。治療の失敗は、澄也自身許せないだろう。

ついさっき下を歩いていた二人の姿を思い出す。

陶也は穏やかな顔をしていた。優しい眼で、じっと郁を見つめていた。けれどあの顔の下で、どれほど苦悩しているのだろうと思うと翼の胸は詰まった。


「……澄也、郁さん、ちゃんと生きていけるよな」

「ああ。俺が生かす」

きっぱりと言う澄也に、翼は抱きついた。

まだ、早すぎる。

せめてあと数年、十数年、生きて欲しい。

自分も同じように、生きていたい。

愛する人のために。

（生きていると、愛する人が、増えていく……）

死ねない理由が、増えていく。

これが欲というものだろうか。

生は執着そのものだと、翼は思う。

愛は愛というより、愛着だと。

それは我が儘な欲だろうが、それにしても聖人になるには、まだ自分も郁も若すぎるし、愛するものが多すぎると――翼は一人、考えていた。

セックスは、月に六度ほど。

それも、挿入までするのはそう頻繁ではない。理由は郁《いく》の体に負担がかかるから、らしい。

だから今も、郁は糸で攻められている。

「ん、あ、ん、ん、んっ……」

（も、やだ、そこばっかり……）

まっ赤な顔をして、郁は焦れったい快楽に耐えている。

澄也《すみや》と翼《つばさ》の家から帰ってきて、数時間後。

自宅の寝室でキスをしながら、そのキスが深くなった。

布団に倒れ込んだら、組み敷かれて――陶也の大きな手が郁の全身を撫で、やがて裸にされてしまった。

乳首は、いつも入念にこねられる。

郁でさえ「もっとして」と言いたくなるほど優しくやわやわと揉まれ、そっと引っ張られ、舌の先でちろちろと舐められて体は簡単に火が点く。

「あ、ふ、あ、あん……」

言葉は喋《しゃべ》れないのに、喘《あえ》ぎ声だけは出せるから恥ずかしい。

「郁の声は、可愛いな……」

と言って、陶也はねっとりとタランチュラの媚毒《びどく》のからんだ糸を束にして、郁の後ろの穴にさしこみ、中をぐっしょりと濡らしながら、ずぶずぶとかき回しているのだ。

それも乱暴にではなく、じっくりゆっくりと。

郁の中はもうたっぷりと濡らされて、媚毒は内部の壁にしみこみ、どこを刺激されても恥ずかしいくらい感じるようになっている。

「あ、あん、あ、あ……っ、ひゃあっ」

それなのに陶也は、強くは刺激してくれない。

糸束はコイルのようにぐりぐりとねじ巻きになってゆっくりと回転し、その凹凸がぐっしょりと濡れた郁の中を刺激してゆく。

時折ずる、と出され、またぐっと入ってきたりする。

「あっ、や、ああ……っ」

（あ、出たり、入ったり……してる……っ）

やがて糸束は二つに分かれ、一方は入ってきて、一方は出ていく。それを繰り返されて、郁は足を広げたままひくひくと痙攣《けいれん》した。

小ぶりの尻はすっかり浮いて、勝手に動いてしまっている。

勃《た》ちあがった前の性器にも濡れた糸が絡み、先端をやわやわとつつきながら時折締めつけてきたり、擦ってきたりして、もう下半身はどこもかしこもいやらしく湿っていた。

陶也はというと長い間、指と舌で郁の乳首をいじくっていて、ふっくらと膨れた桜色のそれにも、糸は巻きついている。

甘い媚毒は乳首にも染みこんできて、ちょっと舌先で擦られただけで郁は「あんっ」と声をあげて、内部をきゅうきゅうと締めつけ、もう三度もイってしまっていた。

けれど前の性器からは、白濁は迸《ほとばし》らない。

セックスの数はそう多くないのに、陶也の巧みな手腕によって郁の体はすっかり、精を吐かずに達することに馴《な》らされてしまっている。

この方法なら数度イっても体力が持続するから、というのが陶也の持論だが、郁にしてみればあまりに深い快感が長時間続くので、おかしくなってしまいそうだ。

（あっ、いや、また……い、イっちゃう……っ）

中で糸束が膨らみ、乳首を糸でひねられるのと同時に吸い込まれて、郁は「あああっ」と声をあげた。

なにか大きな波のようなものが体の内側から押し寄せてきて、頭の中が一瞬、白くなる。

（だめ、だめ、もう……あっ、また……）

イったばかりでびくびくと震えているのに、乳首をぴん、と弾かれて、中で糸束がぐるっと回ると、すぐさまあの深い波が押し寄せてくる。

「あ、ああ……っ、はあっん……」

五回目、イってしまった。

「郁、さっきから触るごとにイってる？」

「あ、ひゃ、はぁ……」

恥ずかしくて首を横に振ると、陶也がくす、と笑った。分かっているくせに、意地が悪い。タランチュラの陶也には、操っている糸の感覚があるという。郁の内部がさっきから何度もうねって、糸束を締めつけ、感じまくっていることはもうきっと伝わっている。

（と、陶也さん、こういうところは、意地が悪い……っ）

「こんなに深く感じてくれて、嬉しいよ」

陶也が言い、キスをしてくれる。唾液を交換するような深いキスでも、郁はイきそうになって困る。がくがくと腰が揺れて、それがなんだかとてもはしたなく思えて恥ずかしい。

『い、いれないの……？』

そっと唇が離れた時、郁は訊いてみた。

体には負担がかかるが、郁は陶也に入れてもらうのが好きだった。陶也自身の熱い塊を、体の奥深くに感じる。中で出してもらうと、その迸りがまた深い快感になった。

「入れたい。入れて、俺のやらしいもので、郁をいっぱいにしたいけど……今日はね」

しない、と陶也が言う。

こういうときの陶也は頑なで、郁がいくら「して」とせがんでも入れてはくれない。陶也なりに、郁の体調を見てコントロールしているのだろう。

「でもそのかわり、俺のとまったく同じもの、入れてあげるよ……」

頬にキスをされ、どういうことだろうと思っていたら、中をかき回していた糸束がずるるっとぬけていった。

と、ぬけていった糸束が、今度は集まってなにかの形を作り始めた。途中で気がついた郁は思わず息を呑んでしまった。

陶也が履いていた下着をずらし、そそり勃《た》った性器を取り出して糸束に並べる。糸束は、大きさも形も、陶也のそれとそっくり同じだ。そのあまりに卑猥《ひわい》な姿に、郁はまっ赤になった。

「あとは、硬さだけど……どうかな？」

と言いながら、陶也は、郁の中へ作った性器を入れてくる。

「あ……っ」

郁はつい、声をあげた。

ぬるうっと入ってくる性器は、硬く、陶也のそれと同じように感じる。

「すごいな。郁のここは……俺のを、覚えてるみたいだ」

糸束でかたどられた性器に、郁の中はからみついていくようだ。自分でも制御できない。それがすべて入ってきたとたん、郁はまた達してしまった。

「あ、ああ、あ……っ」

ひくんひくん、と胸を上下させている郁に、陶也はとりだした自分の性器を持った。

「俺のこっちは、ここで……慰めて」

そういうと、桃色に突き立った郁の乳首へ、陶也はその性器の先端を擦りつけてくる。

「や、やあ……っ」

乳首が陶也の先走りでぬめり、そのいやらしい光景に郁は中の糸束をぎゅうっと締めつけてしまった。

「……郁の、その顔だけでイケそう」

鈴口を郁の乳首に押しつけて、陶也がかすれた声で言う。

言われたとたん、郁はまたイってしまった。

「平気？　辛くないか？」

陶也が郁の胸の上で達した後、今日のセックスは終わりになった。

体を拭いてもらい、抱き寄せられると、郁は陶也の胸に顔を預けてうとうとする。

『平気……』

とだけ、陶也の手のひらに書く。額に、陶也のキスが落ちてくる。

『今日、澄也さんと……なに話してたんですか？』

長い間ベランダから戻って来なかった陶也のことを、実を言うと郁はずっと気にかけていた。

なんとなく陶也が、少し気落ちしているように見えたせいだ。

はためには分からない程度の変化だろう。けれど郁には分かる。家族だから。

「……お前の、入院について」

ややあって言われたことに、郁は驚かなかった。そうだろうな、と心のどこかで分かっていた。

『いつからですか？』

だから、そんなふうに訊けた。

陶也は一瞬黙り込み、やがて「なるべく早く」とつけ足す。

「……誤解しないでくれ。危ないとかじゃない。用心のための入院なんだ。前にやった免疫治療と同じだよ。すぐに退院できる。そうしたらまた、元気になれるから」

矢継ぎ早に言う陶也に、郁は小さく笑った。

（心配なんてしてないのに……）

心配があるとしたら、郁にとっては陶也のことだけだ。自分がいない間、陶也が落ち着いていられるかだけが、不安だった。

だから顔をあげると、郁は安心させるようにニッコリした。

『分かってます。体調は、悪くないもの。数値が下がってただけでしょ？　すぐに戻れます』

同じことを言っていたくせに、内心では不安だったに違いない。郁の言葉に、陶也はあからさまにホッとしたようだった。

「体調は悪くないのか？　本当に？」

『元気ですよ。ばい菌が入らなければいいだけのことです』

「そうだ。それだけだ。大したことない」

意気込んで言ってくる陶也が愛しくなり、そして淋しくもなり、郁はそっと陶也の首に腕を回して抱きついた。

胸に耳を当てると、陶也の心臓の音が聞こえてくる。きちんと刻む、命の音。

（まだ、生きていられる）

郁は、そう思うのだ。

（そうでしょう、神さま？）

あてどなく、郁はそっと問いかけてみたりする。

人の行いが、万事因果応報というのなら、

（この人にはまだ、ご褒美をもらいつづけるだけの、権利があるでしょう？）

毎日たくさんの人に、善いことをしているのだから。

――愛が、その人のしたなにか善いことに、いつか巡り巡って与えられるものだとしたら。

（まだおれは、生きていられる……）

陶也のしてきた善いことに、自分は生かされている。

生きている間中ずっと、そうやって陶也に生かされつづける。

陶也がいるから、生きていられる。

もしも死ぬときがきたら、そのときは——きっと郁がいなくても、陶也が生きていけるようになったときだと。

頭上で陶也が郁の髪に顔を埋めて、息をついた。ひとときき、郁は陶也と二人つがいの鳥になったように寄り添って、息をひそめ合っていた。

そうしていれば、死が二人の上を、気づかずに通り過ぎるかもしれないように——。

じっと。

最初のキスを笑いながら交わして

夢を見た。

夢の中で、陶也《とうや》は幼い子どもだった。

そこは美しい草原で、青い空と緑の原の絨毯《じゅうたん》が見渡す限りずっと続き、大地と空の境目は春霞《はるがすみ》に似た淡い靄で覆われて、はっきりとしなかった。

草原の真ん中に突っ立っていた陶也は、やがて、不思議なものを見つける。それは、真っ白な繭だった。陽光を受けてきらきらと光る繭は、陶也の体よりまだ少し大きかった。

夢の中の陶也は、うわあ、と感嘆の声をあげて繭に触れた。思ったより硬い弾力があり、ずっしりとした糸の重みが感じられた。匂いはなく、ほのかに温かい。

どうしてなのかその時、この繭の中にいるのは郁《いく》だ、と思った。


（郁。郁が、この中にいる）

時が来たら繭を破って出てくるだろう。それまで自分は、ここで待っていよう。

子どもの陶也はそう思い、繭に頬を押しつけて眼を閉じた。優しい気持ちが胸いっぱいに湧き、すると自分も繭の中に包まれたような、不思議な安心感に満たされた。

◆

眼が覚めて、起き上がった陶也はいつも真っ先に自分の隣を確認する。そうして、軽い失望を覚えた。

いつもなら隣にはぐっすりと眠っている郁の姿があるのだが、今日はもぬけの殻だった。

（そうだ、郁は昨日から入院してるんだった……）

不意にそのことを思いだし、自然とため息が漏れる。けれどぼんやりしてもいられない。布団から出た陶也は、パジャマのボタンをはずしながら台所へ歩いて行った。

郁の入院は深刻なものではなく、検査入院である。

主治医が陶也の従兄弟、澄也《すみや》に変わってから、郁は二ヶ月に一度の頻度で検査のために数日入院している。

それは澄也が積極的に郁の体質改善をしようとしてくれている証でもあり、病院で数日静養してくると郁も元気になるので、なにも心配することではない。

けれど、と陶也は思う。

（姿が見えないだけで、こうも不安になるなんてな）

顔を洗い、アイロンをあてたシャツに着替える。鏡に映った自分のどこか所在なげな顔を見て、陶也はため息をついた。

郁と暮らしはじめてから、二度目の夏が終わった。陶也は今二十九。郁は来年、三十になる。

カイコガで体の弱い郁は、生まれた時から短命を運命づけられていた。三十まで生きていられればいいと言われ続けてきたし、本人もそれをある程度受け入れている。陶也もまた、覚悟を持って郁と暮らしている。

いつ失われても仕方のない日常。

郁は自分より早く死ぬだろう。それは明日かもしれないと思いながら、いつも陶也は怯えた心を郁の前では見せないよう気をつけていた。

二人の生活にできるだけ恐怖を寄りつかせたくないのもあったし、郁といると満たされて幸せで、つい郁の死を忘れてしまうのもあった。

かといって二人、いつか来るかもしれない「その日」について、なにも話し合わないわけではない。

陶也は「死」から不自然に眼をそらすことはしたくなかった。それは郁に内包されているものだから。そして眼を逸《そ》らしたくないのは、きっと郁も同じだっただろう。

何度となく死について、生きていける時間について話し合った。そうしていつも、誰だって明日がどうなるか分からないから、後悔しないようにしよう、という結論に二人で至ってきたのだ。

——陶也さんといると、おれはずっと生きていけそうな気持ちになります。

郁はそんなふうに笑う。

陶也があまりに普通のことのように、郁の生死について話すので——それは陶也は意識してそうしているのだが――逆に、何年でも生きていけそうな気になるのだと。

そうなればいい。本当にそうなればいい。

切ない願いの中で、陶也はいつもただ、「そうか？」と笑うだけにしておいた。

必要以上に、深刻になりたくなかった。暗い気持ちは死を近づけそうな気がしたし、なにより自分の不安を郁に押しつけたくなかったから。

けれど郁がいない日には、陶也は本当はとても不安になるのだった。

（病院の空調は、寒くなかったろうか。夜中に咳き込んでたら……）

そばにいないと、ついそんなことまで気になる。

猫の「いく」に餌をやり、上着を羽織りながら、陶也はまた一人、無自覚のため息をつく。

あの小さな背中をさすってやるのは、自分しかいない。空調管理だって、誰よりも自分が一番、郁に快適な温度や湿度を知っている。食事、睡眠、生活のあらゆる面で、陶也は郁のことを知っている。自分の手のないところで、郁が我慢していないかを考えると、心配でたまらなくなるのだ。それをあまりに口にすると、過保護すぎると郁に嫌がられそうなので、おくびにも出さないが。

穏やかで優しい気質の郁だが、自分のことはなんでも自分でできるほうだ。あまり心配すると、彼の過干渉だった父親と同じになってしまう。

（今日は外出の仕事があるから、それは午後に回して、終わったら病院に寄ろう）

そう考えて自分の心配にけりをつけようとしていたとき、猫の「いく」がまた、いたずらをした。

本棚の空いている隙間に、太った体で飛び乗ったのだ。とたん、棚からはばらばらと本が落ちてきた。

「あ、こら、いく」

陶也が叱っても、猫の「いく」は素知らぬ顔で、にゃあと鳴くだけだった。

畳の上に散らばった本を、ため息まじりに拾いながら陶也はふと手を止めた。

数冊の文庫本に混じって、郁の日記帳が落ちていたのだ。それもページを開いて。

（これは去年の日記か――）

と、思って拾い上げようとしたとき、読む気のなかったそのページの文字が、眼に飛び込んできた。

そこには郁のきれいな、丁寧な文字で、どこからの引用なのか、それとも郁が自分で考えたことなのか、こんな一文が書かれていた。

『最初のキスを笑いながら交わして、
いざ別れるとなっても、
しんみりと優しい話をして別れるのが、一番いい』

（いざ別れるとなっても……）

その言葉が陶也の胸に、ナイフのように突き刺さってくる。

どういう気持ちで、なにを意図してどんなときを想像して、郁はこの言葉を書いたのだろう？

日記帳の中に、陶也の知らない郁が生きているような気がして、陶也は心が揺らめくのを感じていた。

（一緒に暮らしてるからって、なにもすべてを知る必要はないものなあ）

仕事を終え、郁の病院に向かいながら、陶也はそう考えていた。相手の心の中にあるものを、なんでも暴こうというのは暴力に近い。それは自分の不安を解消するためでしかないと、陶也はもう分かっている。

けれど、陶也といるとずっと生きていけそうだと笑いながら、一方で別れる時のことを考えているのかもしれないと思うと、それがたまらなく淋しく思えた。

その言葉を日記に書く郁の孤独は、陶也の知らない孤独だろう。

陶也は郁に不安を見せないようにしているが、きっと郁も同じなのだ。

ぼんやりとそんなことを考えているうちに、陶也は郁の入院する病院に到着した。

エレベーターを待っている間、また知らずにため息が漏れていた。

（ダメだな。郁の前では普通にしないと……）

眉を寄せて言い聞かせていたとき、すぐ後ろから、

「陶也」と名前を呼ばれた。振り向くと、白衣を羽織った澄也《すみや》が立っていた。

「澄也、回診か？　今、ちょうど郁の見舞いに来たところなんだ」

すると従兄弟は小さく頷き、神妙な顔で訊いてきた。

「ちょっと、話いいか。郁さんのことで、伝えておきたいことがある」

澄也の真面目な顔に、思わず陶也は息を呑んでいた。

その日が来るかもしれない。それは明日かもしれない、という何度も考えた恐怖が、腹の中にわき上がってくるのを感じた。

「実は郁さんの染色体を調べてて分かったことなんだが……」

澄也の内科診察室は、今日、午後の外来は休みらしい。雑然としたその部屋で、陶也は澄也が調べたという郁の染色体写真を見せられた。

「二十四種の染色体の他に、俺たちにはそれぞれの起源種特有の染色体があるだろ？　郁さんの、カイコガの染色体はその二十五番目なんだが……なぜか、カイコガ種の人間には二十六番目があるみたいだ」

言われて、陶也は眼をすがめた。通常ムシを起源とする人類の染色体は二十五種だ。だが、たしかに郁には、二十六個の染色体があった。

「どうも、その二十六番目は機能してないらしい。それで、数年前に診察したクロシジミチョウの子のことを思い出したんだ」

「クロシジミって……絶滅危惧種のか？」

訊くと、澄也が頷く。

「連絡をとって染色体を調べさせてもらったら、彼にも二十六番目があった。郁さんと同じく機能してなかったんだが、クロオオアリの蟻酸《ぎさん》の成分を足すと、突然動きを持った。それで、郁さんのこの二十六番目も、なにかの作用で動くんじゃないかと思ったんだよ」

その突飛《とつぴ》な話に、陶也は思わず顔を上げる。

「本来、カイコガは弱い種だ。だけどよく考えてみたら、カイコガの作る繭は、ものすごく高度な生体保持能力を備えてるんだよ」

「たしかに、言われてみれば……」

蚕の繭は、保温保湿に優れ、それでいて毒性物質を排出する能力にも長《た》けている。繭は夏から冬にかけて蚕を守るため、快適な環境を作る。冬温かく夏涼しいのは、絹糸の特性でもある。

「タランチュラは糸を出せる。それなら、郁さんも糸を出す……出せなくても似たような能力があるんじゃないか？　もしかしたらその能力があれば、郁さんは長生きできるのかもしれない。病や怪我を、通常の免疫力や治癒力じゃなくて、繭の作用で治す――そんなような……」

古い文献に、カイコガ種のそんな不思議な特性について言及しているものがあるらしい。海外の文献なので、今はそれを取り寄せていると澄也は話してくれた。稀少《きしょう》な種だから、研究がなかっただけだ。もしかしたら、糸口さえ見つかれば、郁の体は普通の人と同じくらい丈夫になるかもしれないと、澄也は「希望的観測にすぎないが」と前置きしてから言った。

「郁さんには、なにも伝えてないんだ。文献を見て、なにか手がかりを得て、具体的になってからと思ってる。でも、問い合わせた先の海外の医療チームが興味を持ってくれてるから、協力してもらえれば、予想よりずっと早くなにか分かるかもしれない」

――まだ分からない。

なにも決まっていない。ぬか喜びしてはならない。

そう思ったけれど、澄也の診察室を出たあと、陶也の口元には抑えきれない笑みが浮かんできた。

郁が、長生きできるかもしれない。

もちろんそれは、まだ淡い希望にすぎないが。

それでも一緒に暮らし始めて二年。

こんな希望が見えたのは初めてのことだった。

『陶也さん』

入院している個室に入ると、郁は嬉しそうに出迎えてくれた。白い頬はうっすらと桃色に染まり、なぜだかいつもより健康そうに見えた。それにも嬉しくなって、陶也はニコニコして傍らの椅子を引き寄せて座った。

「変わったこと、なかったか？　困ったことは？」

『快適ですよ。……どうしたんですか、なんだか嬉しそう』

郁には、陶也が浮き足立っているのが分かるらしい。なんでもないよ、と答えながら、陶也は口元まで出かかった、「お前を助ける方法が、見つかりそうなんだ」という言葉を呑《の》み込《こ》む。

そうして言えないかわりに、郁の白い手をぎゅっと握りしめた。

（郁。お前、生きていけるかもしれない。もしかしたら明日も、明後日も、来年も、十年後も）

生きていけるかもしれない。

我ながら、こんなふうに思っていて後で駄目だったときに落ち込まないかと心配になる。けれど一方で陶也はもういいじゃないか、という気もした。

郁は十分頑張ってる。神さまがそんなご褒美をくれたって、驚かない。

なにも言わないけれど、うっすらと頬を紅潮させている陶也に、郁は微笑んで首を傾げた。

『……なんだか分からないけど、陶也さんが嬉しそうだと、おれも嬉しい』

小さな唇で、声のない声でそう言う郁に、陶也は眼を細めた。時刻はちょうど黄昏時《たそがれどき》で、まばゆいばかりの西日が郁の白い髪に当たっている。逆光が郁の体を包み、空気に舞う埃《ほこり》もきらめいて郁にまとわりついている。するとまるで細い絹糸が、郁の体を包んでいるように錯覚した。

その時ふと、今朝見た夢を陶也は思い出した。やはり繭の中で寝ていたのは、郁だったに違いない――。

「郁が嬉しいなら、俺はもっと、嬉しくなるよ」

陶也が言うと、郁はふふ、と笑った。

互いの心の中に、相手には知らせていない孤独な時間があるとしても。

こうして眼を合わせて笑いあい、気持ちのつながりあえる時間もある。

その時間のほうを大切にしたい。孤独よりも、一緒にいられる喜びを強く感じていたい。

孤独より絆《きずな》を、不安より希望を。

いつだって信じていたい。

生と死のように、苦しみと喜びも背中合わせなら尚《なお》さら、そう思う。

陶也はそっと郁の顔に自分の顔を寄せ、優しい声で囁いた。

「キスしようか」

そう、いつでも最初のキスのように、笑いながら交わして。何度でも、笑いながら交わして。

いつか別れのときがきても、一人きりの孤独を抱えるのではなく、こうして穏やかにつながりあいながら、別れていけたらいい。

付き合ってもう二年にもなるのに、陶也の一言で頬を赤くする郁を見て、幸福に満たされながら、それでも陶也は思った。

——あの繭から出てこられたら、郁はきっともっと長い時間、俺とキスしていられる。

温かな希望が胸に満ちあふれてくるのを感じながら、陶也は可愛い恋人の唇に、そっと自分の唇を重ね合わせた。

「書道教室のチラシですか？　まあ……先生のご親類かどなたかが、やってらっしゃるんです？」

法律相談のために事務所に訪れていた老齢の相談者が、ふと、ブースの衝立《ついたて》に貼っておいた教室のチラシに眼を留《と》めて言った。陶也《とうや》は微笑んで、ええまあ……、と言葉を濁す。

教室の名前は『七雲《なぐも》書道教室』だから、相談者の女性がそう思うのも当然のことだった。

「書道ね、うちの孫にも行かせようか考えてたところなの」

陶也が働く弁護士事務所は、ロウクラス庶民が多く住む商店街の中に居を構える、いわゆる町弁だ。相談者も近隣に住まうロウクラスの人が多い。書道教室はこの事務所と同じ商店街の一角にあり、

「教室を探しておいでなら……」

と、立ち上がって什器《じゆうき》の棚から用意してあるチラシを一枚、女性に渡した。教室の名前は漢字が並んでいかめしいが、チラシ自体は白を基調に水色やピンクでデザインされたカラフルかつ親しみやすいもので、子ども向けに月水金、と稽古日があり、稽古の終わったあとの午後六時から八時の間、高校生までなら、自由に出入りしていいことになっている。この時間帯は習字教室が子ども食堂に変わり、一食百円でバランスのいい食事が提供されている――。

「まあ……すごいのね、忙しいママやお腹《なか》の空いたお子さんは大助かりね」

相談者が食堂の説明を読んで眼を丸くする。衝立の向こうからひょいと顔を出した事務所の所長、有沢《ありさわ》が、途中から話を聞いていたらしく「陶也くんも、時々手伝いに顔を出してますよ」と言ったので、女性は楽しそうに笑い「ならママたちはなにがなんでも行かせたいわね」と陶也をおだてた。陶也は苦笑するしかない。

生涯をともにすると誓い合った伴侶、郁《いく》とは、今から十年前の二十二歳のときに出会った。

恋をして、四年の間離ればなれになるも、奇跡的に再会した。二人で籍を入れたのは、付き合いはじめてしばらくしてからのこと。もしも郁がまた病気などで倒れたら、病院の集中治療室に自分が入れないのは絶対に嫌だったからという理由でパートナーになった。

その郁が三年前、三十歳の誕生日を迎えた。

それまでは陶也と住む古びた家で、一人細々と筆耕の仕事をしていた郁だったが、三十を過ぎたあと、「書道教室をやりたい」と、そっと陶也に打ち明けてくれた。

うん。やろうか。やってみよう。

陶也も素直にそう言えた。いつまで生きていられるか分からない郁の残りの人生、思っている以上に長くなるかもしれない。ふと、そう信じられたからだった。

場所は商店街の中にしよう、子どもたちが気軽にやってこられるところにしよう、と話し合って、二人であちこち吟味した。

あそこもいいね、ここもいいねと選ぶ間、郁は楽しそうだった。

未来のことを考えられる。残していくものの心配ではなくこれから先起こるかも分からない未来のことで心配することが、郁には今までなかったはずだから。

最終的に、陶也は長年郁と一緒に暮らしていた古い日本家屋を引っ越し、商店街から路地を一本入ったところにある二階建ての、古い木造の家を購入した。駅近とはいえ、築五十年を越えた再建築不可物件だったので、それほど高くなかった。

おかげで、リフォームにたっぷりと予算をとることもできた。

幸い基礎のしっかりした家だったし、シロアリなどの被害もなかった。外観と内装をリフォームし、間取りを変え、一階を教室と台所と納戸に、二階を居間と寝室と書斎にして移り住んだ。

前の家ほど大きくはないが庭もあり、郁はそこを手入れする時間が好きだ。商店街が近いから、夕方になると肉屋から揚げ物のいい匂いが漂ってくる。郁はそれも気に入ったらしい。

教室は当初は生徒の数も少なく、「ぼちぼち」という感じだった。

けれど口のきけない先生の、優しい教え方と、夜まで預かってくれることが評判になって、だんだん生徒が増えていき、そのころから郁が「子ども食堂をやれないかな」と陶也に言うようになった。

正直大変な仕事だ。

郁の体力でやれるのか……という不安はあったけれど、陶也は少しばかりの葛藤の末、うん、やってみようか、と賛成した。

賛成したからには、自分も全力で支えるつもりだった。

自治体や地域のNPOと郁を繋いで、ボランティアを募り、形を整えるのには陶也も尽力した。町の弁護士だから、そこは得意な分野だ。

習字の稽古がある週三日ほど、食堂は開放されて郁の他にも様々なボランティアの人々が入れ替わり立ち替わりして食事を作り、食べ終えた子どもたちを部屋で遊ばせる。

子どもたちの父兄や地域の人も、自由に入ってこられるので、いつの間にか郁の教室を中心にコミュニティが形成されつつあった。

便利な場所にあること、近くに公立の学校があること、迎えてくれるのが優しい習字の先生で、なにかあれば町の弁護士さんがすぐに助けてくれる——という安心感もよかったようだ。

書道教室も食堂も、やがて人でいっぱいになった。今では教室のほうも郁一人では手が足りず、アルバイトを雇っている。

稽古や食堂がない日も、郁は食材の買いつけや、地域の人との話し合いやらで、とかく忙しそうだ。ゆっくり休めるのは週末くらい。

それでも子どもたちに囲まれ、「お習字のせんせい」「食堂のおにいちゃん」あるいは総じて「郁せんせえ」と呼ばれている郁は幸せそうで、なにより食堂を開いてからというもの、一度も倒れていない。忙しいのに、前よりも健康になっているようにすら見える。

時々、陶也は郁が頑張りすぎているのでは……と心配になり、口出ししそうになる。だが生き生きしている姿を見ると、なにも言うまいと引き下がる。

仕事が早めに終わった日は、陶也も帰ってから手伝うし、郁いわく「陶也さんがいてくれるから、ボランティアに来てくれる人が増えた」そうなのだが——たしかに近所の主婦たちは、陶也が帰ってくると大喜びで迎えてくれる——そう言う郁だって、常にあちこちに引っ張りだこだった。

子どもたちは郁がしゃべれなくても気にせずにどんどん話しかけてくる。五歳六歳の小さな子どもたちのなかには、ノートで筆談しなくても郁の唇の動きと仕草だけで、なにを話しているのか読み取れる子もかなりいた。

少女たちは、郁を部屋の隅っこに引っ張っていったかと思うと、小さな声で好きな男の子について相談もする。

お腹を空《す》かせてやってくる高校生の男子数名は、郁が話しかけると——といっても、郁は声が出ないので筆談だが——妙にどぎまぎして、恥ずかしそうにする。あれは近所に住んでいる年上のきれいなお姉さんに接するときと同じ反応だ、と陶也は遠目に見ていて分かるのだが、郁は年頃だから大人と話すのは照れるんでしょうね、などと呑気だ。

だがそのくらいならまだいい。やって来るのはロウクラスの子どもたちで、それもなにかしら家庭のことで困っている子がほとんどだった。陶也もできるだけ助けてあげたいと感じているし、それは自分の仕事でもある。

子どもたちを通して貧困家庭の問題や、家族が抱える根深い問題を知るにつれ、弁護士としての仕事にももっと誠実に真面目に取り組もうと思わされたし、地域との繋がりもより深まった。

もちろん人が集まるのでトラブルも多く、良いことだらけ……とはいかないが、郁が楽しそうである限り良いことだらけだと、陶也は思っていた。

しかし最近一つだけ、問題ができた。

おかげで陶也は、郁の仕事を素直に喜べなくなっている——。

「郁先生、これもう全部洗っちゃっていいですか？」

仕事を定時に終わらせて裏口から家に帰ると、案の定、台所からそんな声が聞こえた。

裏口には今日ボランティアに来てくれている人の靴

が並んでいる。壁のホワイトボードに、どのメンバーが来ているのか一目で分かるよう、名前の書かれたプレートが貼られており、その中に『七雲朱也《あかや》』というものがあって、陶也は思わず舌打ちしたくなった。

早めに帰ってきて正解だった。今日はこいつが来る気がしていたんだ、と思う。

他にもボランティアで近所の主婦が二人ほど来ており、台所からは今まさしく作業中の賑やかな物音がしていた。

それにもまして、カウンターの向こうのだだっ広い教室から、集まった子どもたちの声がかしましく響いてくる。

稽古が終わると、年かさの子たちが先頭になって、部屋の机を食堂用に配置し直すのだが、その最中にも遊びが入り、室内は常に笑い声や歓声に包まれるのだ。

裏口から台所へ入るちょっと手前に納戸の扉があり、そこを通って廊下に出られるので、陶也は大急ぎで廊下から二階へあがり、さっと着替えをすませた。

猫の「いく」は階下でどたんばたんと騒がしい音がしても、まるで気にせずテレビの前のお気に入りのソファに座って寝ている。

「お前は図太いなあ、ご主人様が色目を使われてるときに……」

陶也が話しかけると、いくはあくびをして、ごろりとソファに仰向《あおむ》けになった。

俺もお前くらい泰然としていたいよと思いながら、再び納戸をくぐって台所に出ると、陶也は「ただいま」と郁に声をかけた。

振り返った郁が、おかえりなさい、と唇を動かすのが見えた。食堂を開くとき、再度広く改築しなおした台所で、ボランティアに来ている二人の主婦が振り向いて「まあー、陶也せんせ」「お早いのね」と嬉しそうにする。

「陶也叔父さん。まさか仕事サボったんですか?」

流しでレタスをちぎっている男が、ニヤニヤと笑いながら声をかけてきて、陶也はムッとしつつ「そんなわけあるか」と返した。

陶也よりわずかに背は低いが、まだもう少し伸びるかもしれない、二十歳。

朱色がかった髪は今時の若者らしい髪型、眼も鮮やかなオレンジ。顔は整っていて、人好きがする明るい笑顔を、常に浮かべている。ブラジリアンレッドヘッド・タランチュラが起源種の朱也は、陶也の甥の一人だった。

なにしろ陶也には男ばかりで兄弟が六人も上にいる。

家長の雅也《まさや》はまだ独身だが、それ以外の兄たちはそれぞれ結婚して、早くから子どもを持つ者もいた。なので、甥と姪もそれなりの数がいる。

朱也は上から二番目の兄の子で、陶也が十二歳のときに生まれた甥だ。当時子どもにも、親戚にも興味がなかった陶也は、たまに家の行事で見かける甥のことなどほとんど眼中になかった。

だが郁と入籍してからは、家の行事にもこまめに顔を出すようになった。父が生きていればありえなかったろうが、長兄の雅也はロウクラスに好意的だ。

そして今年の正月、集まった親戚の席で、久しぶりに大学生になった朱也に再会した。

朱也はなぜか郁に興味を示して、話しかけてきた。習字教室と子ども食堂をやっていると言うと、とたんに身を乗り出して「面白そう！　手伝いにいってていい？」と訊いてきたのだった——。

陶也としては、この時点でなぜ叔父の自分ではなく、初対面の、それも口のきけない郁に訊くのだと思ったが、郁が嬉しそうだったのでなにも言わなかった。

それから二ヶ月後、大学の近くのマンションに引っ越したという朱也が、「偶然にも隣町の駅でさー」と言いながら、週二日のボランティアに顔を出すようになり、しかも二ヶ月ぶりに会ったときには、手話を完ぺきにマスターしていた。

『陶也さんお帰りなさい、手伝ってくれるの？』

そう訊いてくる可愛い郁に、ニッコリと笑いかけながら、

（まあ俺は、手話なんか使わなくても郁の唇を読めるけどな）

内心つまらないことで張り合ってしまう自分を、陶也は情けなく思う。だがどうにも最近は、こんな嫉妬心がつい湧いてくるのだ。

エプロンをつけて今日の献立と、自分がやる作業を確認している間にも朱也は「郁さーん、これどう？　きれいにできてない？」と言って、わざわざ郁の体にくっついて、小皿に盛り付けたサラダを見せたりする。郁はニコニコしながら『すごく上手』と手話で伝える。朱也はそれで満足するような男ではなく、

「まじ？　じゃあなでなでして」

と言って、頭を下げてみせたりするのだ。

郁はくすくす笑いながら、よしよしと朱也を撫でる。主婦二人は「相変わらずよく懐いて」「大きなわんこみたいねえ」などと言うが、あれのどこがわんこなものか、こいつはどこまで露骨なんだと、陶也は内心ぶちぶちと血管が切れそうなほど腹が立っていた。

しかも、郁に頭を撫でてもらったあと、朱也が陶也にちらりと目配せして、ニヤーと笑うのがまた、腹立たしい。

『朱也くんはもうこっちいいよ。子どもたちの準備手伝ってあげて。余裕があったら玄関でお出迎えしてくれる？』

「はーい、頑張ります！」

郁に言われると朱也はハキハキと返事をして、子どもたちのまっただ中に飛び込んでいく。むかつくが、明るく力持ちの朱也は子どもに人気だ。早速腕に子どもたちをぶら下げ、ぶんぶんと振り回して笑わせている。

「朱也くんがいてくれると明るくていいわねえ。ねえ、郁せんせ」

主婦の一人に言われて、郁も心底からそう思っているのだろう、大きく頷いている。

「陶也先生といい、朱也くんといい、ハイクフスの方がこんなに良い人たちだなんて知らなかったわ」

「ここができてほんとによかったわよ」

手早く皿にカレーを盛り付けながら主婦たちが話し、陶也は「俺まで褒めてくださってありがとうございます」と会話に加わった。

そう、ここができたことは本当によかった。

いつの間にか、広い玄関には見たことのない子どもが二人立っていて、そっと中を窺《うかが》っている。入っていいのかな、とその顔が不安そうだ。

「いらっしゃーい、入って入って！　ごはんあるよ！」

朱也が明るい声で呼びかけると、新顔の子どもたちはおずおずとしながらも入ってきた。郁が台所から出て行き、二人の子どもに名前を訊いている。

「こちらは郁先生。声は出ないけど二人の言葉は聞こえてるからね。それに紙があればなんでも話せるよ」

朱也がそんな説明をすると、子どもたちはホッとした顔で、食堂のノートに名前と連絡先を書く。郁は朱也と眼を合わせて、二人で笑い合っていた。陶也は無意識に眉根が寄り、隣で鍋を掻《か》き回《まわ》していた主婦に、小さく笑われた。

「陶也せんせったら、拗《す》ねてるでしょ」

――このごろはボランティアの人にもダダ漏れなくらい、嫉妬している陶也だった。

◆

食堂が終わってすべての人が帰ると――朱也もまたすぐ来ます、と言って帰っていった――やっと郁と二人きり、二階の居間でソファに座れた。風呂上がりの郁からはほかほかと湯気があがり、髪からは石けんのいい香りがした。

『今日はカレーだったから、陶也さんが早めに帰ってきてくれて助かりました』

カレーの日は来る子どもが増えるらしい。ニコニコと言う郁に、どういたしましてと返しながらも、瞼の裏には朱也が郁に頭を撫でてもらっている映像が浮かび、なんとなくすっきりしない。

無言でビールを飲んでいたら、不意に立ち上がった郁が、陶也の頭を撫でた。

ぎょっとして顔をあげると、郁が恥ずかしそうに、

『あ、違いました？　陶也さんも……撫でてほしかったかなって……』

と言う。

陶也はびっくりして――そのときの気持ちを、どう言い表せばいいのか分からない。ただ次に漏れた言葉は、

「き、気づいてたのか？」

だった。

『あ、やっぱり撫でてほしかったです？』

「そうじゃなくて、俺がその……朱也に……やき、や

きもちを焼いてること……気づいてたのかと」

なんだか格好が悪い気がして、だんだん声が萎《しぼ》む。郁はなぜか顔を真っ赤にし、眼をきらきらさせていた。

『……高岡《たかおか》さんと木下《きのした》さんがそう言ってて』

今日来ていたボランティアの主婦、二人の名前だ。

あぁくそ、告げ口されたのかと思って陶也は肩を落とした。郁にはバレないようにしていたのに――。

「悪い。かっこつかないよな、十二歳も下の甥《おい》っ子《こ》に……朱也には来てくれて感謝もしてはいるんだが、どうにも……」

さっさと嫉妬はなくすから、と言おうとしたが、なくせそうにないので黙る。けれど陶也は郁がぷるぷると震えながら、笑いをこらえているような顔をしているのを見て、眼を瞠った。

「……え、な、なんだ？　もしかして郁、喜んでるのか？」

『だ、だって』

次の瞬間、郁はぷはっと吹き出し、声はないまま、息だけでおかしそうに笑い出した。その反応に陶也は驚いてぽかんとしてしまう。

『だって嬉しい……陶也さん、今までこんなに普通に……普通の嫉妬、してくれたことないでしょ？』

おれの体が心配でとか、傷つけられたとかで相手に怒ってくれたことはよくあったけど、と言われて、陶也はふと自分でもそのことに気がついた。

体が大きなハイクラスの男が近づいてくると、陶也が郁に対して感じるのは普通のジェラシーよりも、恐怖だった。郁を傷つけられないかいつも恐れていた。それは郁の過去にも関係があるし、その命のはかなさのせいでもあった。

（朱也はなんだかんだいって、郁に危害は加えないと知ってるから――いや、そうじゃない……）

『嬉しいんです。……陶也さん、おれが今生きてて……これからも生きてて、人並みに強くて……そういうふうに、自然と感じてくれてるんでしょう？』

くだらない嫉妬は、生きることが大前提になければ、起きるはずもない感情で。

それを思えば、ジェラシーは愛よりも、生気に満ちあふれた感情かもしれなかった。

郁は隣に座り直し、陶也の腕に甘えるようにして捕まると、

『陶也さんの嫉妬してるところ、申し訳ないけどすごく可愛い……』

　幸せそうに言う。

　そんな郁を見て、郁のほうが年上だったと久しぶりに思い出す。先手を打たれたような気分で少し拗ねながらも、こんな感情さえ、郁の命のたしかさがなければ抱けるものではないと知る。

「……甥っ子だしな。やめさせろとは言わないけど」

　だからぽつりと、陶也は一つだけ、我が儘を言った。

「あいつと同じくらい、俺のことも褒めてくれ」

　せめて二人のときには。

　なにも望まない、善いことをし続けて、郁に返し続ける。それしか頭になかった陶也が、十年ぶりに抱いた小さな望みだった。

　郁はにっこり笑って、『当然です』と陶也の顔を覗き込んだ。その笑顔があんまり可愛かったから——陶也はそっと、郁の唇にキスを落とした。

キャラクタープロフィール

Character profile

これまでヴェールにつつまれていた、
キャラクターのパーソナルデータを初公開。
誕生日や血液型をはじめ、身長、体重、家族構成も。
そしてカバンの中の必需品まで教えちゃいます！

「愛の巣へ落ちろ！」

シジミチョウ出身で庶民の翼は、タランチュラ出身で名家の御曹司の澄也に憧れ、星北学園に入学する。しかし実際の澄也は下半身にだらしない嫌な奴だった！　あげく澄也の張った「巣」に捕らわれ、襲われてしまう。けれどどんなに冷たい態度を取られても、彼を嫌いになれない翼は、次第に彼の中にある寂しさに気づいていく。

やんちゃだけどがんばり屋

青木 翼

AOKI TSUBASA

Character Profile

クラス：ロウクラス
種族：ツバメシジミチョウ(性モザイク)
誕生日・星座：12月2日 射手座
血液型：A型
身長・体重：158cm 48kg
家族構成：父 母
好きな色：赤
好きなもの：甘いもの 散歩
苦手なもの：運動 雨
カバンの中の必需品：隙間時間にさっとできる勉強道具

「先輩、俺のこと物みたいに抱くんだな。
そういうの、ひどいと思わねえの……？」

来る者拒まずなフェロモン系俺様

七雲澄也

NAGUMO SUMIYA

Character Profile

クラス：ハイクラス
種族：メキシカンレッドニー・タランチュラ
誕生日・星座：4月7日 牡羊座
血液型：A型
身長・体重：183cm 72.5kg
家族構成：父 母 継父
好きな色：瑠璃
好きなもの：読書
苦手なもの：わさび
カバンの中の必需品：翼になにかあったときのための応急処置道具

「お前を縛り付けたい、俺の糸で。
俺の想いで、言葉で……」

AI NO MITSU NI YOE!

Ayato × Riku

クロオオアリ × クロシジミチョウ

「愛の蜜に酔え！」

クロシジミチョウ出身の里久は、絶滅危惧種のためクロオオアリ種の有賀家に保護されている。管理された生活の中、次期王候補の綾人だけは里久に優しかったが、彼が高校に行ってからは会うことも出来ない日々が続いていた。ある日、綾人が病気で、治療には自分が必要だと知った里久は彼を助けたい一心で星北学園に編入する…。

世間知らずでけなげな天使

黒木里久

KUROKI RIKU

Character Profile

クラス：ロウクラス
種族：クロシジミチョウ（絶滅危惧種）
誕生日・星座：5月2日　牡牛座
血液型：A型
身長・体重：159cm　50kg
家族構成：？
好きな色：金
好きなもの：絵を描くこと　お皿作り
苦手なもの：まぶしい光にはびっくりする
カバンの中の必需品：スケッチブックと鉛筆

「……おれは、役に、立てましたか？」

束縛×執着×絶対的な王子様

有賀綾人

ARIGA AYATO

Character Profile

クラス：ハイクラス
種族：クロオオアリ
誕生日・星座：11月10日　蠍座
血液型：O型
身長・体重：181cm　70kg
家族構成：父　母
好きな色：黒
好きなもの：高タンパク質な食事
苦手なもの：おしゃべりな人
カバンの中の必需品：里久の写真

「こんな形で……また俺を裏切るのか！」

ブラジリアンホワイトニー・タランチュラ
×
カイコガ

●-●●「愛の裁きを受けろ!」●-●●

—カイコガが起源種の郁は、体も弱く口もきけないながら懸命に生きていた。ある日、パーティーで絡まれていたところをタランチュラの陶也に助けられ恋をする。大学で再会し、陶也の気まぐれで付き合うことになるが、郁の義弟・篤郎の策略により襲われてしまう。『続』では、離れ離れになった郁と陶也のその後が描かれる。

か弱さの中に強さを持つ、薄幸青年

蜂須賀 郁

HACHISUGA IKU

Character Profile

クラス：ロウクラス
種族：カイコガ
誕生日・星座：2月2日　水瓶座
血液型：O型
身長・体重：168cm　54kg
家族構成：継父　母　義弟
好きな色：水色
好きなもの：書写　読書　映画鑑賞
苦手なもの：早食い
カバンの中の必需品：陶也からもらった万年筆

「陶也さんが好きです。
でも今は、一緒にいることが怖い」

×××

退屈にも飽きている、愛に臆病な傲慢男

七雲陶也

NAGUMO TOUYA

Character Profile

クラス：ハイクラス
種族：ブラジリアンホワイトニー・タランチュラ
誕生日・星座：9月7日　乙女座
血液型：A型
身長・体重：183cm　73kg
家族構成：父　母　兄六人（全員異母兄）　父は20歳で亡くなり母は違う人と再婚　交流なし
好きな色：白
好きなもの：スカッシュ
苦手なもの：グロテスク画像
カバンの中の必需品：電子辞書

「俺は諦めない。郁、お前は怖がっているだけだ。
俺たちは一緒にいられる」

ヘラクレスオオカブト
×
オオスズメバチ

「愛の罠にはまれ!」

義理の兄・郁を深く傷つけた罪悪感から自分を責め続けるオオスズメバチ出身の篤郎。そんな彼の前に昔なじみのヘラクレスオオカブト出身の兜が現れる。何かと世話を焼いてくる兜を訝しむも、惹かれていく篤郎。しかしボルバキアに感染し妊娠か死の選択を迫られてしまう。不安ななか、兜の見合いを知り、離れる決心をするが…。

Kabuto×Atsurou

AI NO WANA NI HAMARE!

幸せになりたい死にたがり

蜂須賀 篤郎

HACHISUGA ATSUROU

Character Profile

クラス：ハイクラス
種族：オオスズメバチ
誕生日・星座：7月22日 蟹座
血液型：A型
身長・体重：176cm 60kg
家族構成：父 継母 義兄
好きな色：青
好きなもの：料理
苦手なもの：映画館
カバンの中の必需品：絆創膏 ウェットティッシュ

「……お前は誰かに、愛されたいと思って、
でも愛されなくて泣いたこと、あるか？」

誰も愛さない博愛主義者

兜 甲作

KABUTO KOUSAKU

Character Profile

クラス：ハイクラス
種族：ヘラクレスオオカブト
誕生日・星座：6月20日 双子座
血液型：AB型
身長・体重：185cm 75kg
家族構成：父 母
好きな色：赤
好きなもの：DIY
苦手なもの：自己中なハイクラス
カバンの中の必需品：今お気に入りの
あっちゃんボイス（録音）

「……俺に傷つけられて
泣いてるあっちゃん、可愛いね」

オオムラサキ
×
ヤスマツトビナナフシ

「愛の本能に従え！」

目立たないナナフシ出身の歩は、寝盗り癖のあるオオムラサキ出身の大和と寮で同室になる。野性的な大和に憧れていた歩は胸を高鳴らせるが、大和とその従兄弟のゲームに巻き込まれ、大和に初めてを奪われてしまう。その日以降、眠っていたもうひとつのナナフシの血が目覚め、歩の秘密が暴かれていく。

地味でひかえめ、でも夜は淫ら…

七安 歩

NANAYASU AYUMU

Character Profile

クラス：ハイクラス
種族：ヤスマツトビナナフシ→アニソモルファ
誕生日・星座：1月10日　山羊座
血液型：O型
身長・体重：171cm　55kg
家族構成：祖母　母　姉三人（異父姉）
好きな色：紫
好きなもの：書道　人の話を聞くこと
苦手なもの：料理
カバンの中の必需品：ハンカチ　メモ帳

「抱いてくれたのは大和くんだけ。
俺は大和くんしか知らない」

×××

寝盗り体質に苦しむ、不器用男前

村崎大和

MURASAKI YAMATO

Character Profile

クラス：ハイクラス
種族：オオムラサキ
誕生日・星座：8月8日　獅子座
血液型：B型
身長・体重：182cm　77kg
家族構成：父　兄二人
好きな色：緑
好きなもの：テニス　ゲーム　料理
苦手なもの：裁縫
カバンの中の必需品：携帯ゲーム機
音楽を聴けるもの

「飽きるほどセックスしてたけど……
かわいいって思って抱いた相手は、お前だけだ」

Simon×Aoi

グーティ・サファイア・オーナメンタル・タランチュラ
×
ナミアゲハ

AI NO ARIKA O SAGASE! NI CHIKAE!

「愛の在り処をさがせ!」

「愛の在り処に誓え!」

絶滅危惧種のタランチュラの血統存続のため、ケルドア公国の大公・シモンと契約結婚することになった性モザイクの葵。短命のため、生きている間にせめて誰かに愛されたいと切に願う葵は、シモンに愛情を求めるが、彼から返ってきたのは、冷たい拒絶と裏切りだった。失意のなか帰国した葵の体にはもうひとつの生命が宿っていて……。

愛を与え、愛を得たい寂しがり

並木 葵

NAMIKI AOI

Character Profile

クラス：ハイクラス
種族：ナミアゲハ(性モザイク)
誕生日・星座：4月19日　牡羊座
血液型：O型
身長・体重：174cm　56kg
家族構成：母　兄と姉が多数
好きな色：青
好きなもの：読書　折り紙
苦手なもの：おしゃべり
カバンの中の必需品：小さい語学辞書

「毎晩、お前のベッドで、お前を待っててもいい？」

愛を知らない孤高の大公

シモン・ケルドア

SIMON KELDOR

Character Profile

クラス：ハイクラス
種族：グーティ・サファイア・オーナメンタル・タランチュラ(絶滅危惧種)
誕生日・星座：7月29日　獅子座
血液型：O型
身長・体重：190cm　76kg
家族構成：母　弟
好きな色：橙色
好きなもの：チェス
苦手なもの：プルーン
カバンの中の必需品：家族写真

「愛とは？ お前の言う意味が、分からない」

AI NO HOSHI O TSUKAME!

Outa × Maya

ツマベニチョウ
×
ヒメスズメバチ

「愛の星をつかめ!」

名門一族に生まれ、星北学園の副理事として人生を歩んできたヒメスズメバチ出身の真耶。恋愛に興味がなく童貞処女のまま30歳を迎えたが、弟のようにかわいがっていた央太が帰国し生活が一変。ツマベニチョウに変異しハイクラス上位種になった央太が、真耶への愛をストレートに表現してきたことから2人の関係に変化が訪れる。

難攻不落の高嶺の花

雀 真耶

SUZUME MAYA

Character Profile

クラス：ハイクラス
種族：ヒメスズメバチ
誕生日・星座：10月15日　天秤座
血液型：B型
身長・体重：177cm　62kg
家族構成：姉三人
好きな色：白
好きなもの：甘いもの　平穏　読書
苦手なもの：素行の悪い人　話が通じない人
カバンの中の必需品：手帳

「僕は誰とも付き合ってない、
そんな感情、僕は誰にも持ったりしない……！」

×××

どこまでも愛を欲しがる溺愛系スパダリ

白木央太

SHIRAKI OUTA

Character Profile

クラス：ハイクラス
種族：スジボソヤマキチョウ→ツマベニチョウ
誕生日・星座：3月14日　魚座
血液型：AB型
身長・体重：182cm　72kg
家族構成：父 母
好きな色：栗色
好きなもの：料理 裁縫 家事全般 ランニング 食べ歩き
苦手なもの：家族行事
カバンの中の必需品：ミネラルウォーター
（味を確かめる前に口をリセットする）

「早く僕なしじゃ、
いられないようになってもらわないと」

ムシシリーズ キャラクター RANKING

ムシシリーズのキャラクターの中で一番〇〇なのは？
気になるランキングを公開！
1位には樋口先生からのコメント付きです♪

Q1. 成績が良いのは？

1位 雀 真耶

先生から一言：

ちゃんと対策するから

2位 七雲澄也

3位 兜 甲作

Q2. 料理が得意なのは？

1位 白木央太

先生から一言：

めちゃくちゃ器用

2位 蜂須賀 篤郎

3位 有賀綾人

Q3. 早起きなのは？

1位 シモン・ケルドア

先生から一言：

身に染みついた習慣

2位 蜂須賀 郁

3位 七雲陶也

Q4. きれい好きなのは？

1位 有賀綾人

先生から一言：

起源種の性質

2位 七安 歩

3位 白木央太

Q5. オシャレなのは？

1位 並木 葵

先生から一言：

母の影響

2位 白木央太

3位 七雲澄也

Q6. 手先が器用なのは？

1位 白木央太

先生から一言：

訓練したので

2位 七雲澄也

3位 村崎大和

Q7. ロマンチストなのは？

1位 村崎大和

先生から一言：

心がきれいなので

2位 シモン・ケルドア

3位 兜 甲作

Q8 絵心がないのは？

1位 七雲陶也

先生から一言：

○をつなげておけばなんとかなると思っている

2位 有賀綾人

3位 雀 真耶

Q9. 寝相が悪いのは？

1位 黒木里久

先生から一言：

普段からのびのびしているから

2位 青木 翼

3位 兜 甲作

Q10. 倹約家なのは？

1位 蜂須賀 篤郎

先生から一言：

お金で苦労したときの癖

2位 青木 翼

3位 七安 歩

キャラクターラフ公開！

Character rough

けなげで頑張り屋のロウクラスや、全てを持っている傲慢なハイクラス。
さまざまなキャラクターが物語を織りなすムシシリーズ。
街子マドカ先生のイラストは、そんなムシシリーズの魅力の一つでもあります。
ここでは、これまでの作品のキャラクターラフを、全てお見せします！

愛の巣へ落ちろ！

——

翼

Character rough

愛の巣へ落ちろ！

澄也

Character rough

愛の巣へ落ちろ！

真耶・兜・央太

Character rough

愛の巣へ落ちろ!

星北学園制服

Character rough

愛の蜜に酔え！

里久

Character rough

愛の蜜に酔え！

綾人

Character rough

愛の裁きを受けろ！

郁

Character rough

愛の裁きを受けろ！

陶也

Character rough

愛の罠にはまれ！

──

篤郎

Character rough

愛の罠にはまれ！

——

兜

Character rough

愛の本能に従え！

歩

Character rough

愛の本能に従え！

大和

Character rough

愛の本能に従え！

スオウ・チグサ

Character rough

愛の本能に従え！

志波・黄辺

Character rough

愛の在り処をさがせ！
愛の在り処に誓え！

——

葵

Character rough

愛の在り処をさがせ！
愛の在り処に誓え！

シモン

Character rough

愛の星をつかめ！

真耶

Character rough

愛の星をつかめ！

——

央太

Character rough

「愛」なんて一言で言えないから、小説を書いている

樋口美沙緒

ロングインタビュー

[インタビュアー・構成　ひらりさ]

Profile
11月19日生まれ。
蠍座。AB型。
2009年1月
花丸文庫BLACK
『愚か者の最後の恋人』
でデビュー。

デビュー、そしてムシシリーズの10周年を迎えた先生に、
これまでの道のりを振り返りつつ、
作品や創作についてたっぷり語っていただきました。

売れない悪夢を見た、シリーズ刊行前

――ムシシリーズ10周年おめでとうございます。道のりを振り返っていかがでしょうか？

樋口：ここまで続いているのが、自分でも驚きなんです。実は、『愛の巣へ落ちろ！』は最初同人誌で書いていたものをコンテストに投稿したんですが、残念ながら落選してしまって。「でも絶対おもしろいものが書けたのになあ」と諦めきれずに現在の担当さんに見ていただいたのが、刊行のきっかけでした。

――そんな経緯が。

樋口：でも、題材がムシで、あまり一般的じゃないので。刊行が決まってからも、周りから「絶対売れないよ」と言われていたんです。今だから言えるんですけど、余った在庫がダンボール箱で大量に家に送られてきて、路上で手売りする悪夢を見て、泣きながら飛び起きることもあったくらいです(笑)。発売後もやはり「ムシはちょっと……」と敬遠する読者さんもいらしたようなのですが、読んだ人がクチコミで「すごく面白いから読んで」と宣伝してくださったんですね。それがジワジワと広がっていって今に至るので、本当に、読者さんがいなかったら成り立っていないシリーズだなと思ってます。担当さんがムシが苦手ということで、そのおかげで逆にムシ嫌いな人でも読めるようになってるのかな？　と感じます。

――1作目のカップリングにタランチュラ×シジミチョウを選んだのは、なぜだったんでしょうか。

樋口：「子供の頃そばにいたあのムシたち、東京にもいるのかな」と会社帰りに探すようになったのが、ムシにハ

マった発端なんですが、そのときに最初に思い出したムシが、ヤマトシジミというチョウだったんです。シジミチョウの画像を検索しだしたら、とにかく顔がかわいくって。日がな一日シジミチョウのことを考えるうちに「こんなかわいい子がクモとエッチしたらよくない？」と思いついて。クモといったらタランチュラだな、と連想して、タランチュラ×シジミチョウになったんです。本当に「萌え」からスタートしていて、何も高尚な理由がないのがお恥ずかしい……。細かい設定は、後からちょっとずつ作り上げていきました。

――先生の「好き」が詰まっている作品なのが、よくわかるエピソードでした。ハイクラスとロウクラスという設定はどこから生まれたのでしょうか？

樋口：ムシを語る上でやはり「捕食する側」と「捕食される側」という関係性は外せません。そして、トッププレデターが生きるためには、下層に属する生き物がいなければ存在が成り立たないところが面白さでもあります。でもそれを人間世界に落とし込んだときに、おそらく捕食する側がいばるような社会構造になるのかな……と考えて、ハイクラスとロウクラスという形になりました。『愛の巣』を書いた時点ではまだ、こんなにいろいろな関係性を書くことになるとは思いませんでした。

――ムシシリーズの魅力のひとつが、街子マドカ先生の美麗なイラストです。キャラクターデザインはどうやってできあがるのでしょうか？

樋口：担当さんによると、最初はムシの画像を渡していましたが、基本的には街子さんにおまかせだそうです。でも、こちらが何も言わずとも「そう！」としか言いようがないくらい、素晴らしいイラストが上がってくるんです。１冊目で兜のラフが来た時も「これだ！」と思いましたし、『愛の本能に従え！』で志波のラフが上がってきたときは、ハーフアップが神すぎて、倒れるかと思いました……。あまりにも良かったので、何とか志波が挿絵で出てこれるように、出番を増やしたくらいです。最高……。すごく読み込んで描いてくださってるので、いつもワクワクしながらラフを待っています。

――キャラたちの、ムシの種類にちなんだネーミングもちょっとした楽しみです。鎌野と黒川とか。

樋口：鎌野、いっぱい出てきますよね。実は黒川は毎回同一なんですが、鎌野は毎回ちょっと違う鎌野なんですよ。佐藤や鈴木みたいな感じで、よくいる苗字の違う人……（笑）。

――意外な事実！

樋口：鎌野姓は小型のカマキリなの

で、いつかカマキリをメインで書くときには「ついに来ました！」という形でオオカマキリを登場させたいですね。

——これから書いてみたいと思っているムシはいますか？

樋口：ずっと止められているので、たぶん実現しないいんですけど、タガメです。

——タガメって、あのタガメですよね？

樋口：あの黒くて大きいカメムシです。タガメって日本の水生昆虫のなかで最大で、カマのような前脚を使って、自分より何倍も大きいヘビやカエルをつかまえて食べちゃうんです。かっこよくないですか⁉　あとはトンボも、飛行するムシの中では最強だなあと思うので、これから書いてみたいですね。小学生男子みたいなトークになっちゃった（笑）。

「愛するのって難しくない」と思えるまで

——『愛の巣』を読み返して驚いたのが、陶也、兜、真耶、央太といった、後の巻でメインになるキャラクターが、もうしっかりと人格のできあがった存在として登場していたことです。当時「この子はこういう恋愛するんじゃないかな」まで考えていた？

樋口：悪役を肯定したくなる性分があって、陶也の物語は書こうと考えていました。でも他の子たちのことは、「このままの人じゃないんだろうな」というのをうっすら無意識下で感じていた程度です。登場した時点では、私にとってもその子の氷山の一角しか見えてなくて、掘り下げて書いていくと「おっ」となることが多いです。

——お話を書いていくときは、キャラクター表やプロットなどをかためてから進めるんでしょうか。

樋口：最初のころは作っていました。でも結局何度も書き直して、違うものになることばかりで。プロットどおりのものを書いても「プロットとおりになりました」という感じで、どうしてもつまらなくなっちゃうんです。なので今は、ムシシリーズに関してはあまりかっちり決めずに書き始めてます。

——執筆に苦労した話はありますか？

樋口：いろんな種類の大変さがそれぞれにあるんですけど、単純に直しの回数が多かったのは『愛の蜜に酔え！』ですね。全部崩して一から書くのを5〜6回やった後、一番初めのものに戻ってきて、そこからの細かい直しを含め、トータルで15回直しました。『愛の罠にはまれ！』の場合は、着地点が締め切りギリギリまで決まらなかった。「どうすればいいんだ〜」とすごく悩んで、2日前に「あっ」って気づいて、できあがりました。

――『愛の罠』の篤郎は、ムシシリーズの中でもいろいろな業を背負った子でした。

樋口：篤郎は、「愛することに意味はあるのか」を問い続けている子だったんですよね。彼自身は人を愛していたけれど、失うのであればもう愛なんて意味がないと諦めきってしまった子だったから、彼が再度愛することを選ぶほうに舵を取るためにはどうしたらいいんだろう……とすごく悩みました。悩んでる間、ずっと心の中で「篤郎」って呼びかけていました。

――ムシシリーズでは、種族や立場の違いによる葛藤、愛する中で傷ついてきた記憶などが大きな軸となりますが、キャラクターが決まってからテーマが生まれるのでしょうか？ テーマが先にあるのでしょうか？

樋口：うーん、どっちが先とは言いづらいです。私にとって、主人公の葛藤自体が作品のテーマというか……。その子が持ってる矛盾や葛藤がそのままテーマになるので、主人公が決まると同時に、自然とテーマがかたまります。

――シリーズの中でも独特だと思ったのが、央太×真耶を書いた『愛の星をつかめ！』です。真耶のような、愛によって救われようとしていない人間がメインになるのは、ＢＬでは珍しいなと。

樋口：かなり初期の頃から、真耶のことは書きたいなと思っていましたが、相手は見つかってなかったんですよね。『愛の罠』を書いているあたりでやっと「央太だ」と思って。真耶がユニークなのは、変わらなくてもいい子だからかもしれません。他のキャラクターには、話の中で成長したり変わっていったりする必要があった。でも真耶は、ちょっとしたさみしさは持っているけれど、自立していて誰にも迷惑をかけていないし本人も不都合を感じずに生きている。「今より幸せになりたい」という渇望がない人なんです。だけど、大人になった央太が受け入れてほしいとやってきて……変わらなくてもいい人が、誰かと一緒に生きるためには多少変わらないといけなくなってどうするか？ という。基本的に強くて、一人で立っていられる人は、誰かと一緒に生きることを選ぶとむしろ生きづらくなるところもあるんだけれど、それでもそっちにシフトしてみる……という人生の一つの選択を書いてみました。

――ムシシリーズではどのカップリングも、「愛」への認識や求めているものがお互い違っていて、そのズレに対して悲しく思ったり衝撃を受けたりするんですよね。そこからどう一緒に生きていこうとするかを描いている。樋口先生がBLを書き続けているのは、「愛」に関心があるからでしょうか。

樋口：まだデビューする前、BLを書き始めた頃は、確かにそうでした。「愛ってなにかマジでわからんどうしよう!」モードで、きっと自分は一生誰のことも愛さずに生きていくだろうな～と考えていました。周りの人たちは人を愛するのがとてもうまいように見えて、心底羨ましかった。それでも、もしかしたら小説なら、真似事かもしれないけど、私にも「愛する」ことができるのかもしれないと思って、それで書き始めたのが『愛はね、』の原型となったBLです。そうやって書き続けるうちに、デビューする頃には、「愛するのって難しくない」と考えられるようになりました。たとえば、本を読むことも、愛することだなって感じるようになって。作中の人物に出会って、その人のことをわかろうとしたり、ときには共感したり、良かったねと思えたり、きみがそれで幸せならいいよと許したり……。読書を通じて、自分以外の考えや生き方にふれて、それなりに受け入れたり理解したりするその行為が、「愛する」ことそのものかなって。私も愛せているし、みんなも愛してる。愛は意外と難しくないんだなと。だからその後は、愛そのものというより、「一人の人間がどう生きていくか」のほうに関心があって、BLを書いています。その子が、愛にまつわる苦しみを抱えているんだったらそれを書くし、それ以外の苦しみを抱えているんだったらそこを書くし。結局誰かの生き方を書く上では、愛は外せない事が多くて、「また愛について書いてしまったな……」となることが多いですけど(笑)。

逆境に立ち向かう、ヒロイン達にあこがれて

――ムシシリーズでは、「性モザイク」や「ボルバキア症」といったムシ特有の概念がうまく生かされています。性が揺らぐような要素を取り入れつつ、男×男というバランスを保つために心がけたことはありますか?

樋口：私が小説を書くときに大事にしていることのひとつが、「自分とは何か」のアイデンティティが揺らぐ瞬間を書くということなんです。性自認は男だってわかってたんだけれど、性別を含めて自分が何者なのかがすっかりわからなくなってしまった、っていう危機的状況のほうに興味がいきます。そこで他の男の子に出会ったことで、自分ってこういう人間で、こういうふうに生きることを選んで、こんなふうに人を愛することにすると決めま

した、というところに向き合いたい。最終的には「男の子と男の子の出会い」に向かうように書いているので、女性化や妊娠といったエピソードがあっても、男×男の枠組みを外れる・外れない、ということはあまり意識したことがなかったです。

——ボーイミーツボーイである限り、BLだということですね。ちなみにハイクラス・ロウクラスといった設定は、ムシの世界を考えるなかで自然とできた、ということでしたが、「身分差」や「恋愛の許されない関係」に対して、萌えはありますか?

樋口:ものすごくあります(笑)。子供の頃、グリム童話やアンデルセン童話が大好きで、図書館にあった完訳版を繰り返し読んでいたんです。中でも「千匹皮」という物語に夢中になりました。美しいお姫様が凋落して、千匹の獣の毛皮からつくられたコートをまとったみすぼらしい姿で森で暮らすのですが、その後とある城の料理番の下働きをすることになり、最後に王子様に見初められて結ばれるという話です。この王子様がすっごいひどいやつなんですよ。お姫様の頭に靴を投げつけたりするんです。「なんでこんなやつと!」と思いながらも、何度も読み返してしまって、私のデビュー作である『愚か者の最後の恋人』にも、そのオマージュが散りばめられています。童話のほかだと、1900年代の、いわゆる「家庭小説」から受けた影響も大きいです。母が、氷室冴子先生が書いた『マイ・ディア』というブックガイドエッセイと、そこに載っている小説を全部買っていて家の書棚に並んでいたんです。『あしながおじさん』とか『少女パレアナ』とか『赤毛のアン』とか……。だいたい、貧しかったり孤児だったりして周囲から見くびられている女の子が、自分の賢さや魅力を生かして夢に向かい、自立していき、身分差がある人を好きになってしまって苦しむんだけど、最後はそこも乗り越えるというストーリーなんですね。あのテンプレートが体にしみついているので、自分の小説でも受けを逆境に立ち向かわせてしまうのかもしれません……(笑)。特に好きだったのが『リンバロストの乙女』という作品なんですけど、森に住む女の子が蛾を捕ってお金をためて身を立てる話でした。

——ムシシリーズにもつながりそうな思い出が。ご自分で最初に書いた小説は覚えていますか?

樋口:書くという形ではないですが、お話をつくるのは、3~4歳のころからやっていました。うちの母が、子供を寝かせるときに自分がつくった話を聞かせてくれる人だったんです。それを真似て、私も、近所の小さい子や弟のために話をつくるようになったのが始まりです。「たこ五郎とすみ五郎」という「たこの兄弟」シリーズがあったのを覚えています（笑）。でも、弟も近所の子もだんだん大きくなって……。喜んで聞いてくれる人がいなくなって、話をつくらなくなったのですが、中学校の夏休みの宿題でエッセイを出したときに、国語の先生から「小説を書いてみたら？」とすすめられて。そこで紙に物語を書くようになり、投稿をはじめたのが、小説を書くきっかけですね。最初は、ファンタジー小説や、男女の恋愛小説を書いていました。純文学を書いていた時期もありました。

――書き始めた時点で、小説家になりたいと思っていたんでしょうか。

樋口：書くのは、最初からすごく楽しかったんです。でも優等生気質だったので、自分が楽しいだけのことをしちゃいけないという思い込みがあり、「これをいつまでもやっていいのか」という罪悪感がありました。そこで「職業にしたらいいのでは？」と思いついたら、気持ちがラクになって。やっぱりやめようと思ったり、また目指そうと思ったり、一進一退しながら今に至ります。

――執筆時の必須アイテムはありますか？

樋口：タイマーですね。どうしても集中できないときは、タイマーを5分刻みでセットして、それで書くんです。休憩鳴るまでの5分集中して書いて、休憩して、また5分書いて……を繰り返していると、作業興奮のようなものがわいてきて、長く書けるようになるので、そこでタイマーを切ります。

――逆に、息抜きも教えてください。

樋口：寝る前のお酒は、リラックスできる趣味の一つです。日本酒とワインが好きですが、詳しくはないです（笑）。あと最近は忙しくてなかなかできてないんですが、料理にハマっていたころもあります。料理研究家の辰巳芳子先生のレシピ集を愛読していて、よく読んでいます。自分の本にも、美味しそうな料理の描写を入れられないか、試行錯誤してます。母が「料理の美味しそうな描写がある本が好き」とよく言っていたのもありますし、投稿時代に作品の下読みをしてくれていた友人も、「美沙緒のカップリング趣味は好みじゃないけど、ごはんが美味しそうなら読む」という子だったんです。彼女に読んでもらえるように、料理描写を努力しました（笑）。読書だと、歴史小説や海外翻訳小説を読むのが好きです。自分とは真逆で、感情が抑制されている文章が好きですね。ただ、悲しいかな、人の文体の影響を受けやすいので、最近は控えています……。

「わかろうとしてみる」ことが愛

――そういえば、ＢＬを初めて読んだのは、いつなんでしょう。

樋口：とある少年漫画にハマったときに、詳しく調べたくてネット検索したんですね。そうしたら二次創作ＢＬ小説のサイトに飛んでしまって、「えっ」と思いながら読んでいるうちに、萌えるようになりました。初めて読んだ身にはとても衝撃だったんですが、原作にとらわれない自由さが面白いなとも思いました。

――男×男だということには、抵抗はなかったんでしょうか？

樋口：ＢＬというジャンルの存在は知っていたので。当時オリジナルで小説をネットに載せてて、男女恋愛ものと同時にＢＬを書いてる方も結構いたんですね。ちょうどそのとき、たまたまなんですが男女ものの恋愛小説に対して、マンネリな気持ちを感じていて。でもＢＬの、とくに二次創作の世界では、作者のさじ加減で、悲恋にも死別にもなるじゃないですか。当時は注意書きもほとんどなかったし……。くっつかないかもしれない二人の行く末にハラハラすることで、久しぶりに「萌え」という感情がわいてきたんです。

――ムシシリーズにも、同人誌から始まったからこその自由さがあるなと思います。エッチのときにクモの糸を駆使したり、媚毒でメロメロにしたり……。

樋口：糸、痛くなさそうなのにいろんな意地悪ができて、最高ですよね(笑)。楽しんで書いています。

――ムシシリーズに限らず、樋口先生の作品では、「家族」が丁寧に描かれています。これは小説を書き始めた当初からでしょうか？

樋口：子供時代に家族について葛藤を感じていたので、自分の経験が自然に入ってくるのはあるかもしれません。家族って人間関係の土台というか、最初に経験する人間関係というか。お話のなかで「愛」についてどういう立場をとるかを悩んでいる子を書くことが多いので、その子の人間に対する姿勢を書きたかったら、そこで必然的に家族を書かざるをえない。

――ムシシリーズの中だと、『愛の在り処をさがせ！』『愛の在り処に誓え！』で出てきたシモンの一家が衝撃でした。「家族」との決別で新しい家族を作っていくという描き方は、一見シビアなようで、とても誠実さを感じました。

樋口：個人的な意見ですけど、みんな、自分のことを傷つける人をそんなに許さなくていいと私は思っているんです。『愛の在り処』には、そのメッセージが強く出たかもしれません。許さなくても生きていけるし、一定の理解をすることはできるし。普通に考えて、シモンがあのお母さんを許すことは、難しかったと思います。カップル同士の関係性でも、ここは好きだけどここは困っている、ということは普通にあるだろうし、全部100%まんまるになることはない。でこぼこした状態でもやっていくことはできるんじゃないかな、と思いながら、一つ一つの関係性を書いています。

――「家族」の他に、「愛」とセットで考えている概念はありますか?

樋口：うーん、ぱっと言えたらいいんですが……一言では言えないから小説を書いているんでしょうね。強いて言うと、「わかろうとしてみる」ことが愛の大事な要素だと考えています。その人のことをわかりたいと思うのは、愛があればこそじゃないかと。結局わからないにしても。違う者同士が歩み寄っていくのを書くとき、相手のことをわかってみたい気持ちがあって、それが愛の一つの側面なのかなと思っています。でももちろん、それ以外にも、愛はあって、いろいろなところに宿っている。人間じゃなくても、なにか自分が愛情を持てるものがあると、希望や期待が生まれる。生きる力になりますよね。あと、大前提として「誰だって愛されたいと思っている」というふうに私は思っています。自分も含めて、みんな愛されたいんだと思っていると、自分と違うな~と感じても、せめてそこは一緒だって思える。人をあんまり憎まずに暮らせるんじゃないでしょうか。キャラクターに寄り添うときも、そこをとっかかりにします。そこを信じて、キャラクターをつくっていってます。

――ムシシリーズ10周年だけでなく、デビュー10周年も迎えた樋口先生。作家人生のなかで、スランプなどはありましたか?

樋口：カジュアルな「全然書けない～！　やめたい～！」はいつでもあります（笑）。本当にダメかも、となったのはデビュー5年目のことですね。『愛の罠』を出した時期なのですが、母が亡くなったんです。それまでは小説を書くのが心から楽しくて、こんな天職はないと思っていたのですが。心がふさいで、何もやる気がなくなって。たぶん、うつ状態だったんでしょうね。これはしばらく書けないだろう、と思いました。でも結局「書かずにはいられない」ことがわかって。だんだん元通りになっていきました。

――今、小説を書き続けている一番の動機はなんですか。

樋口：自分がたくさんの小説に救われ

ながら生きてこられたなあと思っているので、そうした小説たちに恩返しするぞという気持ちで暮らしてきました。私の作品を読む人は限られているかもしれないけど、その中に読んだあと、「もう少し生きていてもいいかな」と思ってくれる人がいたら、それほどうれしいことはありません。

——やはり読者の存在が、大きな原動力になっているんですね。

樋口：そうです！　小説って、最終的には読者さんでしか決まらないと思うんです。どんなにこちらが伝えようと腐心しても読み手の心のシャッターがぴたりと閉じてしまっていては、何も伝えられない。だからこそ、「自分の人生と照らし合わせて、心動かされました」といった感想をいただくと、「その感動は、私の力じゃなくて、あなた自身が勝ち取ったものなんだよ」って言いたくなります。本当に、読者さんってすごいんです。もちろんタイミングもあると思います。私自身、昔はピンとこなかった小説を数年後改めて読んだら、おもしろいと思えたり新しいことに気づけたりすることがあって。これって、本は変わってないわけだから、自分が変化したからこそ向き合えるようになったということなんですよね。そういう楽しみ方もできるので、読書って面白いなあって。全員ではないかもしれないけれど、読んでくれた人の半分くらいが、何かを受け取ってくれたらいいなと思っています。

——最後にもう一言、読者の方へのメッセージをお願いします。

樋口：いつも本当にありがとうございます、というただそれだけです。私はずっと小説を書いていくので、思い出したときにそばに置いてくだされればいいなと思っています。そして一人ひとりに対して、本当に、あなたのために書いているんだよ、と伝えたいです。これから先も、気が向いたらそばにいさせてください。

ファンが選ぶ
ムシシリーズ名場面＆名台詞

生きることや愛について、様々な感情を呼び起こさせてくれるムシシリーズ。ここでは既刊ごとに、特に読者の心を揺さぶったシーンや胸に響いたセリフをピックアップ！

愛の巣へ落ちろ！
シーンピックアップ

「……かわいかったから」

＊「キスしてくんねえの？」の翼の台詞もかわいさの極みだっだけど、澄也のこの返しが最高でした。わかる、わかるよ。翼はかわいい!!!

＊お前がなっ!!??? ってなりました。イケメンでモテまくって俺様を遺憾なく発揮してた澄也の急な溺愛っぷりに私も照れました。可愛過ぎる。一生幸せでいて！

「会いに来てくれて、ありがとう」

＊たった一人で悩んで生きてきた翼の想いが、この瞬間に報われたことに涙がこぼれました。

＊あああもう!!! 私も号泣です。

「一生かけて、お前を生かす。もう生き飽きたというところまで、俺と一緒に生きてほしい」

＊やっぱり原点のこの２人。漫然と生きてきた澄也が翼のために決心し告白するこのシーンが今でも一番好きです。

「お前ら、他人の足引っ張るのがそんなに面白いか？他人を蔑むのが、そんなに楽しいか？ そうやって自分は偉くなったつもりかよ！」

「誰だって明日死ぬかもしれない。命は必ず限りがあるんだ。そんなくだらないことに人生使っている時間、もったいないと思わないのかよ!? 誰も自分の人生を生きてくれない、自分の足で生き抜くんだ！」

＊翼の決意、翼の魂の美しさに心が震えました。

＊自分の命が短いことを知っているからこそ、自分の人生を生きたいと叫ぶ言葉はとても重みがありました。翼の芯の強さは憧れです。

「俺は知ってたはずなのに。……分かってもらえない苦しさや恵まれている苦しさも、あるって。俺、アンタのことなにも知らない。なのにあんなふうに言って、ごめんなさい」

＊翼の他者を尊重する健気さに、澄也だけでなく私もハートを撃ち抜かれたシーンでした！

＊翼はなんていい子なんだろう！ 本当に胸がきゅっとなりました。

「出て行くな」「ここにいろ」

＊学校でひどい目にあってきた翼が大好きな人に認められる、肯定してもらえたのに涙……！ 澄也の変化も感じとれてよかったです。

＊翼が求めていた言葉を澄也が言ってくれて、私も一緒に泣いた！

愛の蜜に酔え!

シーンピックアップ

綾人の初告白シーン。

「俺はお前に、俺以外の匂いなんて……つけさせたくない」

「王になったら、お前とはいられない……
俺は、里久が、好きなんだ」

＊純粋でまっすぐな告白。幼い二人の恋心が切なくて、読み終わった後にもう一度この台詞をみたら泣けて仕方なかったです。

「きみのこと、探してたんだよ。一緒に帰ろう――」
差し出された手を、里久は夢心地で見つめた。

＊王子様がお姫様を見つける童話のようで、とってもほっこりしました。
＊運命の二人が出会った瞬間ですね！　このシーンの街子先生のイラストも本当に可愛くて、何度も見てしまいます。

「おれ、クロシジミでよかった……」

「おれ、綾人さんがいないと、
生きていけない体で、よかった……」

＊この台詞を読んで、二人が二人だから出会えたんだなあと思ったし、いろいろ辛いことがあったけれど、結ばれたことが本当に尊いなあと感じました。
＊心も体も、まさに運命の人だったんだって思ったセリフです。幸せになってね!!

「お前のせいだぞ！　里久がどんだけ苦しんでたと思うんだ、俺は、こいつと友達になってから、毎日毎日、お前の話聞いてたんだからな！　聞いてて、バカかってくらい、お前のことしかなかったんだぞ、それを……っ」

＊綾人を絶対に責めない里久のかわりに、天ちゃんが言ってくれたこの台詞に涙が出た。綾人にだって事情はあったけど、里久はただひたすら一途に綾人を思っていたから、そんな気持ちを代弁してくれて、天ちゃんがいてくれて救われた気持ちがした。

「お前に、思い出してほしくない。
思い出してほしくないんだ」
と綾人が泣くシーン。

＊記憶を失ってしまった里久。けれど、記憶が戻るということはまた辛かったことも思い出させてしまうということ。そんなことをさせられない、という綾人の愛が伝わるシーン。
＊綾人……つらすぎる、切なすぎる……！
読んでいるこちらまで心が痛かったです。

記憶を失った里久が、かつて綾人から届いていたたくさんの手紙に目を通すシーン。

＊最初の手紙の文面があまりにも里久への愛でいっぱいで、それが絶望にかわっていく様子が悲しくて号泣。
＊綾人もまた大人や運命に翻弄された犠牲者だった。大人たちに傷つけられた二人が切なすぎて……。

愛の裁きを受けろ！

シーンピックアップ

（俺は郁を失ったんだ……）（中略）もう、郁には何もしてあげられない。もう、郁を笑わせてやれない。そのことが、なにより辛かった。陶也は声をはりあげて泣いた。こんなに泣いたことはなかった。(中略)声が枯れるまで泣き続けた。

＊愛することの喜びを知ったばかりなのに大切なものを失ってしまい、もう郁のために何もできない陶也の慟哭が辛かった。

『陶也さん、一つだけ、約束してくれる?』

『おれが先に死んでも、不幸せにならないこと。おれを……忘れないでいてくれること』

『おれもあなたを愛しています』

＊自分のことは忘れてほしいと思っていた郁の心の成長が感じ取れたシーン！　陶也の返答にも力強い愛がひしひしと伝わってきて、号泣しました。
＊愛し合ってるのに途中別れちゃうところで「嘘やろ!?」ってなったけど、困難を乗り越えた二人のやりとりにホッとしました。
＊やっぱりラストシーンは全て乗り越えた上でのシーンだからこそ一言一言に涙が止まりませんでした。郁ちゃんが生まれてくれたこと、生きていてくれたことに感謝しかありません。

そう、善いことをして。なるべく、善いことをして。（中略）ただ郁に必要な幸福を、ありったけ、陶也の善いことの見返りを贈りたい。（中略）ただこの世界のどこかで、郁が生きてくれさえしたら……。

＊このシーンは涙腺崩壊しました!!　涙がボロボロとこぼれて。陶也の見返りを求めない愛に、ただただ感動しました。小説読んでて本気で号泣したのは久しぶりで、どれだけ心揺さぶられたか。忘れられないシーン、台詞です。
＊自分のした〝善いこと〟の見返りを郁が受けて、郁の命が、郁の幸せが、少しでも未来に繋がる事を祈りながら生きる陶也の想いに泣ける。

郁が事故にあい、夢の中で郁が篤郎と河川敷の菜の花畑に行く場面。

＊『愛の裁きを受けろ！』は、陶也さんと郁ちゃんのお話だけれど、郁と篤郎の絆も語らずにはいられないです。
＊夢の中での子供時代の郁と篤郎。愛にあふれた二人の子供時代が切なくも心があたたかくなりました。

唇を離すと、彼は泣き笑いのような表情を浮かべていた。
「四年ぶりのキスだ。……四年ぶりの、俺の、郁だ」

＊陶也の、万感の思いがこもった「俺の郁だ」に号泣。4年間、死と愛に真剣に向き合ってきた陶也と郁が、互いの想いを繋ぎ合わせて、また共に人生を歩めるようになって、本当に本当に良かった…。愛の苦しみも喜びも分かち合って、1日でも長く2人が愛を育めますように…。

愛の罠にはまれ！

シーンピックアップ

「俺、結婚する。兜と結婚する」

＊このセリフが出てきた時本当に辛いことが沢山あった２人が長い時を経てようやく本当の幸せを摑むところだと思っていて、本当に涙がでました。このセリフが生半可な気持ちではなく、とても強い気持ちだからこそ胸をうたれました。
＊いや～、篤郎がかっこよかった！　兜の愛を受け止められるのは、篤郎だけでしょ！
＊ムシシリーズの中で１番このシーンと台詞が好きです！　兜を心配して気が動転してるあっちゃんかわいい。
＊ラスト、これこそハッピーエンド！

よしよし、いい子、強い子、我慢してる子……。

＊自分がひとりで孤独と戦っている時、もし篤郎にこうやって「甘えていい」「寂しがっていい」「いい子だね」と抱きしめられたらどんなに嬉しいだろうと号泣しました。篤郎の愛はいつも相手の痛みに寄り添ってくれる、見返りを求めず包み込むような愛だ…と、読むたびその優しさに縋り付きたくなります。
＊ムシシリーズは全部大好きですがこのシーンは本当にグッときました。
＊兜の無意識の底にある弱さを救い上げてくれるこのシーン、本当に大好きです。

「あっちゃん。ね？　お願い。あっちゃんの、中で出したい……オレの、オレのしるしを、あっちゃんにつけたいの。世界中に、あっちゃんがオレのだって分からせたい――」

＊兜の独占欲、丸出しのセリフ（笑）。でも、らしくて私は好きです♪

「……オレに傷つけられて泣いてるあっちゃん、可愛いね」

＊兜の狂気を感じて怖かった。絶対兜はサイコパスだよ～、と思った台詞でした。

「お前の子に決まってるだろ！」

気がつくと、篤郎は眼の前の兜の頰を思いっきり引っぱたいていた。

＊心も体もずっと兜に振り回されていた篤郎が、ついにキレるシーンが好きです。ここからようやく、人を愛するということを素直に受け入れたような気がしてます！

「償いたいなら、きみは辛くても、幸せになる努力をしなければ。……幸福になるためには、それなりに苦しむことも、必要なんだよ。運じゃなく、意志の力で、なるものだからね」

＊真耶の高潔さは説教くさくなくて好きです。自分と向き合うために言われた言葉は厳しいですが、決して見捨てることなく寄り添ってくれる彼に、篤郎は救われたのではないかと。

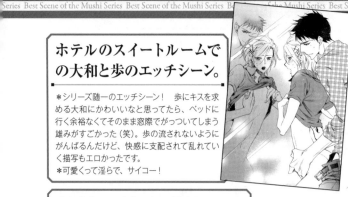

愛の本能に従え！

シーンピックアップ

ホテルのスイートルームでの大和と歩のエッチシーン。

＊シリーズ随一のエッチシーン！　歩にキスを求める大和にかわいいなと思ってたら、ベッドに行く余裕なくてそのまま窓際でがっついてしまう雄みがすごかった（笑）。歩の流されないようにがんばるんだけど、快感に支配されて乱れていく描写もエロかったです。

＊可愛くって淫らで、サイコー！

歩が大和に、もうほかの相手がいるのかと勘違いされるシーン。

＊『愛の巣へ落ちろ！』や『愛の裁きを受けろ！』などの他の作品では、いつもツンツンしている攻めがたまに優しさを見せるシーンが好きなのですが、1番好きなのは本能に従えのこのシーンです!!

「そいつバカだな。……俺なんか、お前抱いてる間、わりと幸せだったけどな」

＊久しぶりの会話！　まだすれ違ってるけど愛ってなんだろう？　のヒントになる言葉が入ってると思いました。

「……本能ってさー、結局愛なのかもね」

「だって本能って、考えるより先にこうしたいって思う、気持ちのことでしょ。幸せになるためになにが必要なのか、本能が一番よく知ってるのかなって」

＊本能＝幸せになるために必要なことを嗅ぎ取る感覚というチグサの考え方は、驚くほど自然と腑に落ちました。本能は理性で制御すべき忌むべきものと頑なになっていた自分が、不思議に思えます。本能も理性も全部自分、全部愛なんだと思うと、すごく楽に生きられる気がします。

「いや、終わってねえだろ」

「かわいそうになあ、お前」

「笑うなよ。辛かったろ」

＊おおざっぱなようでいて、誰よりも一番に歩の繊細な部分を慰め救ってくれるのが大和だなあと痛感するセリフです。

＊ナナフシのオスに生まれたせいで家族から必要とされてなくて、しかも異形再生が失敗したことやアニソモルファの血が目覚めたことで、心がボロボロになりそうでも、笑ってごまかそうとする姿にずっとそうやって乗り越えてきたのかなと涙。そんな過去を知った大和の言葉は、正面から歩のつらさを受け止め包み込む感じがして好きです。

「俺の事、俺がきみを好きな以上に、好きになってくれる？」

「とっくにそうだと思うけどな。お前が嬉しいってだけで、俺は試合に勝てるんだぜ」

＊歩のお姉さんが歩に言った「一緒に生きてく人はね…」からのこの流れがとても好きです。

＊本当に幸せなシーン。あたたかくて涙がでます！

愛の在り処をさがせ!

シーンピックアップ

必死に許し続けたのは、ただ、誰か愛してみたかったからだ。いつかは、愛されてもみたかったからだ。愛されるような心で、せめて、いたかった。

＊愛されたいから許し続けた健気さが本当に尊い。
＊傷つけられても、憎むよりも許すことを選んでいた葵の想いに、シモンが気づいていたのが嬉しかったです。

「グーティ・サファイア・オーナメンタル・タランチュラ。私の色だ」

「……お前の色を、俺にくれるの？」

＊葵に似合う色に、自分の色（ロイヤルブルー）を選んだのが悶えました！　シモンのなかで葵の存在が変わってきたんだなと嬉しくなりました。
＊二人の距離が近づいている様子が、とても印象的に描かれているシーンではないでしょうか！
＊葵がケルドアに来てはじめて心の温度を上げたシーンだと思います。なんとかシモンと話がしたい！　と焦る気持ちと自分の図々しさに怯える健気なところがいじらしい。選んだ理由を聞いてシモンの冷たさには寄り添える余地があるのでは？　と気付く葵の聡明さ。しかもこのコート、いい仕事します。（大号泣）

淋しくなくなるために愛するのではなく、淋しいから愛するのだと思えば、一緒にいることはきっと難しくない。

＊葵と空を傷つけられたらと怯えるシモンは二人を遠ざける……。その想いも包み込んで、そばに寄り添おうとする葵の愛に感動しました。
＊愛されるよりも愛することで、乗り越えようとする葵の気持ちが胸を締め付けました。
＊ただ、自分がシモンを愛したいのだと告げる葵の心の強さと愛の深さに泣ける。

シモンと葵の2日目夜のシーン。

「愛や情は、必要ないと言っただけだ。これが契約だと、忘れたのか？」

「……いいよ、意味のあること、しようよ」

＊葵くんの切なさと同時に、この人じゃないとダメって思うところがとても切なくなる……。
＊このシリーズは心を抉るシーンが本当に多くて泣いちゃいます（褒めてます）。シモンとの話し合いも平行線のままで、それでもシモンに愛を求め、愛したいと感じている葵の姿が健気すぎる。

「きてって、ゆわれないと行っちゃいけないの？」
「あおい。あおいとそらは、パパを一人にしちゃ、ダメだよ」

＊たった6歳の空が、葵を守るために父にいろんな相談していること、葵を大事にするためにさまざまな決断をしようとしていること、どちらもが尊く、涙が止めどなく溢れる。空の葵への無償の愛は、葵が空に注ぎ続けたものそのものなんだなと思い、葵と空の互いを思い合う深い家族愛に感動する。

愛の在り処に誓え！

シーンピックアップ

「お前は俺が傷つくことに、苦しんでる。国民を愛せなくなることに、苦しんでる。お前は、いつも誰かのために、苦しんでる」

＊葵を愛することで、アリエナのようになってしまうと怯えているシモンに対する葵の救済の言葉。この後、思いが溢れ出してめちゃくちゃに葵を犯すシモンが愛しい…。

「お前にだけは言うが、アオイが死んだら、私は後を追うと思う」

＊シモンにとっては葵の愛が絶対だということがすごく伝わってくる一言。こんな言葉はなかなか言えないと思う。

「誰にも会うな！ 私とソラだけだ、それ以外とは口もきくな！ (中略)一生私の巣の中に閉じこめて、死ぬまで私とだけ生きろ……っ！」

＊「水もそうだ」「私にしか」「私の巣の中に」「私とだけ」と、葵の世界をぐんぐん狭めていくシモンに涙。葵を自分の中に閉じこめてしまえば安心だと、本当は口にしたくなかったことを声を荒らげて叫んでしまう。閉じこめられるものならなんの問題もなく落ち着けるはずなのに、どうしてこんなに苦しいのか。まるで自分のものではないような言葉で自分自身を傷つけて、葵の気持ちまで離れていってしまいそうで不安になるシモン。愛がわからないシモンが崩れずにすんだのはこのあとの葵の言葉のおかげです。

「愛も情も……意味があったのだな」

「──お前と生きていくために……愛と情は、必要だった」

＊葵も自分も、種の保存のための道具でしかないと言っていたシモンが、葵と生きるために愛と情は必要だったと噛み締めていることに胸がいっぱいになりました。シモンも葵も、地獄のような孤独の先にこんな幸せな未来が待っていて本当に良かった…ケルドア家の人々に、末長く幸せでいてほしいです。

＊何度読み直しても必ず号泣するムシシリーズ1大好きな言葉です。愛に凄まじい恐怖や執着を抱えるシモンのセリフだからこそ、本当に胸に響きました。

「愛している。……お前を。アオイ、愛している……心から」

＊愛を恐ろしいものと感じていたシモンが、初めて「愛している」と、口に出して伝えられた!!!! 本当によかった。末永く幸せでいて欲しい。

「 己の心の中にある私への憎しみと、この国への愛という相克を、一人一人が持っているでしょう。どうか闘ってほしい。(中略) 憎しみよりも、愛を……勝利に導いてください。あなたがたのために」

＊アオイらしい聡明さと優しさが出ててとても好き。

＊強さと優しさをもってシモンを支えようと呼びかける姿に、神々しさを感じて胸が震えました。

シーンピックアップ

愛の星をつかめ!

（僕の一生を捧げるから、それで許してね……）

真耶のことを考え、真耶を甘やかすために動いている時間が、央太には一番の幸せだった。真耶を愛することは央太にとって、なにより甘美な仕事なのだった。

＊真耶は央太のために生きた思い出で余生を過ごせると思うくらい、全てを捧げているつもり……だけど、それが全然伝わっていないから、央太はこんな甘い檻に真耶を閉じ込めるのかな……と不安になった。央太が安心して真耶を愛せる日が来るといいのに、と耽美さに酔いつつも切なくなった。

「なら真耶兄さまに僕が、僕に真耶兄さまが……いて、よかったね？」

その優しい真実が真耶の心を慰めてくれる…。

＊この場面台詞大好きです。2人はお互いでないと駄目なんだ、とわかったシーンだと思うんです。脳内常にこの台詞リピート中。

これまでの二十二年。そしてこれから、央太が真耶を好きでいる間だけでも、央太を照らす星であれたなら——それだけでもう、生まれた意味はあったと、死ぬまで思うことができるだろう。

＊真耶は真耶なりの愛で央太を思っている、それもとても深く……。それが痛いほどにわかるシーンで、じわじわと涙が溢れました。
＊覚悟を決めた真耶様はかっこいい！　そして不意打ちのキスを食らった央太の表情もかわいくてこの挿絵も大好きです。

——そうだ、一番大事なのは、誰かにとって自分が必要かどうかより……。自分で自分の人生が必要だと思えること。

＊自分に向き合えた真耶は、ますます強く美しく輝く星になると感じたシーン！
＊いままで自身のことには無関心だった真耶が、ようやく自分を大切にできることに安心しました。

「……なのに、真耶兄さまの星はって訊いたら、ここにはないなって、言うんだよ」

「ああ——兄さまは、自分を愛してない。……」

＊天体観測の回想シーンは号泣でした。央太の気持ちが本当に伝わってきたし真耶の孤独がとても表現されているなと思いました。
＊央太が真耶に中等部での天体観測の時の思い出と愛を告げる場面。美しくて、何回読んでも泣けてしまう。大好きです。
＊マヤマヤがこのシリーズではいつも人を守る側でみんなに尊敬されてて頼りになる人なのに、ここまで孤独で自分のことを愛せない人なのが衝撃的で心が締め付けられました。

「……もしまた、いらないって言われたら、もう、僕は……」

＊央太の想いを受け入れられない理由が語られたシーン。いつも凛としている真耶にもこんな弱さがあるんだと、胸を締め付けられた。

MISAO HIGUCHI × MADOKA MACHIKO

樋口美沙緒×街子マドカ

CROSS TALK

スペシャル対談

PART 1

『ムシシリーズ』の10年をともに歩んできた、樋口美沙緒先生とイラストレーターで漫画家の街子マドカ先生の初の対談が実現！ シリーズイラストの秘密に迫ります！

澄也のイメージはギザギザハート!? ～キャラデザの秘密～

樋口：実は、デビュー前に読んでいた大好きな小説のイラストを描いていたのが、街子さんだったんです。だから、そんな方が『愛の巣へ落ちろ！』のイラストを担当してくださるって聞いてうれしかった。でも、読んで期待ハズレにさせてしまったら申し訳ないって心配してたんですけど、素晴らしいラフをもらったから、よかったって思いました。

街子：私も描かせていただけてうれしかったです。『愛の巣』を最初読んだときに、なんていうんだろう、「この世界観、広がりまくるでしょ！　絶対ずっと読み続けたいやつ」だって思ったんです。兜も真耶、央太も全員分の話が読みたいって思ったんです。その先がズバーンと見えるくらい、1本目はスケールが大きかったですね。当時は、この先10年も、とは想像してなかったんですけど。10周年到達したから素晴らしい！　1本目から全員のキャララフを描いてたっていうのはちょっと運命的なものを感じます。

樋口：そうなんですね。うれしい。私もまさか1本目で脇役3人のキャラクターデザインも描いてくださるとは思っていなかったです。

街子：絶対必要になるって思って描いたというか(笑)。

樋口：澄也と翼もぴったりだったんですけど、脇キャラのデザインも神がかっている！　って思いました。兜と真耶は特に、見た瞬間これだ！　ってなったんです。続けられないかもしれないと思いながら書いていたけど、1冊目の5人に関しては、全員分の話が書けましたね。

街子：10年か～って思いますね。

樋口：『愛の巣へ落ちろ！』から、たくさんイラストをおねがいしてきましたが、キャラデザって、突然イメージがわくんですか？　それともなんとなく最初から何かが見えてて、それがだんだん形になるって感じです？

街子：キャラクターを起こすために、苦労はしてるんですけど、楽しいです。強いキャラはどこかを尖らせたりするとか、アイテムを足して作っていく。性格を表すものを入れていく感じですかね。髪型のななめ分けや正面分けとかも、そういうところからきています。初見では何も考えず、キャラクターを想像しないで読んでいます。まず読んでから、「背が高くて目つきがきつい人」、「小さい感じで前髪が長いのかな」といった要素で考えているのかもしれない。それで、1回読んだ後に、いやななめ分けでしょうとか練り直してます。澄也くんの場合はギザギザハートですよ！

樋口：つっぱってる(笑)。「ギザギザハートの子守唄」ですか(笑)。

街子：ギザギザハート、だから髪の毛もギザギザでしょ、ななめでしょとか。ななめから人のこと見るでしょって、整えていくんです。澄也はひねくれてるけど、直線的にギザギザハートな髪型。陶也はこじれてるんで、髪型にはひねりがはいってるんです。

樋口：おもしろい！　それって描きながらではなく、頭の中で完成させていくんですか？

街子：描きながらです。切れ長の目とかの要素は文章にあるので、そういうところは最初から頭の中に入っています。モンタージュじゃないですけど、輪郭と切れ長の目とか、翼はかわいいから丸い目とかは決まってて。そんな感じでちょっとずつキャラクターを作っていきます。性格をそういうところで出そうと思っているので、翼はつむじに2本立ってるところとか、微妙なこだわりがあります(笑)。

樋口：ツバメシジミチョウ的特徴なのですね。

街子：なんとなくちょっと跳ねているとか、パーツを目立たせて昆虫感を出さなきゃって思って。それから、翼はまっすぐな男の子だけど、でもちょっと考え事することもあるから、前髪長めで影を落とす。逆に『愛の裁きを受けろ！』のカイコガの郁は絶対尖らせないぞっと。郁の髪型とキャラデザはけっこう冒険でしたね。

樋口：確かに郁はああいう感じでくるとは思わなかったです！　他のキャラと被らないように作ったんですか？

街子：普通と違う感じにしようと思いました。一番キャラクターデザインで悩んだというか、難しかったです。

樋口：あがってきたラフを見た時にびっくりはしましたけど、しっくりもきました。ここまで髪が短くて、黒目がちなのが珍しかったですね。

街子：カイコのイメージを一生懸命形にしようとあの時は思ったんだと思います。郁はキャラデザに工夫をしたので、思い出深いですね。郁の前髪が短いのは、迷いとかのない、ある意味達観してる子だからという。
樋口：こうくるかっていう髪型でしたね。大きな黒目は実際の虫のイメージから結びつきやすいですけど、全体的なイメージはカイコガのイメージなんですね。
街子：尖ったところのない、丸い形にしようと思って作ってました。とにかく丸く丸く……！
樋口：なるほど、すごい納得しました。いまカイコガの顔が浮かび上がってきました（笑）。あのかわいい、私が大好きな顔が！
街子：特徴つけづらくて申し訳なかったなって思っているのが、『愛の蜜に酔え！』の綾人と里久なんです。ちょっと特徴が弱かったかなって。
樋口：でも、実際のアリとクロシジミもあんまり特徴がないから、正解な気がします。クロオオアリって大きいけど一般的なアリのフォルムだし。大きくてよく見る普通のアリだと、だいたいクロオオアリだから。あとクロシジミは小さくて黒い蝶だから。私、お話を書いてるときに、黒と黒でホントすみませんと思っていました（笑）。
街子：綾人は、正統派王子でまっすぐ自分の未来へ正当な道を進んでいくって思ってる人だったから、真ん中分けではっきり前を見てるイメージ。表紙のときに髪の毛の色が、半分金に変わってるようにさせていただきました。
樋口：『愛の本能に従え！』は、スオウとチグサのデザインがかわいくて大好きなんです。街子さんが、アウトドア系リュック男子が好きっていうのをエッセイ本で見たので、大和は絶対アウトドア男子にしようって思っていました（笑）。街子さんの描くアウトドア系男子が見たくて！いままでそういう子を出せてなかったから「よし、いける子が来たぞ」と。
街子：そうとわかっていればもっと描けばよかった〜（笑）。『愛の本能』で、舞台が久しぶりに学園に戻ったんで楽しかったです。大和くんはスポーツマンだから髪が短いってのもあるんですけど、三白眼気味に、動体視力よさそうな目にしようとか。あとは、まっすぐな感じにしたかったから、直線で目を描けるように、目と眉を直線。まっすぐですよね、気持ちも。くねっとしたところがない。引っ掻き回すみたいなそういうひねたところのない性格の子には、まっすぐな線をとか考えますね。
樋口：歩のこの眉も超好きです。
街子：困り眉！　歩は楽しかったな。一生懸命でかわいかった。いつも、いたの？　って言われちゃうけど（笑）。
樋口：主人公なのにあんましゃべらないからお話を書くときは難しかった……。街子さんの下がり眉シリーズ、すごい好き。
街子：意外と下がり眉描いちゃうんです。
樋口：私は下がり眉受が好きだからうれしくなっちゃう。もっと描いてほしい。
街子：困っているところがかわいいキャラが多いからかな。

樋口：あと、『愛の在り処をさがせ！』のシモンのビジュアル超好きです。

街子：冷たい感じにするのと、身長がとても高いので、その雰囲気を出すために気をつけました。タランチュラで強い設定ですが、消えそうな繊細さもありますよね。

樋口：葵も顔が超かわいくて。

街子：意外と葵も背が高いんですけど、つい小さく描いてしまうから気をつけないといけない（笑）。この２人のお話は、ほかの作品とは少し次元が違っていて、国が絡んでくるとか重さが圧倒的でした。『愛の本能』で学園ものはやっぱり楽し～ってなってたら、次は外国⁉ お城だ‼ ってなりました。いろんな世界を見せてくれるのがうれしいです。

樋口：外国が舞台の話を書くときって、だいたいどのへんの国を舞台にするか調べてから書くんですけど、これはどうしようかなって悩んでいて。ルクセンブルクを選んで、貴族って感じの国だよなって思いながら書いてたから、まさに「貴族」って感じのラフがきたときは、素敵すぎて…！ いつも想像を超えるものが来るから、楽しみなんですよね。どんなに想像してても、絶対にそれ以上のものが来るからすごいなって思ってます。

街子：『愛の罠にはまれ！』のあっちゃんをタレ目にしたのが、個人的に好きでした！ つり眉の下がり目尻にエロみを感じる！

樋口：兜はけっこう生き生きと描いていただいている印象です。攻では兜推しですか？

街子：兜推しですね(笑)。

樋口：すみません。とんだ人間にしてしまって(笑)。

街子：そこが最高によかったです。予想外のほうにきたと思って(笑)。兜の、他人のことがわかってないところがすごい好きで。

樋口：言っちゃダメかなって、作品発表後しばらくは言わないようにしてたんですけど、もう途中から耐えられなくて、「こいつはサイコパス」って言うようになりました(笑)。

街子：空気を読まないというか、そういう感じがよかったんですよね。暗いムードのときでもあまり暗くならなさそう。いろいろあっても自分のペースで構えていそうなところが、いいキャラだなって思いました。でも幸せになってよかったね。『Love Celebrate! Silver』の書き下ろし『十年後の愛の罠にはまれ！』の兜もやばくて最高でした。すっごいうれしかった。あれが兜ですよ！

樋口：本当ですか。みんなドン引きしないかなと思いながら、書いてる私が若干引いてました。好きなんですけど、私にもこういうところがあるのかなって、怖くなる(笑)。

街子：『愛の星をつかめ！』の央太は最初、ふんわり系だったからふわふわさせてたんですけど、まさかこうなって帰ってくるとは思わなくて(笑)。

樋口：央太も難しかったりしました？

街子：あ、でも甘くて最高な人が帰ってきたよって思って。甘口だったんで、よかった甘めのデザインにしておいてって思いました。

樋口：確かに。激甘で喉が焼ける感じですよね。

街子：そこがすごいよかったですよね。

樋口：かわいかったのに(笑)。でも成長してからの央太のビジュアルも最高ですよね。こんなかっこいい男性に落ちない人っている？　って。真耶は大変だったけどね。央太も難しいキャラクターなんですよ。真耶兄さまを絶対僕のものにするっていう想いの反面、付き合ったら付き合ったでいつか捨てられないかなって思っちゃう、なかなか複雑な子です。自分自身の存在自体が矛盾の塊みたいな。でも、それを自覚してる人だから、そのことで思い悩んで脆くなったり、人に突かれて崩れるような弱さはないんだけど、常に自己矛盾みたいなのを抱えて生きてる。それを真耶に見せる必要もないし、誰かにわかってもらおうともしてないし、解決する必要もない。そういう意味では真耶と似てる。抱えてる問題を解決せずに生きられるというか。それだけのタフさもあるってことなんですけど。

街子：苦労をしてるからしっかりしてるな～。

樋口：挿絵の真耶を見ても、美しい受なんだけどかっこよさもある絶妙なバランスがいいですね。女っぽいというのとは違いますよね。でも受である(笑)。

街子：ファンの方に愛されているキャラクターなのでプレッシャーはありましたね。

樋口：お互いプレッシャーを感じつつ書いた作品ですね。私もみんなの真耶ってところが、大変でした。弱くしすぎたくなくて。でもこういう話だと、強いだけの真耶兄さまではいられないというのがありました。

街子：でも真耶の弱さは、無力な弱さではないですよね。静かな諦めですかね。

樋口：本人、別に苦しんでないって感じなので、苦しく思わせていいのかって悩みました。

街子：周りが心配してるんですよね。

樋口：央太が主にね。

街子：幼なじみの2人、澄也と兜にも心配されているんですよね。

樋口：澄也は「お前、そろそろ折れろ」って思ってます。兜は「いいんだけどさ……でも老後大丈夫？」って感じなのかなって。

今後、書いてみたい「ムシ」のお話は？

街子：ムシシリーズに関わってから、虫の情報を見るようになったんです。もともとモチーフとしてはキレイだなって思っていたんですけど、そこまでディテールを見てなかったんですね。でも樋口さんからいい影響をいただいたので、虫展も楽しく見ています。いろんな虫の生態、共存共栄してるのを知るたび「これ樋口さんだったらどんな話にするんだろう」って思うようになりました(笑)。

樋口：虫って、生態がおもしろいですよね。こんなことありえるの？　っていうのが多いから。

街子：とんでもない昆虫の性癖……じゃない、性質が(笑)。

樋口：いつも、だいぶ自分の好みに寄せているから、自分の性癖に素直すぎるだろって。自然界に対してなんて恐れ知らずなんだって思いながら書いています。あと、街子さんが描いてくださったから、突然、興味がわくっていうことがあります(笑)。最たるものが『愛の本能に従え！』の志波と黄辺で、普通の脇役だったので続きを書くつもりとかもなかったんです。志波はよくいる話をかき混ぜてくる嫌なやつって感じだったんだけど、イラスト見ちゃうと、「待って！　これで1本書きたい」ってなりました。あとなにげに「草原の覇者」カマキリ攻を書いていないんです!!!

街子：カマキリ萌えはあるんですか？

樋口：ありますよ！　カマキリって生まれてくる時ってすっごい小さいじゃないですか。でも脱皮を繰り返して大きくなっていくんです。たった1匹で、肉食のクモとか大きい虫を後ろから襲ったりして孤独な戦いを延々と続けるんです。大きくなって最終形態になったときに、ようやく贈り物が贈られる……それが翅なんですよ。

街子：おおおそれはロマン！

樋口：最後の最後に翅を手に入れるところがロマンです。最強クラスなのにさらに翅があるなんて、萌えるしかない。シリーズでは小者としてしか出してないんですけど(笑)、オオカマキリの性格は、鎌を持った荒々しい外見だけど意外と包容力あるのかなって妄想したりしてます。

街子：包容力!?

樋口：厳しい自然を耐え抜いてきたから……(笑)。

街子：耐え抜いてきたから、苦労がわかる、人の痛みがわかるんですね!?　でも怖がられそうですね、抱いてやるってなっても鎌だし(笑)。

樋口：そうなんです。けっして相手を傷つけたいわけじゃないのに……!!!

――対談PART2は『Love Celebrate! Silver』にて！　表紙についての詳しいお話をしていただいています！

Love Celebrate! Gold

―ムシシリーズ10th Anniversary―

2020年1月30日　初版発行

著者　樋口美沙緒 ©Misao Higuchi 2020

発行人　高木靖文

発行所　株式会社　白泉社

〒101-0063

東京都千代田区神田淡路町2-2-2

電話　03-3526-8070（編集部）

03-3526-8010（販売部）

03-3526-8156（読者係）

印刷・製本　株式会社廣済堂

装丁　円と球

ISBN 978-4-592-86277-2

printed in Japan HAKUSENSHA

定価はカバーに表示してあります。

造本には十分注意しておりますが、落丁・乱丁（本のページの抜け落ちや順序の間違い）の場合はお取り替えいたします。購入された書店名を明記して白泉社読者係宛にお送りください。送料は白泉社負担にてお取り替えいたします。ただし、古書にて購入されたものについてはお取り替えできません。

白泉社ホームページ　https://www.hakusensha.co.jp/

花丸ホームページ　https://hanamaru.jp/